盛女时代

王晶 著

图书在版编目（CIP）数据

盛女时代 / 王晶著． -- 北京：西苑出版社，2015.7
ISBN 978-7-5151-0503-1

Ⅰ．①盛… Ⅱ．①王… Ⅲ．①长篇小说－中国－当代
Ⅳ．① I247.5

中国版本图书馆 CIP 数据核字（2015）第 160334 号

盛女时代

著　者	王　晶
责任编辑	李　健
文字编辑	李凯丽
出版发行	西苑出版社
通讯地址	北京市朝阳区利泽东二路3号
邮政编码	100102
电　话	010-64228516
传　真	010-64228516
网　址	www.xiyuanpublishinghouse.com
印　刷	北京金瀑印刷有限责任公司
经　销	全国新华书店
开　本	880毫米×1230毫米　1/32
字　数	200千字
印　张	10.5
版　次	2015年8月第1版
印　次	2015年8月第1次印刷
书　号	ISBN 978-7-5151-0503-1
定　价	29.80元

（凡西苑出版社图书如有缺漏页、残破等质量问题，本社邮购部负责调换）

版权所有　翻印必究

目 录
CONTENTS

壹	三十女人出没请注意！	001
贰	谁还没个第一次	014
叁	留不住的东西叫青春	039
肆	老妹请让位	051
伍	水落石出	064
陆	摊牌	082
柒	原不原谅就在一瞬间	100
捌	爱情是我自己的事情	111
玖	什么女人最讨厌	126
拾	整形与青春的换算法则	137

拾壹	别以为闺蜜就不抢男人	155
拾贰	每个女人都有一个开店的梦	175
拾叁	姥姥带还是奶奶带？	193
拾肆	三十岁后多久一次"啪啪啪"	210
拾伍	朋友圈最该被删除的那些人	221
拾陆	三十岁的女人都在闹离婚	233
拾柒	女人三十豆腐渣	252
拾捌	人过三十，有人恨嫁有人逃婚	270
拾玖	回忆是我们的药	288
贰拾	八零后的二次创业	305
贰拾壹	大结局	321

三十女人出没请注意!

(一)

当我们还在牙牙学语时,我们的世界里只有家人和外人;当我们开始读书识字时,我们的世界里有了好人和坏人;当我们开始赚钱供房时,我们的世界有了穷人和富人;当我们开始平淡生活时,我们的世界只剩下男人和女人;而当我们步入三十岁时,我们的世界突然泾渭分明地呈现出三足鼎立之势——那是男人、女人和三十岁的女人……

苏锦棠,在2012年正式成为一个三十岁的女人。从吹灭生日蜡烛的那一刻开始,苏锦棠从派对的狂喜中突然镇静下来,看着黑暗包间中,摇曳烛火中,映照出的三个好友的脸,突然有些沮丧。那种情绪来得莫名其妙,却气势汹汹,就像是在听了一个荤段子时笑得肆无忌惮,可笑过之后却总会出现一段尴尬的冷场,瞬间觉得自己二极了,迅速整理发型,拉直衣角,那种角色的跳进跳出有着极大的不真实感，不真实得让人感觉无趣和索然。

苏锦棠就是这样的一个女人，杂志主编，30岁，已婚，无子，典型南方身材，多少有些文艺范儿和神经质。这直接导致她总能从大喜中找出扫兴的分子，并打乱旁人所有步调，一同陷入莫须有的无望之中……

所以，苏锦棠三十岁的最后一根蜡烛，吹得多少有些有气无力，而好友的尖叫和击掌，像是一出不合时宜的伴奏，不是找不准节拍，而是压根就不合适。

生日派对草草收场，站在街边裹紧大衣，手里提着大包小包的礼物，这样的形象不知道会不会有些狼狈。她只是觉得吃力。当鞋跟向左扭了一下，陷进地砖的田字格里，苏锦棠开始有些后悔没有给老公打电话让他来接。冷风将刚喝下去的红酒吹散了，将脸上的杏红胭脂吹得颜色暗淡，所有的精致在那个瞬间有些分崩离析。她甚至是急躁地拦下一辆出租车，将大大小小的礼物一股脑扔在后座，然后将自己扔到了副驾上。这是苏锦棠的一个习惯，不管坐谁的车，她总是选择坐在那个危险系数最高的位置上，因为她偶尔晕车，需要更宽阔的视线，并且要能够在倒车镜里随时看到自己的脸。

深夜的街头空空荡荡，出租车连闯数个红灯，开得像要飞起来。苏锦棠开始有晕车的感觉，下意识地在包里摸索香烟和打火机，摇开车窗，余光瞟见司机惊讶的表情。"您也来一根？""对不起，我不会。""不抽烟的司机蛮少的。""呵呵，老婆不让抽，女人也该少抽点，不过，看你的职业……"这个穿着蓝色工作服的司机欲言又止，他以为坐在他旁边的女人是个什么职业？苏锦棠本想辩解两句，可司机一脚刹车，到站了。她索性把话咽了回去，管他呢，在自己看来的锦衣夜行，在旁人看来可能是搔首弄姿、卖弄风情。所以，何必解释，不过是一个路人。

在小区楼下的湖边，坐着抽完这根烟，然后将没有熄灭的烟头弹得老远。那个红色的亮点划出一道优雅的抛物线，不知道落到了哪里。刚想起身手机短信响了起来，数条未读信息，其中有同事发来的生日祝福、客户发来的方案确认、编辑发来的选题计划，最后一条是林穆文发来的：丫头，三十岁生日快乐。这个男人，每年都会在她的生日、圣诞节、除夕夜、情人节发来信息，就像联通每天的流量信息，从未遗漏。她笑了笑，走进电梯间，习惯性地将所有信息删除。

家里的灯关着，门锁着，梁建东不在家。苏锦棠在黑暗中换上拖鞋，懒懒地蜷在沙发里给梁建东打电话，也懒得开灯。电话铃声在鞋柜上响起来，闪着蓝莹莹的光。"这个人老是丢三落四。"苏锦棠抱怨着拿起梁建东的手机。就在那一瞬间，也许因为无聊，苏锦棠突然想看看梁建东的手机信息，虽然这一直是她不耻的一种行为，可那一刻她就是很好奇。

凌晨1点45分，苏锦棠面无表情地走在桃树街上。就在刚才，梁建东手机里的一则短信像一根针一样刺进了她的胸腔，让肺里充满了水，憋得无法呼吸，生生的疼。那个陌生号码像一个污点印进了苏锦棠的眼睛里，那个被梁建东称为宝贝的陌生人，像一片玻璃扎进了苏锦棠的心脏，动一动就疼。站在十字路口，苏锦棠几次想拨打那个电话。也许他们正在一起，她是不是应该让梁建东知道自己已经了解了全部？是不是应该警告那个女人适可而止？是不是应该破口大骂这对狗男女？苏锦棠的确想了很多，错过了五次红绿灯，最终，她还是果断地关机扔进提包。

看吧，苏锦棠就是这样一个女人，一个三十岁的女人，一个不算青春的女人，一个把尊严看得大过爱情的女人……

（二）

结束了苏锦棠简单的生日派对，张宇婷长长地呼出一口气，虽然明眼人都看出了苏锦棠最后的莫名沮丧，这多少有些扫兴的行为却让宇婷松了一口气。

整场派对，老公的电话、短信就没有消停过。"我来接你吧，不早了！""老婆，还没结束啊？""你们准备疯到几点啊？"……这样的狂轰滥炸，张宇婷消受不起，干脆将电话设置成静音，反扣在桌面上，眼不见心不烦。

张宇婷是4个女人中最先迈入三十岁的。作为一个北方女人，做平面设计的张宇婷身上没有苏锦棠的那股子阴柔劲。她三十岁的生日聚会选在一个火锅城，4个女人在包间里吃得面红耳赤，宇婷端着一杯52度的高粱酒对在座的女友说过这么一句话：三十岁有啥可怕的？三十岁算个屁啊！姐们儿我先行一步，三十不就是个数字吗？还是该吃吃，该喝喝，大家给我把膀子抡圆了可劲儿造！

酒桌上的豪迈，张宇婷依稀记得，只是，在那一夜之后，她却彻底告别了把酒言欢的好时光。当她醉眼惺忪、甚至还打了一两个饱嗝打开家门时,老公李航和公公婆婆坐在沙发上正准备三堂会审。毫无悬念,张宇婷知道又将进入要不要孩子、什么时候要孩子的家庭拉锯战中。

"宇婷啊,又喝多了吧?李航快给她倒杯水来。"婆婆总是用这样的软刀子作为开场白。宇婷坐在三人对面,酒醒了一半。

"我们能不能不要天天纠结这个问题啊?"在三个人的你一言我一语中,张宇婷额头上的那根青筋跳得厉害。"张宇婷你不要总是回避这个问题!你到底还想不想过啊?!"一向温柔的李航突然蹿了起来,那扑面而来的气焰很有杀气,着实让张宇婷惊了一跳。不过,结婚4年了,对于李航的脾气,张宇婷拿捏地可能比李航自己更清楚,她冷冷扔出一句:"是你不想过了吧?怎么着,想离是不是?这大半夜的,你这唱的是哪一出啊?"意料之中,李航的气焰如同一记猛拳却生生打在了绣花枕头上,不痛不痒,就像放了一个屁。

其实,对于张宇婷和李航从恋爱到婚姻,几乎所有人都不看好,两个性格迥异的人怎么能够凑在一块?可是恋爱两年,结婚四年,这段婚姻虽不算一帆风顺,却也四平八稳。其实,张宇婷自己知道,这个世界上如果真有一个人能与自己携手同老,那个人一定是李航。在旁人看来宇婷那一点就着的火爆脾气,在李航眼中似有别样风情,当这个男人毫不羞于地告诉你他爱你,愿意每天给你端茶倒水,把你像个祖宗一样供起来时,张宇婷就算是一块顽石也会软成牛皮糖的。

只是,当张宇婷三十岁后,两个人恩爱的生活有了一点变化，李航天天变着法儿地明示、暗示该要个孩子了。其实，张宇婷并不是一定要做一个丁克，只是，现在真的合适要孩子么？她刚刚在公司被提拔成设计总监，如果一旦怀孕，接踵而来的将是她月薪过万的位置不复存在。如果高薪不再，如何养活新增加的一张嘴呢？在软件公司做工程师的李航月薪6500，他该如何养活这一家子？张宇婷咬咬牙，还不是要孩子的时候。

从苏锦棠的生日聚会走出来，李航已经站在街边为张宇婷拉开了车门，身边朋友打趣宇婷好福气，宇婷一语未发坐上了车。"你怎么不接我电话啊？""烦！""你怎么又喝酒了？""想喝。""你这样老喝酒还怎么要宝宝啊？""你有完没完？！"很久没有这样了，张宇婷突然爆发的声音把自己都吓了一跳，李航一脚刹车停在了路边。

沉默，不知道究竟沉默了多久，车里被两个人的呼吸弄的云蒸雾绕。可能是因为缺氧，张宇婷猛地拉开车门在路边呕吐，李航吓得跳下车，拍着她的背，一个劲小声说："老婆别生气，老婆别生气，老婆别生气……"蹲在地上的张宇婷，嗓子哽得难受，看着旁边这个谨小慎微的男人，突然就难受得想哭，她站起来抱住李航，"对不起……我们要个孩子吧……"被张宇婷抱在怀里的李航觉得翻天覆地，怎么突然之间自己就得偿所愿了？其实他不知道，三十岁的女人是这个世界上最柔软的动物。而张宇婷把脸埋在李航的脖子里，她在心里对自己说：张宇婷，你该妥协了，这个世界上再不会有人像李航这般爱你。

（三）

  电影院的午夜场究竟是什么模样？在很多年前，在艳俗的情歌中总会出现那个场景，于是，约定俗成变成了不可救药的根深蒂固——午夜场必须是浪漫的、缠绵的、孕育激情和汹涌澎湃的……

  不知道还有多少人有这样的想法，有多少人认为那是愚蠢至极。可30岁的大龄文艺剩女夏朵朵对此坚信不疑，当然或许坚信不过是一个貌似坚强的表象，一个寻觅爱情的女人，在30岁依然求而不得，多少会有些鸡血过盛、奋不顾身吧。

  夏朵朵从生日派对现场火速撤退，甚至来不及和苏锦棠拥抱告别，就坐上出租赶往市中心的一家四星级影院。知名交友相亲网站玫瑰网正在那里举行一场别开生面的午夜场相亲会。作为玫瑰网的VIP会员，夏朵朵在3天前便接到了邀请，"亲爱的，我们在XXX影院要做一个午夜场相亲哦，你一定要来哦……"电话里公关小妹的声音永远甜得让人闹心。"午夜场相亲？在电影院里搞活动还是看电影？""看电影啊，浪漫爱情剧哦，经典老片《情定诺丁山》哦，超棒的！"夏朵朵把听筒拿远了点，抖了抖身上的鸡皮疙瘩，"看电影啊？那黑灯瞎火的还怎么看相亲对象啊？""哎哟，亲爱的，这种浪漫的氛围，这种黑暗的环境，男士们才会比较放松，他们需要安全感的，不然放不开哦。记得一定要来哦，我专门安排了优质男坐你旁边呢，拜拜！"挂掉电话，夏朵朵忍不住笑起来，"安全感？这些剩男都怎么了？雄性荷尔蒙被阉割了吗？""朵朵，又准备相亲啊？"老板经过她身边时，扔下了这么一句话。这让乐得屁颠儿屁颠儿的夏朵朵突然回归到现实，自己还在办公室呢。

不过，对于夏朵朵时不时地犯二行为，所有人都很包容。这个画插画、写专栏的白羊座女人，皮肤白皙、杏眼含情、大波浪的长发也是妩媚，不抽烟不喝酒，最大的乐趣是研究星座、血型、算命。就是这样一个女人，已经30了，却依然独身一人，所以，有点小小的乖张是可以被理解被原谅的，如果太正常，那一定不正常。

午夜场相亲会在苏锦棠生日当天，所以盛装出席的夏朵朵吓坏了其他三个女人。"今天到底谁过生日啊？"心直口快的张宇婷向来不饶人。"额，姐妹过生日，我跟着高兴高兴，臭臭美怎么了？"夏朵朵也有些尴尬地缩在苏锦棠身后，挽着苏锦棠的胳膊，有些撒娇的样子。"就是，甭理宇婷，嘴太坏。"苏锦棠笑着拉起夏朵朵的手。在那一瞬间，夏朵朵的手有些想往回撤，她也不知道为什么就是不想告诉好朋友今天晚上的那个相亲会，可能是不想喧宾夺主，可能是不想被同情怜悯，可能是不想被打趣嘲讽……总之，对于这场还未开始的相亲，夏朵朵已先心生三分忐忑了。

坐在出租车上，夏朵朵慌慌张张掏出镜子补妆。那管蔷薇色CHANEL COCO小姐唇膏是自己30岁生日那天，自己买给自己的小礼物。记得专柜小姐说：女士，您很适合这款颜色，看起来就像一个女大学生……不知道是不是因为虚荣心作祟，夏朵朵买下了这个并不适合自己的艳丽颜色。正在愣神，司机一脚刹车，唇膏直接画到了腮帮子上，"啊！"夏朵朵看着镜子里那张大嘴叉子，被吓得尖叫。司机扭头一看，乐了。看见司机乐了，夏朵朵也跟着乐了，刚才有些阴霾的心情瞬间转晴。

跌跌撞撞，还是迟到了8分钟，夏朵朵用手机屏当手电，摸黑进入放映厅。"对不起，请让一下。""哎哟，抱歉，踩您脚了……""啊……我的腿……"总之，夏朵朵寻找座位之路历经坎坷，不是伤人就是伤己。总算找到座位，她一屁股坐下，听见"嘭"的一声，"啊！什么爆炸了？"这次尖叫的不是夏朵朵，而是她后面的左边的后面的某女，吊着嗓子娇嗔。

"你没事吧？"无比沮丧的夏朵朵听到一个好听的男中音，她将头向右偏90度，借着诺丁山的月光，看见一张棱角分明的脸。那一刻，夏朵朵好像听到《欢乐颂》神圣的曲调，她在心里默默感谢了圣母玛利亚、耶稣基督、如来、法海、连唐僧的白龙马都没落下。"我没事儿……就是不知道谁把一盒爆米花放我座位上了……"说这番话的时候，夏朵朵的眼睛都没眨一下，一直含情脉脉地盯着对方，"你……"两人一起开口。"你先说。"再度重合，这样的情节对于每一个寻爱的"剩斗士"都不陌生，在爱情偶像剧里，这样的桥段多到吐血，可就是这样烂市的狗血情节，却依然能撩动"剩斗士"的春心。"真没想到，这样的浪漫会出现在我的生活里……"正在自我沉醉的夏朵朵眼神迷离。"小姐，我就是想说，您介意把您的爆米花给我吗？您知道，我的已经被您……"现在是什么情况，五雷轰顶？山崩海啸？错，这些都不足以形容夏朵朵小姐此刻的心情，笑容凝固，嘴角抽搐。夏朵朵将快要扳不回来的脖子向左转90度，拿起活动方事先准备好的爆米花，扔到男人的怀里，起立，目不斜视地离开放映厅。

从放映厅出来，夏朵朵做了如下艰难决定：

1. 取消自己在玫瑰网上的VIP账号，让那些只会发嗲不会办事儿的傻妞都见鬼去吧；

2. 以后坚决不来这家电影院！不能让不好的回忆影响以后看电影的心情；

3. 不再参加不靠谱的相亲会，自己脆弱的神经再也经受不起超出电影桥段的生活大爆炸了……

在7-11买了一堆关东煮的夏朵朵索性坐在台阶上大吃特吃，当温暖的食物划过食道落到胃里，才多少让夏朵朵的心情指数有所上扬，"要不要再买两串？反正家里还有最爱的榴莲酥，呵呵，夜宵夜宵……"坐在台阶上的夏朵朵自言自语，笑得有点奸诈，刚才的不快已经抛到了九霄云外。

好在，夏朵朵就是夏朵朵。夏朵朵是这个世界上为数不多的乐天派，没有什么可以影响这个30岁的小女人、大女孩的快乐……

（四）

"锦棠，要不要我送你啊？"孟清翟话还没说完，就看见苏锦棠摇摇晃晃地上了出租车；回头看另外两个女人，张宇婷被她那个随意搓圆捏扁的老公接走了,夏朵朵则已经不见了踪影。"这是要搞什么啊?这些女人统统都拎不清的……"孟清翟小声抱怨着,挥手招呼一个代驾,"到国贸中心。"说完将自己扔进新入手的黑色雷克萨斯里。

"这么晚您还去国贸购物啊?"那个长着娃娃脸的代驾没话找话说。"上班……"孟清翟拖长声音答一句。"哎哟,大姐,您好辛苦啊!""你叫谁大姐啊?谁你是大姐?眼睛好好看路就对了,叫谁是大姐?我看你脑袋被门板夹住了!"孟清翟狠狠翻了个白眼,不再言语。

"我怎么没有看到你的方案啊?明天?客户等得了明天吗?你怎么不说明年啊?那你的工资也明年发好不啦?"

"李总您好,我是国际跨越公关公司的孟清翟啊。哟,您已经休息了啊?不好意思啊,对啊对啊,我们的合同明天签得了伐?好的呀!"

从派对到国贸中心 15 分钟车程,孟清翟到底打了多少个电话,发了多少封邮件,没人帮她数。代驾小开倒是一直留意,只是听得无趣,在这数通电话中就没有一个不是与工作相关的。他悄悄从后视镜看了一眼后座上的那个女人,黑色羊绒大衣,黑色高跟鞋,酒红色卷发,无论是脸蛋还是身材都算得上一个美女,可怎么就那么凶巴巴,难怪没有男人敢爱呢。想到这里,小开嘴角有些扬起,这里面多少有些冷嘲热讽的不忿。孟清翟一抬眼,正好看见,又是狠狠地一个白眼。吓得小开立即偃旗息鼓,专心开车,并暗暗拍胸口:好险好险。

到了国贸中心,孟清翟下车掏出两张一百,"喏,拿着吧,不用找啦。"说完，头也不回地走进写字楼，留下代驾还在原地发呆，这个女人还真是捉摸不透。

硕大的写字楼，只有保安在打瞌睡。孟清翟高跟鞋的声音显得分外清脆。"孟总，这么晚您还来公司啊？"被扰了瞌睡的保安来不及扶正帽子，就起身敬礼，一直目送她进入电梯，才长舒一口气，倒在椅子上嘟囔："这个女人太可怕了，赚钱不要命啦，哪个男的敢要啊……"

国际跨越公关公司在国贸中心的28楼，站在落地窗前似乎就可以鸟瞰整个城市。当初孟清翟多花一半的价钱也要将公司安在28层，为的就是这个。走进办公室，一股子泡面加披萨的味道，看来又有人在这里加班了。孟清翟终于面带浅笑，虽说这样的剩饭味实在不算好，但在孟清翟看来，那是一种工作的积极态度。不加班？怎么可能？剩余价值怎么体现？

坐在自己硕大的办公室里，她脱掉大衣，挽起袖子冲一杯黑咖啡，开始每天的必修课，修改方案。作为公司的老板，其实孟清翟完全不用这样，手下几个策划总监也是从同行那里高薪挖来的，但孟清翟就是不放心，凡事都得自己看过、改过才睡得踏实。

凌晨3:52。"JOJO，你的那个方案写得是什么啊？LED大屏怎么小了1个平方啊？主办方要求桌花全部用粉玫瑰的，不要百合！有人过敏的呀！喂，JOJO，你在听吗？什么？我是谁？我是孟清翟！你最好马上给我修改好！"其实，这完全不算什么，这样的午夜电话催魂，每天都会发生N次，这就是孟清翟！不管什么时间、地点，你都可能被她骂得狗血淋头，受不了你可以拍拍屁股走人，可是作为公关行业的翘楚，孟清翟就是有这样的底气。

天快亮了，她终于回到了自己的单身公寓。家里冷冷清清，将所有灯都打开，也不见得能有什么好转。孟清翟曾想养一只宠物狗，这样起码能让家里有点活气，可是转念一想，谁来照顾那只狗呢？自己吗？不可能，为了一条生命，孟清翟打消了这个荒诞的念头。

沉在浴缸底部闭目养神，是孟清翟最喜欢做的事情。直到自己快被憋死再从水里探出头，那种即将被撕裂的感觉很刺激。香薰蜡烛的味道有催眠的功效，孟清翟开始有些迷糊，看着桌子上4个女人的合影。那时候大家都24岁，正是如花岁月，初涉江湖；那时候的孟清翟还是一个小职员，每天穿着公司发的黑色西装帮大家打印文件，买奶茶。在众人眼中，这个上海女人的确是个异类，吴侬软语从她嘴里出来全然不是那个滋味，当别的上海女孩早早结婚嫁人，找到长期饭票时，这个女人却比男人更拼命。孟清翟是公认的美女，可在公司没人把她当美女，因为根本没人把她当女人。

钻进被窝，孟清翟打开小夜灯，从枕头下面抽出一本《哆啦A梦》的漫画书，开始津津有味地翻看。这是孟清翟最不为人知的秘密，一个保持了20年的秘密。谁会想到，这个叱咤风云的孟清翟每夜回到家里，唯一温暖的慰藉不过是看一本已经破损的漫画书……

谁还没个第一次

（一）

对于三十岁的女人而言，什么才是生活？

在苏锦棠的眼中，生活的关键词是浪漫。无论工作还是生活，都必须有着浪漫的动机和目的，而一切支撑浪漫的根源，便是丰盈的物质基础，以及因为我有你没有而衍生出的优越感。这将让女人显得优雅从容，有着绝对的贵族气质以及貌似能包容一切的大气。

可是，当梁建东的那条暧昧短信横空出世，苏锦棠感到自己的生活开始暗流涌动，她究竟是该按兵不动，还是重拳出击？在30岁的苏锦棠看来，这成为了一个棘手的问题。

不知道在漆黑的夜里走了多久，苏锦棠从最初的愤怒到悲伤再到麻木，她突然意识到自己的脚开始剧烈疼痛。于是，干脆利落地在附近一家五星级酒店开房入住。这还是第一次在自己居住的城市住酒店，多少让人感觉有些暧昧。只可惜，狼狈如苏锦棠，那些莫须有的暧昧瞬间烟消云散。

当苏锦棠躺下，才真切体会到身体的疲惫。她第一次没有卸妆，没有换上睡衣就沉沉睡去。女人就是这么奇怪的动物，当所有人都等着看她们夜不能寐、以泪洗面，她们却往往没心没肺睡得比平日更加香甜。当然不是没有伤痛，那汩汩流血的伤口也并未痊愈，只是，像苏锦棠这样的女人，眼泪不是白白流淌的，没有观众的眼泪于苏锦棠而言，缺少意义。而夜不能寐，更是需要一个浪漫的理由，必是爱着某人的相思之苦，而因为老公出外偷腥这种羞于启齿、上不得台面的事，苏锦棠不会难寐，只会恨得牙痒。

上午十点，敲门声响起，不急不缓叩了三下。睡眼惺忪的苏锦棠透过门镜看到了门外的梁建东。对于梁建东这样的把戏，苏锦棠并不惊讶。通过刷卡记录找到入住酒店，是这个男人的小聪明；而同时，梁建东就是有着不合时宜的沉稳笃定，哪怕自己的行迹败露无疑，也一定面不改色瞬间掌控全局。

苏锦棠打开门，并不看他径直走回床边。"我一会儿还有一个会，想着你一定需要这些东西，就抽了个空给你送过来，你收拾好我叫李师傅送你去上班。"苏锦棠看了看梁建东手里的东西，是自己的化妆包。昨夜走得失魂落魄，自然是想不到这些的。此时，梁建东走过来，抬起苏锦棠满是残妆的脸，笑了笑并轻轻拥抱她，然后告诉呆立原地的苏锦棠，自己先走，"记得吃点东西，好好洗个澡。"

盛女时代

坐在化妆镜前，苏锦棠细细端详自己的脸。记得梁建东曾说过：你绝不算容貌惊艳，但却是极有味道的女人，值得细细品味。那时候，他们刚刚相遇，苏锦棠不过是24岁的青涩女孩，而梁建东这个大她10岁的男人却已是出版集团里炙手可热的人物。

苏锦棠开始扑粉、描眉。自己是从什么时候开始不化妆不出门的？她讨厌突然迸出的这个问题，忍不住皱了皱眉头。打开手机，没有什么紧急的状况发生，这让她安稳了些，可同时又被一股子伤感扰乱了心智，是不是我苏锦棠人间蒸发了，也没人在乎？想着想着，眼泪就快要淌下来。电话突然响了。"喂，哪位？""锦棠？你跑哪儿去了？怎么一整晚都关机啊？你怎么了？现在在哪儿啊？"电话里的林穆文一口气问了4个问题，可苏锦棠一个都答不出来。她能说什么？说那个骄傲的苏锦棠，那个不可一世的苏锦棠也会遭遇婚变？说那个被众人羡慕嫉妒恨的苏锦棠，也会在半夜离家，如同丧家之犬？苏锦棠当然不会说，只是，眼泪有些不听招呼，于是，她捧着电话默不做声，只能一个劲地落泪。"你要急死我啊？你在哪儿呢？我来找你！"苏锦棠终于还是告诉了林穆文自己所在的酒店，坐等这个10年未见的男人。

身边的闺蜜都说苏锦棠福气好，不单是指她有个风光体面的职业，不单是指她有个事业有成的丈夫，更是指，十年来总有一个林穆文在爱着她。十年前，苏锦棠还是一个稚气未脱的中文系女生，而林穆文是比苏锦棠高一级出类拔萃的工科男。

在那段校园恋情中，苏锦棠和林穆文演绎得并不精彩，从未谈过恋爱的两个人，面对突如其来的爱情，患得患失、猜疑误会，在纠缠了四年之后，苏锦棠遇到了梁建东。她像抓住一根救命绳一样，急于从那段让自己失望的感情旋涡中冒出头来，透口气。

到今天为止，苏锦棠依然记得当自己决意与林穆文分手时他沉默的表情，"锦棠，好好照顾自己……"而苏锦棠几乎耐不住性子听他说完，扔下一句"对不起，再见"便抽身离去。她急不可耐地想要奔向自己的幸福生活，在那时那刻，苏锦棠无比确信，她要的那种生活，林穆文给不了、张穆文给不了、王穆文给不了，任何一个穆文都给不了，唯有那个会抬起她下巴的梁建东可以给。

然而，在多年之后，依然在乎她苏锦棠的不是别人，是林穆文……

（二）

十年未见，林穆文几乎快要不认识眼前的这个女人，所以，在一瞬间他有小小的不适。可是当苏锦棠靠着窗户抽烟时，那寂寞的表情是他再熟悉不过的。十年前，当这个女孩站在阶梯教室门口塞给他一张纸条时，他率先记住的就是那寂寞的神情。"林穆文，你好，我叫苏锦棠，这是我写给你的。""哦，我会看的。"纸条上是苏锦棠小小的方块字，一笔一画，工整稚气：

我喜欢你。——苏锦棠

攥着这张纸条，林穆文不知道这个女孩是要干吗。他追上去，拍她的肩膀，单薄的肩硌得手心有些疼，"喂，苏锦棠。""怎么了？"她回头盯着他看。"你写的我看了……""哦，然后呢？"林穆文也不知道然后该怎么样，索性两个人并肩走向女生宿舍。

"你有烟吗？"苏锦棠停住脚步冒出这样一句。"你抽烟？""是啊，你有吗？"林穆文从裤子口袋掏出烟递给她，他搞不明白，这样一个女孩子怎么会抽烟，这样一个女孩子抽烟是个什么样子。"坐会儿吧。"没等林穆文回答，苏锦棠找了荷花池边的一方石凳坐了下去。

她抽烟的样子很好看，可是林穆文不喜欢，虽然他不反对女孩抽烟，可他觉得苏锦棠抽烟的样子一点也不享受。她狠狠地吸一口，轻轻吐出去，脸上没有一丁点表情，她抽烟的时候，显得那么不快乐……

"锦棠，你怎么了？怎么住到这里了？"坐在沙发上的林穆文打破了沉默，窗边的人扭头看他，精致的妆容无懈可击，可那个精致美丽的苏锦棠那么不快乐。"谢谢你来看我，穆文，只是，什么都别问，好吗？""锦棠，这次我不能答应你，我怎么可能不问？你不回家，你在电话里哭，这么多年，你从未哭过……"林穆文走到苏锦棠身边，扳直她的身体，"所以，这一次，你必须告诉我，到底怎么了！"会说吗？当然不会，苏锦棠从不会拿自己的伤口示人。只是，这一次，她也无法继续坚强，当眼泪冲花了眼线，在脸颊上留下可耻的黑色划痕，苏锦棠知道，自己那仅剩的尊严已经崩溃。

躺在林穆文怀里的苏锦棠像个温顺的小猫，她呼吸的声音很轻，吐出的空气擦过林穆文的脖子痒痒的。这个画面，林穆文曾想过千百次，可真的发生时，他却没有更多的欣喜。十年了，那个苏锦棠一点没变，而自己不过是她如今的另一根救命绳。只是，人就是这样，只要爱还在，那便可以把姿态放得一低再低也心甘情愿。

下午4点，苏锦棠终于来到了杂志社。不变的步调，一尘不染的着装，恰到好处的发型，一切都和平日没有差别，可苏锦棠就是觉得慌乱，她加快脚步，像是逃进了自己的办公室。

看着电脑屏幕上映照出的自己的脸，苏锦棠第一次觉得陌生。想起刚才与林穆文在酒店的那一幕，依然让她面红耳赤心跳加速。苏锦棠，你是怎么了？真的要在30岁的时候红杏出墙吗？真的要与十年前的恋人重温鸳梦？还是这仅仅是对梁建东不忠的一种报复？这在她人生中出现的第一次，让苏锦棠彻底乱了。

（三）

而生活在张宇婷看来，远没有苏锦棠那般矫揉造作。浪漫？浪漫能当饭吃吗？张宇婷的词典里没有浪漫，她讨厌一切做作矫情，她厌恶一切浪漫肉麻，她要的，是实实在在的百姓生活，是能填饱肚子的家常便饭，是触手可及的温暖身体，是波澜不惊的平顺日子。

可是，孩子，成为了30岁的张宇婷生活的爆破点，平添一个新鲜生命，会对张宇婷的生活带来怎么样的改变？她想起来都觉得天昏地暗……

"亲爱的老婆……快起床啦，小猪给你准备了超级美味的营养早餐……"

"亲爱的老婆……快把牛奶喝了，我给你加了牛初乳哦……"

"亲爱的老婆……咱们不化妆也很漂亮，还是别化了，乖……"

"亲爱的老婆……我给你买了一双平底鞋，穿着超级舒服，你来试试看吗……"

……

自从那一夜张宇婷缴械投降，她的生活就开始被这样的"无微不至"包裹起来，李航用一种甜蜜的方式直接插入她的生活。改变在一点一点堆砌，从量变到质变的过程让张宇婷恐惧，她在惊恐之中，似乎看到了蓄势待发的那一刻。

"今天晚上我不回来吃饭了。嗯，单位有聚会，不能不去，就这样吧。"张宇婷站在公司露台给李航打了一个电话，挂上电话的那一刻，她的心情多少有些复杂。张宇婷这个北方女人，性格直爽，在她的世界里极少出现谎言，哪怕是善意的谎言。可是这次，她决定撒一个谎，公司没有聚会，她只是不想回家，面对一桌子没盐没味的营养餐，不想像个国宝一样在众目睽睽下装作乐在其中。她是张宇婷，她从来就不是那样的女人啊。

走在市中心的明溪路上，还有两个月才到圣诞节，可人们似乎有点等不及地开始打出各类圣诞预告，在专柜上各种圣诞礼盒也悉数登场。她漫无目的地闲逛，站在妇婴用品区，冲着一双小小的婴儿鞋发呆。白色的小棉鞋，有淡蓝色蕾丝花边，小小巧巧的鞋子，还占不满张宇婷的手心，看看价格，张宇婷瞬间从幻想回归现实，386元，这个数字彻底刺痛了她。"您准备买婴儿鞋么？是给自己买的还是送人呢？这款是孩子刚出生时穿的，以后还可以留作纪念。"售货员殷勤地询问，而她迅速放下鞋子，转身离开。

她目不斜视地离开妇婴专区，原本就阴云密布的心情，现在更是雪上加霜。那些价码牌，像是芒刺快要刺瞎了张宇婷的双眼。她悻悻地坐在商场负一楼的美食区，点了一份麻辣香锅，企图用食物带来的快感冲淡刚才的悲催。"还是这个好吃啊……"打了一个舒服的饱嗝，张宇婷心满意足。正准备起身，却像被点穴一样定在原地。在5米开外，站着脸上写满失望的李航。

一路无语。张宇婷第一次觉得心里发虚，像是被捉奸在床一样尴尬。她用余光看了看李航，他一直盯着前方，双手紧握方向盘，嘴唇抿得很紧，这是他真正动气的表情。张宇婷决定把解释的话咽回肚子里。

"你的牛奶，趁热喝吧……"睡觉前，李航还是端来了热乎乎的鲜牛奶，只是语气冷冷的，让张宇婷如鲠在喉。"李航，这个事情是我有错在先……"在记忆中，这是张宇婷第一次认错，她以为自己已经足够放低了姿态，而这场尴尬的冷战也可以偃旗息鼓了。可是，李航头也没回，抱着自己的枕头被子走向书房，"宇婷你早点休息吧，大家都累了……"这算什么？分居吗？这样的情况远远超出了张宇婷的想象，她猛地从床上跳起来，牛奶撒了一身，烫得她龇牙咧嘴火冒三丈，顺手就将杯子摔在了地上。

"啪!"一声脆响,惊动了所有人,也惊醒了张宇婷。一地玻璃碴和四处流淌的牛奶,组合成一张扭曲而破碎的脸。公公婆婆披着睡衣赶过来,"怎么了啊?大半夜的?小航,怎么了?"婆婆推了推愣在原地的李航,看着他手里抱着的枕头被子,似乎预感到事态的严重。"你又惹宇婷不高兴了吧?都准备要孩子的人了,怎么还这么不懂事?"公公也就势在李航背上狠狠拍了一巴掌。

张宇婷知道,这巴掌不重,老两口疼死了这个儿子,这些无非是做给自己看的。可是李航突然蹲在地上,把头埋在枕头被子里哭了起来。"小航你怎么啦?告诉妈,怎么啦?你倒是说话啊!"这样的场景实在太戏剧,张宇婷决意不再陪他们演下去。"你儿子跟踪我,发现我没有参加公司聚会。哦,不,准确地说是,根本就没有什么公司聚会。""啊?那你干吗去了?"婆婆满是皱纹的脸在那一刻看着有些变形。"没干吗啊,逛了逛街,吃了一个麻辣香锅。""就你一个人?"公公也忍不住了。"就我一个人。""哎,我当多大的事儿呢,不过,宇婷啊,这事我们做长辈的还是要说你两句了,小航在家都给你做好饭了,你一个电话说有事不回来,结果又不是那么回事,枉费了小航的一片心啊。"这时候张宇婷才发现,自己一直站在床上,腿有些抖,嘴唇也有些抖,她说:"妈,爸,我们两个的事情,还是让我们自己解决吧,你们去睡吧。"婆婆正想开口,被公公拉回了自己的房间。

看着蹲在地上的李航,张宇婷突然觉得无比悲哀:那个男人看着是那么弱小,像一个不知所措的孩子,可就是这样的一个男人,他将是自己孩子的父亲……

(四)

张宇婷与李航的爱情故事开始于一个钢镚。

那一年,大学毕业不久的张宇婷决定留在这个时尚的南方城市里。在这座城市,有千奇百怪的设计展、有最潮流最尖端的技术、有最炙手可热的设计师,这些都是吸引张宇婷留下来的原因。这些原因强大到足以让她忽略房价、物价……因为张宇婷始终相信,这座城市总会有自己的立足之地,哪怕只是小小蜗居。

第一份工作在繁华闹市区,这让初入职场的张宇婷兴奋了好一阵子。与合租的几个朋友相比,张宇婷的上班地点显得出类拔萃。可是,当她走进公司大门,她的那份得意就荡然无存。一个毫无经验的职场菜鸟,一个外来务工人员,张宇婷全身上下似乎就找不出一个强过旁人的点。"廖总,我想申请去设计部。"在公司做满一年的时候,张宇婷终于鼓足勇气站在那个大腹便便、中年谢顶的男人面前。

"你是?""我是张宇婷。""哦,小张啊,坐坐坐,你想去设计部?""是的,廖总,我在这里也适应了一年了,当初进公司的时候您说设计部没有空缺了,让我先了解公司业务,熟悉公司的运作模式,现在设计部的COCO辞职了,我想,我是不是可以去设计部了?"张宇婷没有坐下来,她把自己在心里酝酿了一个星期的话筛豆子一样噼里啪啦倒了出来。"哦,是这样啊,可是你做过设计么？设计这个东西啊，还是很有难度的……""我就是学设计专业的，我可以做好的。"张宇婷明显有点急了。"哈哈，小张你别急，这个事情我们还是要开会讨论一下的，你先安心做好本职工作。""廖总，我已经安心做了一年了，可是那些工作除了打印文件，就是买快餐、买奶茶、送发票。我觉得这不是我所希望的工作，也没有发挥出我的价值。"廖总皱了皱眉头，"年轻人，不要心浮气躁，小事情做不好怎么做大事？我最见不得有些年轻人对工作挑三拣四了，自己没有那个金刚钻还非要揽那个瓷器活。你知道这叫什么吗？这就是自不量力！哦，当然，小张我不是说你啊，对你的工作我还是比较满意的。"

从廖总办公室出来，张宇婷已经做好了辞职的准备。这个月薪3500的工作不要也罢。想到这里，她干脆提着包走出了公司大门。走出大门的一瞬间，张宇婷突然不知道该去哪里了，她漫无目的地在明溪路上晃荡，心里五味杂陈。辞职的事情不能告诉老家的爸妈，可是马上就要交房租了，钱从哪儿来？张宇婷烦躁地坐在路边，自己当年以最高分考入名校，满心以为就此会飞黄腾达，可现在呢？自己和街边上开小吃店的人有什么区别？想到这里，她心被扎得生疼，顺手掏出一枚硬币在手里把玩。"张宇婷，你要振作起来，不能打退堂鼓啊！"她给自己打气，就用这个硬币买一份报纸重新找工作吧。张宇婷起身走向书报亭，硬币在手里攥得发烫，她觉得正所谓否极泰来，在自己最失望的时候找到了这枚硬币，它一定是充满幸运的，一定能买到一份工作。

突然，她脚下一扭，高跟鞋踩在了盲道上，下意识伸手扶住墙，那枚硬币从手里跳了出来。她顾不得脚踝的疼痛，一瘸一拐地追,眼睁睁看着硬币掉进了窨井盖里。她蹲在旁边,看着她的幸运正安安静静躺在铁栅下面,闪着冷冷的光,像是上帝的一口白牙,正窃窃地笑着张宇婷这个倒霉蛋。

"啊!"一个黑影撞倒了蹲在地上的张宇婷,黑影也跟跟跄跄地摔倒在地。"你这人怎么回事啊?!"气急败坏的张宇婷跳起来,觉得自己真是背到了极点。黑影爬起来,是个年轻男子,相貌清秀,戴着一副黑框眼镜,显得文质彬彬。"小姐,我都还没说话,你怎么就先急了,是你蹲在路中间啊……""一个大男人连路都不会走啊?你不知道走路的时候要小心路障啊?"那个男人突然笑了,"你可不是路障,哪儿有那么好看的路障啊。"张宇婷被他这句话逗乐了,也跟着笑起来。

"你好,我叫李航。""我叫张宇婷。""你刚才干吗呢?""喏,我的幸运硬币掉进去了……"张宇婷垂头丧气。"我看看。"李航二话没说蹲在地上研究起来。"哦,这个可能不容易拿出来了,没有工具吗!这对你很重要么?要不,我重新给你一个一模一样的吧。"张宇婷看着身边这个男人,不算高,不算壮,可透着那么一股子亲切和干净,她突然就觉得心里很踏实。

(五)

当然,最终,那枚幸运硬币也没能重回到张宇婷的手里,可她觉得无所谓了。因为在她失去那份幸运的时候,却收获了她的爱情。从那一刻开始,北方大女人张宇婷就与这个南方小男人李航绑在了一起。

这对南北组合从最初就没能赢得多少祝福,张宇婷已经不记得他们分分合合过多少次了,短到三天,长到一个月,最终总是在李航的缴械投降中回归常态。张宇婷偶尔也会觉得这个男人太软弱,太好欺负,太没脾气;可转念一想,你需要一个和你争吵,和你辩论,等你妥协的男人么?一个强势的男人绝对不是张宇婷的菜。

可这一次,她张宇婷已经先认错道歉了,她张宇婷居然先认错道歉了,可结果呢?或许真如别人说的:婚姻就是一场拉锯战,你不能总是一味进攻,他也不会总一味防守,总有反扑的一天。而这一天终于还是来了。

张宇婷累了,她决定摆出一个诚恳的姿态,下床去拉起蹲在地上的李航。"啊!"踩在地上的张宇婷像被电击了。李航吓了一跳,连忙起身扶住她,"老婆你怎么啦?""脚,脚,玻璃!""我看看,我看看,哎呀,扎进去了!你忍着点啊。"李航捧着张宇婷的脚小心地拔出玻璃碴子,轻轻地吹着,"还疼呢?好在不深,上点碘酒就没事了哈。"张宇婷慢慢将头枕在李航肩膀上,"老公,我累了,我们睡觉吧……""好,睡觉,老婆要睡美容觉……"灯灭了,屋里再度寂静无声。张宇婷躺在李航的怀里,觉得温暖踏实,脚心的口子还在隐隐作痛,可她觉得这一切都很值得,而那些解释都可以免了吧,现在什么都不用说了。

（六）

夏朵朵每天会对着镜子这样说：呐，女人呢，还是得早点恋爱结婚……呐，大龄剩女，就更得积极一点啦，放低姿态，总能嫁出去的，你现在这个样子，谁都不想的……

呐，找个人恋爱结婚就是夏朵朵生活的全部。是的，是全部，而那些工作啊、聚会啊，在夏朵朵看来无非是一根又一根救命稻草，将她从一次又一次失败的相亲经历中拯救出来，给她补充能量，让她能够在求爱之路上逆风飞扬……

可是，人总是会累的，像夏朵朵这样"剩斗士"中的"必胜客"，也总归是会厌的。30岁的她为什么就找不到一个爱自己的人？问题是出在别人身上还是自己身上？

夏朵朵小姐，这个所有人的开心果，却认为自己是一个抑郁孤独症患者。

夏朵朵的家在一片闹中取静的公寓楼里，一套一居的户型是自己在29岁时全款买下的。孟清翟就曾拍着朵朵的肩膀说：侬看看，女人也能自己买房子嘞，要男人更没用啦。这个被孟清翟赞为壮举的事情，一度让朵朵认为女人当自强。可是，新家钥匙交到手上，朵朵开始犯愁，验房、装房，她可以靠谁？

"锦棠，我要验房了，怎么办啊？"

"啊？验房啊？我们家这些事情都是梁建东在弄，我一点都搞不明白的……"

"宇婷，装修房子是不是很复杂啊？"

"那当然了，要先选设计公司，选装修队，还得自己去建材市场选材料。我告诉你啊，千万不能做甩手掌柜，一定要自己去买建材，这里面黑着呢。上次我们家装房子，我累得半死，我们家那位根本指望不上，我这辈子再也不装房子了……"

"清翟，我的房子交了，可是接下来我两眼一抹黑……"

"有啥可焦心的呀？房子交了就直接住好嘞。我就说吗，朵朵，当初就该买个精装房的呀，现在直接拎包入住，那多牛气！"

事实证明，在验房、装房这样的重大事件面前，女性朋友是靠不住的……

房子勉强装了一个雏形，夏朵朵就已经失去了所有的热情和耐心，这个所谓的家，怎么看都有点家徒四壁的感觉，让夏朵朵为那几十万的巨款真心不值。好在，夏朵朵只是没有爱情，却还有一点点运气——正当她万念俱灰的时候，公司新来了一个潮男小柯。

"你就是夏朵朵吧？名字好可爱啊。"小柯的办公桌在朵朵对面，他有事叫朵朵时，就会敲敲隔断，然后悄悄探过头来。这个情节让朵朵想到了2011年大热的《失恋33天》里面的王小贱。而这个小柯和王小贱还真有几分相像，戴着装饰眼睛，穿着瘦腿裤和开衫毛衣，皮肤保养得比朵朵还好。虽然这一切都不合朵朵的胃口，但小柯的关心却还是让朵朵心生涟漪，说不定这就是她的真命天子呢？谁又能说有点娘的王小贱不是直男呢？

（七）

单身女人最大的悲哀是什么？夏朵朵觉得最大的悲哀莫过于家里黑灯瞎火，自己明明手拿灯泡可就是换不上去，这样的人间惨剧在入住新家不久就悄然上演。1米55的夏朵朵，在茶几上放了一把凳子，小心翼翼地爬上去，可就算踮起脚，她也够不着天花板上的灯槽，脚下的凳子摇摇晃晃，夏朵朵脑子里就突然闪现了这样的一个画面：

因为换灯泡，自己不慎从凳子上摔了下来，脑袋磕在地板上，血流了一大片。求生的欲望支撑着她在地板上匍匐前进，终于拿到了手机，却已经没有力气拨打120了……

夏朵朵打了个冷战，迅速从凳子上下来，窝在沙发里开始自怨自怜，把眼泪鼻涕统统勾引了出来。这时，电话很不凑巧地响了起来。

"喂……"

"朵朵啊，我是小柯，要不要出来嗨皮啊？"

"不去了……"

"朵朵你感冒了啊？"

"没有啊……"

"那你声音怎么变了啊？你不会是哭了吧？！"

"谁说我哭啦？我没哭！"

夏朵朵这句话连自己都不信，声音抖得就跟摸着电门一样。

"我来看看你吧,怎么样?"

小柯这句话说得很自然,夏朵朵心想:丫醉翁之意不在酒吧。

"你不是在嗨皮么?"

"没事,闹闹哄哄的,我也觉得挺没意思的。你家住哪儿?"

夏朵朵告诉了小柯一个地址,然后一再申明自己不用他来看,要是不顺路也不用专程跑一趟,可小柯那边早就挂了电话。

刚才还悲悲戚戚的夏朵朵,迅速从沙发上坐起来,开始翻箱倒柜。该穿什么,成为了困扰夏朵朵的首要问题。睡衣?他会不会觉得我很随便?家居服?不行不行,好像买菜的欧巴桑。运动服?哎呀,裤子长了,还没来得及去卷边……堆了一床的衣服也没有一件合夏朵朵的心意。当门铃响起,夏朵朵依然是她回家的那身皱皱巴巴,沾着眼泪鼻涕的牛仔裤、花毛衣。

"你还说你没哭?你看你眼睛跟被人打了一样。"一进门,小柯就盯着朵朵的脸看,还在她有点婴儿肥的脸上拧了一把。朵朵有点害羞,顺势打开了小柯的手。"为什么哭啊?谁欺负你了?不会是你男朋友吧?""我男朋友欺负我倒好了,只可惜他现在还不知道流落于何地呢……""你还没有男朋友?不可能!"夏朵朵白了小柯一眼,这人是在试探自己还是装糊涂?"还得拜托柯大哥给小妹妹我找一个啊!""呵呵,这忙我可帮不了,我身边可没有您的菜。"

"你们家怎么黑灯瞎火啊?你不会没钱交电费了吧?"跷着二郎腿的小柯对朵朵的家颇为不满。"是灯泡坏了,可是我自己换不了,刚才还瞎忙活了半天呢!""早说啊,这不是现在有我了么?拿来吧。"

有个男人在的感觉是真的不一样。一分钟之后，屋子恢复了明亮，夏朵朵觉得黄色的灯光特别好看，特别温暖。而灯光下的小柯仿佛身穿黄金战衣，甚是威武。"傻看什么啊？"小柯一句话惊扰了夏朵朵的美梦。"谢谢你啊。""咱俩什么关系啊？说谢谢就见外了。""咱俩什么关系啊？"朵朵就势想把话挑明。"那你说咱俩什么关系？"小柯反将一军。"同事呗。""不够准确。""朋友？""不够到位。""那还有什么啊？纯洁的男女关系！""哈哈，都男女关系了还纯洁呢？"夏朵朵暗自赞叹自己的冰雪聪明，可算是绕到男女关系上了。

"小柯，你有女朋友么？"夏朵朵尽量让自己问得漫不经心。"没有。"欧耶，夏朵朵在心里拍手欢呼。"不会吧？你这么一个潮男，身边应该鲜花无数啊。""朵朵。"小柯扭过头，一改刚才的嬉皮笑脸，这种正儿八经的样子，朵朵还是第一次看见。"朵朵，有件事儿我想了很久了。"他是要表白么？夏朵朵心跳加速，脚趾头都在暗自发力，"什么事儿？你说！"朵朵调整了一下身体方向，将自己最好看的45度侧面露出来。

"睡个好觉，宝贝！"小柯在关上门的那一刻突然转身抱住朵朵，并在她的左边脸颊上狠狠亲了一口。门"嘭"地关上了，朵朵将自己整个扔到沙发上，那个新的节能灯还在闪着暖烘烘的光，可那时那刻朵朵想用一个杯子将灯泡敲碎，那光对于夏朵朵而言刺眼极了。

就在刚才，小柯还坐在朵朵躺着的沙发上，余温还在。他拉着朵朵的手，情意绵绵地说："朵朵，我觉得和你第一次见面就特别投缘，我是真把你当自己人的，所以，我想坦诚地面对你。"朵朵被他拉着的手在出汗,她等待的那个幸福时刻就要来了!"朵朵,你知道在我心里一直把你当什么吗?"朵朵娇羞地低下头,两团红云"腾"地跃上脸颊。"你在我心里就是我的好姐妹啊!"等等,好姐妹?朵朵猛抬头,"你说什么?好姐妹?!""是啊。"小柯把朵朵的手握得更紧了。"你是说,你是……""我和你一样,我们都喜欢男人,懂了吧?"夏朵朵笑了,笑得干干巴巴,她在心里呐喊:自己究竟是得罪了哪位天使姐姐,你们是想玩儿死我吗?!

"锦棠,你还没睡吧?""没有啊,不过快了,怎么了?"夏朵朵在这样的时刻只能向身边的朋友求援。"你说什么?GAY?!"苏锦棠在电话那头惊呼,然后就是憋不住地笑出了声。

"你能不能有点同情心啊?我怎么知道他是同性恋?"悲催的夏朵朵,现在连那点可怜的好运气也没有了。"怎么可能看不出来?我们杂志社好多很时尚的小男孩儿都是GAY,一看就能看出来。你就是太心急,被所谓的爱情蒙蔽了双眼。朵朵,我告诉你啊,GAY一般都很时尚,爱打扮,比女人更精致。他是不是经常和你讨论化妆品、护肤品啊?他是不是特喜欢穿瘦腿裤,走路的时候两腿有点夹着啊?他用的包肯定不是双肩背的吧?应该是手提包,而且喜欢挎在手臂上?""是的……"经过朵朵的回忆,苏锦棠的描述全中。"哈哈哈,那不是GAY是什么啊?你可真行,居然喜欢上了一个同性恋。不过GAY也不错,可以尝试一种新生活,我衷心地祝福你们,阿门!""苏锦棠,你去死!"夏朵朵用最后一口元气果断挂机。

躺在床上，夏朵朵摆出各种姿势依然无法入眠。她陷入了沉思，自己真的如苏锦棠所言，是在寻爱之路上走得太快太急了么？所以丧失了基本的判断能力？可是寻找爱情有错么？人们都说，机会是留给有准备的人的，而夏朵朵已经为此准备了30年了啊，可那个机会你究竟在哪儿啊？！

（八）

其实，孟清翟对于生活的定义应该不会超过两种，那两点一线的固定路线、波澜不惊的平稳频率、万变不离其宗的寡淡内核，构成了很多人的24小时、7天时光……

而孟清翟说，这就是生活的真相，平淡无奇、顺其自然，等待着光阴如同沙砾从指缝间悄然流逝。只是，偶尔当她回首当年，淡淡地心有不甘，却已是暮年。对于生活，有人愿意心有不甘吗？对于生活，当真无能为力吗？抑或那只是心甘情愿的心有不甘？

孟清翟已经不太记得停下脚步看风景的感觉，已经忘记是多少年前自己也曾在咖啡店被人搭讪；她习惯忽略身边的美景，习惯无视身边的温情，因为这些似乎都和她所熟知的生活毫无关联，它们是生活之外的延伸产品，并非人人能有；偶然邂逅，那一定是上帝偏爱。因为，她给生活安装了既定程序，不越雷池半步的日子才是生活。

只是，退下华服，坚硬的外壳内里也有柔软的触感，那触不及防的清冷成为了孟清翟挥之不去的梦魇……

孟清翟的生活，一半在地下，一半在天上。

最近，她得亲自飞一趟日本，因为策划总监JOJO在经过那一夜的电话催魂之后患上了严重的神经衰弱，拿着各大三甲医院的证明来向孟清翟请病假，"孟总，我现在白天吃不香，晚上睡不着，医生说我神经衰弱，再不好好休息就要住到青桥精神病院了……""神经衰弱？这也算是个病？现在的女人真不要把自己搞得跟个林妹妹一样好伐？你以为那是美啊？我告诉你，那叫短命嘞！动不动就心口疼、脑袋疼，拿钞票的时候怎么不疼啦？"噼里啪啦一泄狂飙，JOJO却两眼无神嘴唇发白。"你手里那么多事情都还没做好，你还神经衰弱？我看你是要把我神经弄衰弱掉！"咚，JOJO直接晕倒在办公桌前。"快打120啊！"孟清翟手忙脚乱地指挥人把JOJO送进了医院。

"谁是家属啊？"白大褂在医院走廊上招呼。"我是她同事，她情况怎么样？""严重神经衰弱。""神经衰弱还算病啊？"孟清翟忍不住问。白大褂白了她一眼，"什么毛病严重了都会死人的。她就是缺乏休息，营养不良，再这样下去后果很严重。真搞不懂这些人，赚钱都不要命的！"看着白大褂的背影，孟清翟心情有些复杂，隔着病房的玻璃，看着病床上脸色苍白的JOJO。记得这个女孩子刚到公司的时候有120斤吧，圆乎乎的脸蛋透着那么一股子不成熟；现在的JOJO顶多90斤，自己还开玩笑地说过一边赚钱一边还能减肥，真是两全其美。可现在孟清翟觉得瘦了的JOJO一点都不美。

不远处有杂乱的脚步声，一个男人冲着病房跑过来，看到孟清翟愣了一下,"你是JOJO的同事吧?我是他男朋友,谢谢你把她送来啊。""不用客气,她现在没什么事情了,医生让她多休息。""谢谢你啊,都是你们那个变态老板害的,天天阴魂不散,好好一个人活活被逼成这样了!对了,住院费是多少?""啊?不用了。""不用了?"男人惊讶地盯着孟清翟。"啊,是这样,老板说这个费用公司出,到时候让JOJO来报销好啦,我有事就先走了,你快进去陪陪她吧。"说完,孟清翟像个小偷,快速离开犯罪现场。

孟清翟接手了JOJO的全部工作,这多少让公司的员工有些费解。"BOSS是怎么啦?居然没有给我们加量耶?""是啊是啊,我担惊受怕了一个星期,天天想着什么时候会把JOJO的案子派到我的头上,阿弥陀佛,总算不用我来做了……""她是不是受什么刺激啦?那么多案子,她一个人做啊?怎么做得过来啊?""她是谁?孟清翟耶,女魔头耶!嘘,来了来了……""Brian!"Brian跑步前进。"帮我订去日本的机票。""您准备什么时候出发?""明天一早吧,另外,国际富豪度假酒店的王总送过来一张金卡,周末叫大家一起去放松放松吧。"孟清翟打开抽屉,头也没抬地将金卡递给了Brian。

"女魔头让我们周末放假耶,还给了一张国际富豪度假酒店的金卡,让我们自己去嗨皮……我不相信这是真的,你们谁掐我一下……"在茶水间,大家都开始猜测孟清翟到底是怎么了。"我觉得后背发凉,好恐怖哦,这是不是暴风雨来之前的一点点曙光啊?""不会是要把我们都炒掉吧?""她是不是谈恋爱了啊?!"不知道谁冒了一句。"我宁可相信世界末日也不相信她会谈恋爱!""就是,我们来这里多久啦?有看过、听过、传说过一个男朋友么?连个暧昧的都没有!"孟清翟走过茶水间,将这些话统统吸入耳朵,只是这一次她没有推开门暴跳如雷,只是轻轻经过,脚步有点拖沓,显得无精打采。

(九)

坐在飞机上,孟清翟有点轻微的耳鸣,这让她感觉世界变得有点不真实。看着窗外大团大团的云朵,孟清翟有一种想把它们都扒拉开的冲动。

两天时间,孟清翟在东京马不停蹄,总算将JOJO手里最大的案子完美结束,她准备给自己放一天假,好好享受一番异国情调。其实,孟清翟来过无数次日本,可她对日本的认识却寥寥无几。换上舒服的便装,走在东京街头,孟清翟第一次有一种松弛的感觉。看着高校女生手挽手窃窃私语,自己好像也跟着年轻起来。

在浅草寺旁的小店,孟清翟仔细挑选着一堆碗碟,这是她带给苏锦棠的礼物。几个好友中,苏锦棠最为喜爱日式风格,家中的餐具也是一水的日本款,价格虽不算昂贵,却颇有心思,每个碗的花色都不带重样的。"HI!你不是这里人吧?"一个年轻男子用日语向她打招呼,白色亚麻衬衣,卡其色粗布裤,看起来很是阳光。"我是中国人。"孟清翟笑着用日语回答。"我也是哦,呵呵,那我们讲中文就好啦。""你是台湾人?""看来我普通话真的不标准,一下就被你识破了。"孟清翟开始有点喜欢这个人的搭讪,索性与他有一搭没一搭地插科打诨。男子叫沈茂山,是日本国籍的"台湾"人,在日本做导游,而孟清翟却小心地隐瞒了自己的姓名和职业。这种萍水相逢的事情,她见多了,本就不必当真的。不过有了沈茂山的陪同,孟清翟的日本游更有效率。一天下来,不仅收获颇丰,更是遍尝东京美味孟清翟笑言自己已经撑得走不动路了。深夜,二人从居酒屋出来,都有些醉眼看花的感觉,孟清翟也就没再拒绝沈茂山送自己回酒店的请求。

对于一个三十岁的孟清翟,感情和性她拎得清,在异国他乡的偶尔放纵在她看来根本没什么可大惊小怪的,不过是一次激情的体验。而那个沈茂山似乎也是拎得清的,眼前这个女人,虽然衣着随意,却能从针脚线头看出不菲的价格,加之她钱包里那一叠VIP金卡,沈茂山断定这个女人不简单。

孟清翟的套房在酒店最顶层,有一个露天温泉池。两人端着清酒泡着温泉,一时无语,沈茂山朝孟清翟游过来,将酒杯从她手里拿走,另一只手自然地扶着她的腰。或许是因为酒精加上温泉,孟清翟觉得有点晕晕乎乎,飘飘然,自己艳若桃花的嘴唇不知道什么时候就贴在了沈茂山的嘴唇上。这样的事情多少有些顺理成章,因为陌生反而没有顾忌,两人似都要使出全身的力气宣泄,直到筋疲力尽沉沉睡去。

醒来的时候不知道是几点了。孟清翟的头还有些疼,人却是彻底清醒了。她拉了拉被子,将身体遮挡严实,听到浴室传来哗哗水声,知道沈茂山还未离去。当人清醒的时候,那些滞留的尴尬和不适就会统统出现。孟清翟披上睡衣,皱着眉头心里盘算,如何结束这场混乱的一夜情。

为了躲避尴尬,孟清翟泡在温泉池的角落,这个角落方便她看见房间里的一切举动。沈茂山穿着浴袍从浴室出来了,正准备寻找突然失踪的孟清翟,眼睛却落在了枕头上那一叠日元上。孟清翟将身体往水里钻,只露出一双眼睛。沈茂山将钱拿了起来,笑了笑,继而褪去睡袍换上衣服。开门准备离开时,突然回过头,冲着温泉池中的孟清翟挥挥手,脸上的笑容还在,却看得孟清翟不是滋味。

"异国艳遇啊?真有你的,浪漫死了。"苏锦棠拿着骨瓷碗一边欣赏一边打趣。"浪漫个鬼啊,尴尬死了。""你这个桥段是不是模仿的周星驰的《喜剧之王》啊?看吧,艺术总是来源于生活的,我估计你是伤了台湾男同胞的心。"听着苏锦棠的话,孟清翟少有的寡言。什么尊严啊、感情啊,孟清翟不是没在脑子里过,可是孟清翟就是这样的女人,她承认自己的自私,可谁不是将自己看得更重?她讨厌暧昧不明,喜欢简单直接的方式,哪怕这种方式太过残忍,鲜血淋漓……

叁

留不住的东西叫青春

（一）

国庆大假，各类邀约、各种不淡定纷纷袭来。不管你想不想去潇洒，你都会被各种理由、各色人等以各种方式被迫"潇洒走一回"。最近每个人都似乎被这样甜蜜幸福的小问题困扰着，因为放假在即，所以那些人满为患、道路拥堵、找不到地方吃饭、订不到酒店、逛街就是人挤人的事暂时被搁置一边，大有船到桥头自然直，到时候再说的架势。可是，对于有轻微强迫症，以及缺乏安全感的人而言，逛不了街可以不逛，找不到饭馆可以吃泡面，订不到酒店难道睡大街？

在止不住畅想7天大假时，浪漫成了女人幻想世界中的第一个关键词。准备去苏梅岛的张宇婷，幻想自己系着新买来的长宽丝巾，穿着比基尼在海滩戏水；准备自驾去敦煌的孟清翟，决定打扮成《生化危机》女主角的样子，来 次黄沙艳遇；哪怕是宅在家的夏朵朵，也打算终日穿着 Boy Friend 的白衬衣玩玩性感……三个女人相约晚上回家分别试装，用微信上传靓照，互相评判。可是第二天，谁都没有看到彼此的照片，见面时哼哼哈哈，甚是尴尬。最终，火爆脾气的孟清翟终于打破沉寂，"我要是再见到那个专柜小姐，我要撕开她的嘴！没见过那么不靠谱的！口口声声说那件高腰夹克就如同为我量身定做的，她怎么就不看看我腰上的赘肉？！"不说也知道，这三个大龄女人遭遇了同样的青春危机，她们活在一个不够真实的世界，被各种花言巧语蒙蔽了双眼，当真实突然来袭，伤势必然惨不忍睹。

Forever Young，永远青春。这对于已经迈过青春期的女人而言，是非常甜蜜的谎言。记得在 COCO 香奈儿的自传电影中，曾有这样的桥段：法国政府调查香奈儿小姐和一个德国军官的一段情事，当问她为什么和德国人有染时，四十多岁的香奈儿回答道："在我这个年纪，如果还有男人喜欢你，你已经不再考虑他拿的是哪国的护照了。"美女，特别是聪明的美女，都知道如何向年龄妥协。身边的一个美女，她说只要出太阳她尽量不出门，怕自己晒黑了；笑的时候她尽量不眯眼睛，为了防止眼角有鱼尾纹；她根本不知道红烧肉是什么味道，因为她很有毅力地在保持自己的身材。她自己开玩笑地说，等她死了，墓碑上应该写着：某某某，由于怕老，所以未老先死。永远青春，生理上是不可能的，而所谓 Aging Gracefully（幽雅地老化）可能比拼命要留住必须消失的东西要明智一些。服老是好的心态，而强迫自己年轻是很窘迫的事情。

女人这一辈子要保存的东西很多，但是青春最不值得花工夫留的，因为根本就留不住。

（二）

苏锦棠最近的心情一直很低落。关于梁建东出轨的事情，她刻意隐瞒了自己的女朋友们，假装生活还是平静如水的状态，只是在每一次女人聚会上，她多少都有点心不在焉。

"亲爱的，出来喝下午茶！"苏锦棠接到夏朵朵的电话时，正懒洋洋地蜷在沙发上做面膜，"还是去我报社附近的星巴克吗？"面膜纸敷在脸上让苏锦棠的声音显得僵硬。"你在干吗啊？声音怪怪的。"夏朵朵依然那么容易惊讶。"我在家里闲着做面膜。""哎哟，苏大主编居然翘班！"的确，最近的苏锦棠状态极差，鲜少出现在办公室，她下意识将家看做是她小小的避风港，在家里她可以毫无遮掩地舔舐伤口。"既然你那么闲，就快点出来嗨皮啊。我们新找了一个聚会地，比星巴克爽多了。快点来！"随后，夏朵朵立即将地址发了微信过来。

撕掉面膜，镜子里的苏锦棠看起来还是有些憔悴，虽然皮肤白皙饱满，可眼角眉梢总透着那么一点糟糕。"管他的，也该出门透透气了！"走出单元门，刺眼的阳光照得苏锦棠睁不开眼。跳上出租车，把头靠在窗边，在车镜中看见自己乱七八糟的头发以及略显水肿的眼睑，苏锦棠的心情直接跌到了谷底。

聚会地在护城河边，是一家新开的咖啡馆，独栋两层楼的欧式建筑，门廊外都坐满了这个城市悠闲又时髦的人。苏锦棠一下车就看到了另外三个女人。"哇塞，你最近怎么啦？把自己搞得这么惨？"张宇婷口无遮拦地直接揭短。不过，不用张宇婷提醒，苏锦棠也知道自己在这三个打扮光鲜的女人看来是多么的糟糕，所以她懒得解释，直接把自己扔进沙发。"锦棠你喝什么？"孟清翟体贴地插话。"随便吧。"三字一出，另三个女人迅速交换了一下眼神。孟清翟招来服务生为苏锦棠点了一杯焦糖玛奇朵，并说："多放一点焦糖哦。"苏锦棠感谢地冲孟清翟笑了笑。

"好了好了，人到齐了，我要开始八卦了哈，憋死我了！"张宇婷将身体往前挪了挪小声说："我们单位的那个秃头老板有外遇耶！""啊？！不会吧？就是那个整天一张扑克脸的老男人啊？谁会和他搞外遇啊？！"夏朵朵的话说出了所有女人的心声。张宇婷的老板大家都见过，在某一年的公司年会上，老板要求员工携带拿得出手的朋友赴宴以壮声势，张宇婷自然是把自己的姐妹淘请到了现场。"回想那一天还真是狗血，锦棠你记得吗？那个秃头还一直追着要你的名片呢！""啊？好像是吧。"苏锦棠被"出轨"二字击中还没有缓过神来。"哎哟！什么叫好像是吧，明明就是啊，我们还因为这个事情笑话了老板好久呢，你怎么回事嘛，一直心不在焉的！"显然，大家对苏锦棠的状态有百般疑惑。"我没事啊，可能是有点犯困，精神不集中吧。"喝了一口咖啡，苏锦棠故意将眼神越过女朋友们的头顶，望向很远，可这很远究竟也是不远的，一颗心飘飘荡荡没根似的。

眼看着老板出轨的八卦似乎要聊不下去了，张宇婷有点烦躁，无聊地摆弄着酒水单，时不时讽刺这家咖啡馆的平面设计做得不够专业。"各位，你们说我什么时候才能找到意中人啊？"

现在轮到夏朵朵说话。"意中人？你不要吓我哦，800年没听过这样老掉牙的说法了耶。"孟清翟故作震惊地调侃。"哪有那么老土？我一直都是保守派呀！我觉得意中人是最贴合的词语，什么白马王子那才是肤浅，你没听过吗？骑着白马的也不一定是王子，也有可能是唐僧！""嘿，我拜托你有点文化，人家唐僧是御弟，怎么这也算是王子那一级别吧！"苏锦棠终于加入了讨论，这一行动如同是给其余人等来了一剂强心针，大家顺势又生龙活虎起来，"听到没有？文化人已经开始纠正你的肤浅啦！"

苏锦棠在心里长长地舒了一口气，无论如何一定不能在大家面前露出马脚，她苏锦棠还是那个不可一世的苏锦棠，还是那个幽默机智的苏锦棠，就算今天容颜憔悴、衣着不合时宜，那也仅仅只是偶发事件。

几个小时的八卦让女人们容光焕发。孟清翟建议大家去新开的泰餐厅用晚餐，苏锦棠却摆了摆手，"我就下次吧，我还得回趟报社。"回报社是这么多年苏锦棠不变的脱身妙计，大家都知道她视这份工作如同生命，报社有事那就是家里有事，是非去不可的。与三个女人做别，苏锦棠打车回报社，可回去做什么她心里却没底，况且这样不修边幅的样子恐怕会吓坏同事，幸好已经是下班时间了，遇上的人不会太多。这么想着，苏锦棠已经走进了报社。

（三）

五楼的灯依然亮着，只是座位上已经没人了。苏锦棠心里暗想这些人总把自己的话当耳旁风,说了多少次下班要关闭所有电源,可就是执行不下去。想到这里,她顺手按下了电源开关。"不要关灯!还有人!"这一声惊呼吓坏了苏锦棠,"谁啊?!""是我!"一个小姑娘从座位上站起来,"啊?苏总,您怎么这么晚还没走?"苏锦棠定睛看了看,是刚招进来不久的一个小丫头。"你怎么还没走?吓我一跳!"苏锦棠走到她的座位边。"这个稿子觉得写得不太好想再修改一下,结果一下就忘了时间,吓着您了吧?"苏锦棠笑着摆摆手,"什么稿子啊?""就是那个报道地铁站流浪儿童的选题。"苏锦棠有些吃惊,"这个选题是你在做?我记得不是安排的你啊?"小姑娘有些脸红,怯怯诺诺声音也小了很多。"到底怎么回事?"苏锦棠瞬间感觉出来问题,盯着这个小女孩盘问。"带我的老师让我主要参与,我想也是为了锻炼我。""主要参与?怎么个主要法?是全部都让你一个人去采访写稿吗?""嗯,差不多。"苏锦棠气得胸腔疼,她稳了稳情绪,"你叫什么名字?""卓小雅。""到报社多久了?是不是该到试用期了?"卓小雅猛地抬起头,眼里竟全是泪水,"苏总您是不打算要我了吗?""何出此言啊?""因为您问我是不是该到试用期了,我就想着可能您是准备一到试用期就把我退了。"说完眼泪就淌了下来。"你哭什么啊?那么大的人动不动就掉眼泪多不好看。"苏锦棠递给她一张面纸问道:"你还没吃饭吧?""啊?!没有。"显然,卓小雅被苏锦棠弄晕了,她的小脑袋正飞速运转,试图搞明白苏锦棠的言外之意,可是这一会试用期一会儿吃晚饭,毫无逻辑可言,难道是要好聚好散?"走吧,我请你吃晚饭,正好我也没吃呢。""哦,好。"卓小雅听话地关了电脑,跟在苏锦棠身后走向电梯间。

正当苏锦棠和卓小雅在茶餐厅吃晚餐的时候,孟清翟、夏朵朵、张宇婷也正在新开张的泰餐厅享用晚餐。"你们觉不觉得苏锦棠有问题?"率先开腔的是张宇婷,她是最憋不住话的,但她却不傻,就算在下午茶后半段苏锦棠恢复了往日的状态,可单凭她不上班待在家里、不化妆就出门赴约这两点,就可以断定苏锦棠一定出状况了。"我也觉得耶,感觉魂不守舍的。"夏朵朵喝了一勺冬阴功,咂吧着小嘴说。"夏朵朵小姐,你什么时候开始说起台湾腔了?"孟清翟头都没抬就开始讽刺起了夏朵朵。"要你管,男生最爱听这种娃娃音了。""男生爱听娃娃音没错,但起码也得要长了一张娃娃脸吧?否则那就是《千与千寻》里面的钱婆婆!"孟清翟话音刚落,张宇婷已经笑得将嚼碎的大虾喷了一桌子。

苏锦棠看着坐在自己对面的卓小雅,莫名其妙地开始感觉那是10年前的自己,青涩乖巧,初入职场便把自己的身份位置放得极低,是甘于吃苦受委屈的。"你觉得带你的老师把所有事情都扔给你一个人做合适吗?"卓小雅没想到苏锦棠这样开门见山,她看着面前的这个已迈入30这个门槛的女人,透过她的眼睛,卓小雅看到了一丝丝的疲惫;伴随着这疲惫,卓小雅也嗅到了一丝和善。她想,这个女人今天不是来为难她的。"没有什么不合适的啊,我希望能够做更多的事情。""可是做得越多错得几率越大啊。"苏锦棠开始喜欢和这个小丫头谈话了,有一种欲擒故纵,猫捉老鼠的快感。"可是只有错了才知道什么是对的。"停住手里的筷子,苏锦棠很认真地看了看卓小雅,心想这个孩子不简单。"快吃饭吧，菜都要凉了。"苏锦棠埋头吃饭不再与卓小雅交谈。这让卓小雅有些看不明白了，自己刚才的话是说对了还是说错了呢？

回家的路上，孟清翟决定给苏锦棠打个电话。10分钟后，孟清翟的车停在了苏锦棠的家门口。

哪怕是四人行，也一定有相对更加要好的一对。苏锦棠和孟清翟就是这样一对。

在苏锦棠看来，孟清翟是自己在事业上的另一个化身，她欣赏孟清翟叱咤风云的样子，也羡慕她始终的自由之身；而在孟清翟眼中，苏锦棠是一个优雅女人的标准，她聪明能干的美丽善良，外加那么一丝艺术化的神经质，让这个女人鲜活得快要滴出水来，而这样的柔软细腻是孟清翟所不擅长的，所以这两个人多少有些互补的惺惺相惜。

下午茶时苏锦棠的失态，孟清翟当然全看在眼里。女人总会有难以把控情绪的时候，可苏锦棠却从未因为任何情绪波动影响自己在外的形象，哪怕是三年前报业集团大换血，苏锦棠险些被牺牲掉的危难时刻，苏锦棠依然不错分毫地谈笑风生，而今天到底是怎么了？孟清翟急于想知道究竟是什么击垮了苏锦棠最后的防线？

坐在孟清翟对面的苏锦棠有些漫不经心。"直说吧，你到底怎么了？"孟清翟掏出一包烟扔给苏锦棠，"边抽边说吧。"苏锦棠笑了笑，"朋友就是朋友，知道我不抽烟不说话。"她默默撕开香烟的包装，掏出一根烟给自己点上，烟抽了一半，她突然开口："我想离婚。"

（四）

躺在床上，孟清翟辗转反侧。"梁建东有外遇。"苏锦棠的这句话如同一根针刺着她的脑神经，让太阳穴一直突突地跳个不停。"老周，是我孟清翟，你帮我查一个手机号码，我要知道机主的个人信息，其他的你别问，帮我查就是了。"想了半天，孟清翟决定自己去破解这个婚姻之谜。

与孟清翟不同，苏锦棠这一夜睡得出奇的沉，她已经有好多个日夜不曾这样没心没肺地安睡了。哪怕梁建东不在自己身边，哪怕这张双人床如今空空落落，可苏锦棠睡得很好，甚至连梦都没做一个。

翌日清晨，苏锦棠被窗帘缝隙透进来的阳光吵醒，家里依然冷冷清清，但她知道昨夜梁建东回来了，因为家里有一股淡淡的雪茄的幽香。餐桌上摆着早餐，一杯牛奶，一根香蕉，一块芝士蛋糕，这是苏锦棠多年的习惯，梁建东每天都这样帮她准备。换做前些日子，苏锦棠一定会将一桌吃食全部倒掉，可今天她觉得很饿，这些食物在她眼中就是平凡的食物，跟梁建东没关系，跟任何人任何事都没关系。

9:00，苏锦棠光鲜地出现在办公区，引起了小小的骚动。大家纷纷传送简讯——"我们的好日子到头咯，女魔头又回来啦！""安主任你进来一下。"还没来得及开电脑，苏锦棠就将采编部主任安蓉召进了办公室。"我最近到报社时间少，你们就要打翻天印了呀!"安蓉被这劈头盖脸的指责吓了一跳。"你们是怎么带新人的?是把自己该做的事情全部都扔给新人做吗?想当年你们进报社的时候是怎么做新人的?我们也是这样带你们的吗?媳妇熬成婆了,也请将心比心!"安蓉瞬间明白了到底是怎么回事,忙着想去解释:"苏总,这里面一定有误会……""误会?有什么误会?让一个新人全盘接下一个大选题,独立采访近20个被访者,还要自己拍照片,这些都是误会吗?看来大家当官都当得很有心得了,整天都可以跷着脚在办公室吹冷气就可以给我交出好作品了。那我就等着看看你们提交上来的好作品。如果果真很好,那新人远胜旧人,可以破格提拔,也可以破格辞退;如果作品不好,那么对不起,你们整个编辑部从上至下一条线的都要被处分,你听明白了吗?出去吧。"

看到安主任被叫进主编办公室的那一刻起,卓小雅就开始惴惴不安。等看到安蓉一脸沮丧地从办公室出来,卓小雅就已经猜到了八九分。"卓小雅,你把稿子传给我看看!"安主任冲着她喊了一嗓子。"什么情况?主任怎么直接要看你的稿子?不用传给编辑看了啊?"坐在旁边的同事冲着卓小雅八卦。"我哪儿知道。"卓小雅嘴上说着不知道,心里却清楚得很,她立即将稿件上传采编系统,主任在看的同时,主编也能在系统里看到。半个小时过去了,主任依然没有叫她修改。这时,她的QQ突然响了一下,苏锦棠在QQ上对她说:"写得不错,加油!"

"孟总,您找我查的那个号码我查到了,机主叫吴慧茹,好像是报业集团的。"翌日清晨,孟清翟还没洗漱就接到了老周的电话!"行,我知道了,谢谢啊。"吴慧茹,光听这个名字就让孟清翟不爽，这么一个俗气普通的名字，怎么能让梁建东倾心？况且兔子不吃窝边草，梁建东这次是不是也玩儿得太肆无忌惮了？孟清翟对待感情向来随意，她始终不相信有一见钟情、白头偕老之说，人怎么可能一辈子只爱一个人呢？那既然不可能只爱一个，出轨便是避无可避的真相。所以，当她听闻梁建东出轨时，原本是并不惊讶的，唯一令她头疼和费解的反而是苏锦棠的放不下看不开。她万万没有想到，见惯了风月场的苏锦棠对爱情是那样的保守和专注，对梁建东的依赖是那样的深刻入骨。

　　孟清翟将调查工作布置给了自己的手下，"GIGI，你一直在对接报社集团，帮我查一个叫吴慧茹的，搞清楚她在哪个单位，是干什么的，多大岁数，最好能有照片。"不出半天GIGI将吴慧茹的资料传到了孟清翟的邮箱。"搞什么啊？！GIGI，你没搞错吧？就长这个样子？！"看了资料之后的孟清翟相当火大，那个吴慧茹虽然只是20出头，可单凭那张大饼脸和壮硕的身材就足以让人腻到两天吃不下饭，她怎么可能是梁建东的外遇对象？"孟总，绝对没搞错，报业集团有两个吴慧茹，另外一个是离退休干部中心的。""好吧，我知道了。"孟清翟挂断电话百思不得其解，决定冒险给这个吴慧茹打个电话。

　　"你好，请问是吴慧茹吴小姐吗？""是呀，你是哪位？""哦，我是月光流域售楼部的，之前您有在我们这边留下联系方式。""对对对，我是关注过你们的楼盘。""吴小姐是这样的，我们这边现在正在做一些优惠活动，我们已经把相关资料发送到您186的那个手机上了，可是您一直没有给我们回复，所以就打这个139的电话试试。""186的手机？我没有186的手机啊，你们是不是发错啦？""18609305222不是您的电话吗？"孟清翟觉得这个事情越来越有趣了。"好熟悉的号码哦，你等等，我看看。"吴慧茹在电话那边鼓捣了半天说："哎呀，那个是我同事的电话。""可是机主信息是您啊。""对，没错，因为那个手机是我帮她买的，用我的身份证办理的。""哦，那可能是我们这边工作人员登记出现问题了，只留下了您的姓名，您方便告诉我您同事的姓名吗？她应该也是我们的客户呢。"吴慧茹犹豫了片刻说："哦，这样啊，那好吧，她叫卓小雅。"

肆

老妹请让位

（一）

"喂，你们有被人家叫过老妹吗？"最近一直被台湾腔附体的夏朵朵在近日的下午茶会上这样问大家。"老妹？好奇怪的称呼哦，感觉不是很尊重人的样子。"苏锦棠搅拌着咖啡随口回答。"你们都没听过对不对？老妹是台湾说法，是称呼那些已经人比黄花瘦、年华不在的妹子，因为台湾喜欢称呼年轻女孩小妹，长得美的就叫正妹，可是年过三十的就统称老妹了。""够了！太难听了，你能不要天天沉沦在这样的脑残问题中吗？"张宇婷大声斥责。"我同意宇婷的说法，我们要是天天被这样带有诋毁性的问题所困扰，三十岁的女人都不要活啦，直接去死掉好啦！"孟清翟一边回复工作邮件一边发言。

"你们不要这样攻击我，我也三十出头了，被人家叫老妹我也很难过啊，可是难道你们都不承认我们的确拼不过二十山头的小妹了吗?"夏朵朵此言一出,另外三个女人均停下了自己手上的事情,抬头看看对方又看看自己,"二十出头怎么啦?幼稚!"张宇婷不服气,但明显有些嘴软。"如果仅仅是放到对男人的吸引力上来说,我承认我们拼不过二十出头的小姑娘,在异性审美上,男人是很专一的,不论是二十出头的小伙子还是七老八十的大爷,他们都喜欢二十出头的小姑娘!"当苏锦棠在说这些话时,孟清翟一直看着她,她在犹豫要不要将自己知道的真相告诉苏锦棠。

"可是我真的很讨厌那些二十出头的小女孩耶,好像只要年轻就可以什么都不懂,就算什么都不懂还可以得到大家的原谅,凭什么!""你也不要一竿子打死一船人,有的小姑娘还是很不错的。我就认识一个我们报社的小女孩,也是二十出头,但是甘于放低姿态受得了委屈、吃得了苦,真的很不错。""她叫什么名字啊?"孟清翟问出这句话完全是一种潜意识,她也说不清楚为什么就这样脱口而出了。"啊?叫卓小雅,你问这个干什么?"苏锦棠被孟清翟的问题打断,觉得有点莫名其妙。"卓小雅?"孟清翟的手机从手里滑落,啪嗒掉在地上吓了大家一跳。"你干什么啊?一惊一乍的,你认识她啊?"苏锦棠问。"不认识啊,我怎么会认识你们报社的小姑娘。"孟清翟的回答明明很正常,可从她嘴里说出来就是感觉很没底气。"你今天神神叨叨的,奇怪。"苏锦棠意味深长地看了孟清翟一眼。

聚会结束时,李航驱车来接自己的老婆,"你们这帮女人天天在一起都聊什么啊?哪儿有那么多话可以说呢?"李航有一搭无一搭地和张宇婷聊天,可等了半天不见张宇婷回话。"嘿,想什么呢？听见我说话了吗？""啊？你说什么？我刚刚走神儿了。"的确，张宇婷压根儿没听见李航的话，她沉浸在自己的世界里还没来得及走出来。这几次的女人聚会表面上和原来没什么不同，可就连向来大大咧咧的张宇婷也隐约感觉出来一些不同，只是她想不明白这些不同到底是什么，又是为了什么。"李航，你有没有觉得苏锦棠和孟清翟有点不一样了？""不一样？她们去做整容啦？"李航觉得奇怪，张宇婷鲜少和自己讨论闺蜜的事情。"滚！和你说话等于白说！"张宇婷气鼓鼓地将脸扭向窗外，心里想着那一丁点儿的不同。

"朵朵你是回家还是回单位？"孟清翟冲着后座上的夏朵朵说。"不想回家，也懒得去公司，你有事没有？要不我们再找个地方坐坐？"孟清翟透过后视镜看到夏朵朵闪着精光的眼睛。"坐了一下午还没坐够？说吧，又打什么小算盘呢？"夏朵朵笑得前仰后合，"人跟人相处要是太了解对方就没意思咧。""我觉得这样挺好，省下了互相猜疑的沟通成本。说吧，你想去哪儿？"在孟清翟眼中，夏朵朵更像是一个大孩子，是四个人中最需要呵护的那一个。"我约了一个相亲对象，你帮我去看看呗？""你拎拎清好不啦？你相亲我去干吗？当灯泡啊？脑袋秀逗了。""哎呀，万一人很挫，你还可以给我解围；万一人不错，你也可以帮我参谋啊！走嘛走嘛。"经不住夏朵朵的软磨硬泡，孟清翟只得陪她去赴约。

约会的地方是在包家巷的一家小茶馆，门口有两棵大洋槐。停好了车，夏朵朵先给对方打了一通电话，"你好，我是夏朵朵，哦，你已经到了呀，好的，我马上就进来了，嗯，知道了，待会见。"挂了电话，夏朵朵先就开始发起了花痴，"他声音好好听哦，很有磁性的感觉，也是台湾腔哦。我有预感，他就是我的意中人！"孟清翟翻了她一个大白眼，"走不走？""来啦来啦！"夏朵朵忙不迭地蹿进了茶馆。

　　下午的茶馆生意清淡，总共也没几桌客人。孟清翟用眼睛一扫就看见了坐在窗边看书的男人，米白色亚麻衬衣，卡其色棉布裤，光脚穿一双草绿色麂皮船鞋。嗯，从着装品位来讲，这个男人相当不俗。正在此时，电话响了，"朵朵，你先过去，我接个电话。"孟清翟话音未落，夏朵朵就已经蹿到了远方，看来自己已经不用陪驾了，想到这里孟清翟如释重负地笑了笑。

　　"你今天是怎么回事？"打电话来的是苏锦棠。对于这个电话，孟清翟一点都不惊讶，凭她苏锦棠的智慧，自己今天的失态，她一定尽收眼底，哪有不来询问的道理。可是孟清翟依然没有想好自己要不要告诉朋友这个秘密。"别装傻，直接说实话。"不等孟清翟开口，苏锦棠已经将游戏规则制定好了。"锦棠，我的确有事，但我还没有想好要怎么说。"沉默片刻，苏锦棠说："好吧，等你想好了再告诉我。"孟清翟长长地呼出一口气，无论如何今天算是对付过去了，她开始有些后悔自己擅作主张的寻根究底，当答案藏在心中却不能说出口时，孟清翟觉得自己的心负担很重，有一种愧对朋友的左右为难。而此刻带着这样的情绪，她实在不适合充当夏朵朵的电灯泡，所以她果断给夏朵朵发去一条信息：朵朵，你自己慢慢聊，我有事要先走，祝你和你的意中人幸福。

　　夏朵朵看到这条信息时，她已经完全不需要孟清翟作陪了，眼前的这个男人正是自己朝思暮想的类型,温文尔雅谈吐有度,"夏小姐也是台湾人?"沈茂山眯缝着眼睛看着自己对面的这个女人开始发问。

(二)

坐在办公桌前张宇婷觉得浑身上下都不舒服。"小林,这个设计方案你帮我再完善一下,我有点不舒服,可能得请个假。"张宇婷脸色苍白,额头冒着冷汗,她猜想一定是自己快来例假了,只是这一次怎么这样来势汹汹。"张姐,你脸色太难看了,快回家休息吧,方案你交给我就行了,放心吧。"自己新带的这个学生小林很是贴心,学东西快人也勤奋。张宇婷笑了笑,起身到老板办公室去请假。

背着包走出写字楼,张宇婷觉得一阵眩晕,扶住大楼门口的大理石柱就开始翻江倒海地吐。"李航,你到我单位来接一下我,我可能生病了。"张宇婷有气无力地给老公打了一个电话,坐在大厅等他过来。突然,她惊了一跳,自己的例假好像延期了,难道……张宇婷迅速站起身脚步蹒跚地走到公司附近的药房,犹豫片刻买了一支验孕棒后,折回公司洗手间。15分钟之后,张宇婷彻底傻眼了,验孕棒上两条夺目的红线无比真实地在提醒她:你怀孕了!

"老婆,我到了,你在哪儿呢?"此时李航打来了电话,"哦,我在上厕所,马上出来。"张宇婷将验孕棒塞进手袋,用冷水洗了一把脸，匆匆迈出了公司大门。"脸色好差哦，你怎么啦？哪儿不舒服？"李航远远地看见张宇婷吓了一跳，平日生龙活虎的老婆今天看起来特别憔悴，好像一阵风都能把她吹一跟头。"没事儿，可能昨天吃东西不合适凉了胃了。""昨天没吃什么特别的东西啊？你仔细想想是不是其他原因啊？"李航依然絮絮叨叨地回想着昨天到底他们都吃了什么。"哎呀，行啦，不就是人有点不舒服么？哪来那么多话？你让我安静一会儿吧。"张宇婷不耐烦地顶了一句。李航识相地闭嘴，直接将车开回了家，服侍自己的老婆大人上床休息。

"小航，宇婷怎么啦？"等张宇婷躺下，婆婆忍不住问儿子情况。"不知道，可能是吃东西不合适吧，胃有点不舒服，回来路上就吐了两次了。"李航压低音量和母亲说话。"吐啦？她还说有别的不舒服么？""没说了，就是看上去人特别疲惫。""小航，宇婷这个月例假还没来吧？"被老妈这样一提醒，李航瞬间像是明白了点什么，"好像是延期了，妈，宇婷会不会是怀上啦？""我看像！""真的？！太好啦！那我现在要不要告诉宇婷啊？"李航高兴得像个小孩儿。"别急，你先好好陪着你媳妇儿，妈下楼去给你买验孕纸，回来测测就知道了！"说罢，婆婆乐颠颠地下楼直奔药店。李航高兴得有点不知所措，站也不是坐也不是。他想立马把张宇婷叫醒和她分享这个喜讯，可又舍不得叫醒她，就这样像热锅上的蚂蚁在家里来来回回地走。突然，李航听到了细弱的电话铃声，是张宇婷的手机在响，他打开宇婷的手袋翻找电话。就在那一瞬间验孕棒闯入了李航的视线，那两条红线成为了李航眼中的全世界。

"儿子，买回来了，等你媳妇醒了让她马上测一测。"婆婆兴高采烈地将验孕纸递给李航。"妈，不用了。"李航随手将验孕棒拿了出来。"哎呀，怀上啦！这宇婷也真是，自己都知道了也不告诉你！"母亲的这句话像一根刺扎得李航难受，是啊，为什么宇婷知道自己怀孕了却不告诉他这个做老公的呢？李航从沙发上站起来，径直走向卧室，随手关上了房门。

"醒醒。"李航坐在床边用手使劲推了推张宇婷。"干吗啊？刚睡着！"张宇婷有点窝火地扭过身看着李航，突然惊了一跳，李航脸上冷冷的，看不出一点温度和笑意。"你怀孕啦？"李航开门见山，张宇婷心脏猛跳了一下，坐起来，沉默了大概10秒，"可能是吧。""你什么时候知道的？"李航并不看她。"刚才。"张宇婷突然觉得气愤委屈，自己是那个因为怀孕而难受的人，怎么现在还要受到这样的质问。"刚才？刚才是什么时候？你说清楚一点。""刚才就是刚才，就是你来接我的前几分钟！李航你什么毛病？犯得着这样兴师动众义正词严地来质问我吗？"张宇婷的忍耐显然抵达了临界点。"那你回来路上怎么不告诉我？"李航加大了音量，这正是张宇婷理亏的地方，可她也说不明白为什么在第一时间不愿意告诉自己的老公。"因为我不舒服！"这是张宇婷能够找到的还算说得过去的唯一借口。李李航顿时有些语塞。也是，老婆身体不舒服不想开口说话也没什么大不了的，李航就是这么一个特别容易转念一想的人，随即语气180度大转弯，"老婆现在觉得舒服一点了吗？""没有！我更不舒服啦！睡得好好的被拉起来质问，你说我能舒服吗？"张宇婷恨恨地盯着李航。"老婆大人息怒，都是我不好，老婆快快休息！""哼，这还差不多,哦,对了,晚上我想吃酸菜馅儿饺子。""好咧!老婆想吃酸菜馅儿饺子我立马就去做!"

张宇婷没好气地笑了笑翻身躺下。李航屁颠屁颠地直奔厨房。"妈,我们家的酸菜放哪儿了?宇婷刚才说想吃酸菜馅儿饺子。""哎哟,想吃酸的啊?好啊,酸儿辣女,保不齐给你生个大胖小子呢!"张宇婷听着房门外老公和婆婆的对话,心里有一种特别复杂的感觉,一边是受到重视的幸福,而另一边却是面对未知的畏怯,她始终没想好自己是否做好了当妈妈的准备。

"老婆,你今天就好好休息别去上班了。"当张宇婷怀孕的事已经确定之后,她俨然成为了家里的重点保护对象。"我又没什么不舒服,干吗不去上班?从怀孕到现在我请假也请的不少了,再这样下去我都该被开除啦。"张宇婷一边说一边洗漱穿衣。"开除就开除,我还巴不得你被开除呢,这样就能安安心心在家养胎咯。""你脑子进水啦?我被开除了就没钱拿啦,你是准备一个人养一大家子啊?"张宇婷冲着李航翻了一个白眼。

的确,工作丢不得,尤其是现在,张宇婷比谁都清楚这一点。从怀上这个孩子的那一天开始,家里的开销就开始上涨,张宇婷觉得压力好大。"小林,那个设计案在哪儿呢?"怀孕期间张宇婷已经耽误下好多工作。"哦,那个方案我已经交给老板了。""谁让你交给老板的?那个方案我还没弄完呢!"张宇婷声调高了八度,她心想完蛋了,老板看到那个半成品还指不定有多生气呢。"那个方案已经通过了,都交给客户了。""怎么可能?那是个半成品啊!""张姐,你前段时间不是常请假么,客户要得急,老板就把这个项目交给我了。我已经帮您做完了,老板觉得还行，客户也挺满意的。"这下真的把张宇婷惊到了，她扭头看着站在自己身后的这个二十出头的小姑娘，突然觉得有点陌生。两年前小林刚来公司时，还是个只穿美特斯邦威的应届毕业生，而两年之后的小林开始穿 Max&Co，开始用香奈儿的口红，开始试图抢占自己的位置。

"张姐，你怎么啦？""没事儿。"张宇婷笑了笑。"张姐，你不会生我的气吧？""怎么会，这是老板让你做的，而且工作嘛，总得有人继续。"说这些话的时候，张宇婷一直盯着电脑屏幕。她不敢看小林的眼睛，害怕把自己的眼泪看出来。

（三）

当众人都被各种烦心事所扰时，夏朵朵小姐却是春风得意。自从那次约会，夏朵朵和沈茂山又频繁地见了几次面，夏朵朵感觉这个做导游的男人对自己真的颇有兴趣。

夜色渐浓，夏朵朵和沈茂山从电影院走出来。"你累不累？"沈茂山问。"还好啊，看电影看得反而精神了呢！"夏朵朵面若桃花娇羞地回答。"那我们再找个地方坐坐？""好啊，嗯，要不去我家坐坐吧，我家离这里不远。"话一出口夏朵朵就有些后悔，她生怕让对方觉得自己太主动，可转念一想，都是三十好几的人了，万事都该是轻车熟路水到渠成的，总归要有人挑破这层窗户纸吧。"也好，如果不麻烦的话。"沈茂山的回答轻松自在，夏朵朵心花怒放。

"你的公寓蛮精致的。"一进门,沈茂山便对夏朵朵的家给予了肯定。"呵呵,你喜欢就好,就是小了一点。""房间都是你自己设计的吗?"沈茂山坐在夏朵朵家的碎花棉布沙发上,这一瞬间让夏朵朵沉醉,这个男人和自己的家这般贴合。"也不算什么设计啦,就是把自己喜欢的东西往房子里面填,慢慢积累下来就变成了一个杂货铺了。"夏朵朵递给沈茂山一杯热气腾腾的乌龙茶。"好香的茶,你也喜欢喝乌龙?""嗯,觉得清新爽口。""那你一定要试试我家乡的茶哦,有空到我家,我泡给你喝。而且乌龙茶最解油腻。要不这样好不好,改天我在家里做饭给你吃,然后我们再喝喝茶聊聊天!"天啊,会做饭的男人耶!夏朵朵的脑子里已经开始幻想在沈茂山的家里两人一起下厨的场景,那种老夫老妻的温馨场景,是夏朵朵渴望了无数年的经典画面。

"锦棠,我给你说哦,我这次是真的找到了自己的意中人!"深更半夜,夏朵朵依然不想睡觉。"真有你说的那么棒?"苏锦棠睡眼惺忪。"当然啦,清翟也见过的,她还夸赞他衣着品味位好呢!""那改天约出来大家见见啊,让我们也开开眼。"苏锦棠乐呵呵地说。"暂时不要啦,我们还没有发展到那一步,我怕吓坏了他。""切,一个男人家家的,有什么好吓坏的,让他见美女是他的福气!不过哦,你们现在到底发展到哪一步啊?关系有明确吗?""我觉得已经明确了啊,只是还没有把我们交往吧这几个字说出来。"夏朵朵拿着电话在床上翻来覆去,"那你怎么知道已经明确了?朵朵,你最好确认清楚哦,搞不好人家只是把你当个普通朋友呢。""普通朋友会说要做饭给我吃啊?"夏朵朵不服气。"好吧,总之你要是觉得OK就尽早确认关系啦,我们可等着接见这位意中人呢。"挂断电话,夏朵朵从甜蜜中抽身,确认关系的确是当务之急,可怎么才能确认关系呢?如果对方一直不开口,那自己要不要主动一点呢?夏朵朵小姐又开始失眠了。叮,夏朵朵的手机短信响了。"睡了没?"朵朵一个猛子从床上坐起来,是沈茂山的信息!

夏朵朵站在阳台往下看,街灯下站着沈茂山。她激动地冲他挥手。夏朵朵笑了,就在她失眠的空当,这个男人勇敢地挑破了窗户纸,他说自己在深夜造访只为了看看喜欢的女孩。

"哇塞,你们也太浪漫了吧!"坐在报社楼下的星巴克,夏朵朵向苏锦棠一遍遍讲述着那一夜的奇遇,"当时看到他在楼下我的心都要跳出来了,我都不敢相信那是真的!锦棠真的,你摸摸我的心,现在都还在扑通乱跳耶。""我知道我知道,我知道你现在幸福得一塌糊涂。"苏锦棠是真心为夏朵朵高兴,这个一直寻找爱情的大龄剩女,这一次终于寻得真爱。她相信夏朵朵会幸福,老天爷怎么忍心让这样一个执拗的女子不幸福呢?

(四)

自从张宇婷怀孕之后,女人们的下午茶聚会就转战到了张宇婷的家里。"宇婷,我们对你才是真爱!"孟清翟在每一次到访张宇婷的家时,都会这样说。"哎呀,我知道,要不是因为我怀孕,你们怎么可能容忍到我家里来聚会。"张宇婷说的没错,这个平面设计师的家毫无趣味可言,因为是和公婆住在一起,一切布局都以实用为目的，一切装饰都被抹杀，因为碍事儿。

"宇婷，你最近身体怎么样？"看着躺在沙发上面庞浮肿的张宇婷，苏锦棠在心里暗自恐惧，原来怀孕会把一个女人毁成这样。"有什么好不好的，倒是不太害喜，但人肿得厉害。"突然，噗一声，"宇婷！你又放屁！"夏朵朵夸张地从沙发上弹起来。"你要不要这么夸张？我是孕妇耶，怀孕让我体内都是废气，我有什么办法？我能控制得了吗？况且响屁不臭吗！""张宇婷你完了，你彻底堕落了！"夏朵朵挪到另一个沙发，要和张宇婷这个废气制造机器保持安全距离。

"宇婷，你该喝汤啦！"张宇婷的婆婆从厨房端出一碗白亮的鲫鱼汤。"妈，我待会儿再喝吧，一个小时之前您才让我吃了东西，现在我实在喝不下了。""你现在是孕妇当然要多吃啊，这样我孙子才能长得白白胖胖啊。""现在哪儿知道是孙子还是孙女啊，您别天天孙子孙子挂在嘴边，要是生个女孩呢？"原本是一句无心应对，没想到老人家却急了："别瞎说，肯定是男孩，我老李家还想着续香火呢。"说完，婆婆将碗撂在茶几上就进了厨房。

"他们不喜欢女孩啊？"孟清翟忍不住问。"管他们的，又不是他们生孩子，最讨厌重男轻女了！"张宇婷将最后几个字说得很大声。"行了，我们先走了，你好好休息吧。"苏锦棠一行匆匆告辞，留下一个张宇婷在沙发上生闷气。"我觉得她那个婆婆真够呛。"一出门孟清翟就开始发飙，"现在都什么年代啦？还续香火？不知道生个儿子都是建设银行，生个女儿才是招商银行啊？老顽固！""别人家的事，你气个什么劲儿？"苏锦棠倒是见惯不怪。"我就见不得这种重男轻女,亏得宇婷气场强镇得住,不然还不知道受多少委屈呢。""哪儿就像你说的,这又不是旧社会。况且,家家有本难念的经啊。"听到这话,孟清翟看了一眼苏锦棠,心想,的确,这家家都有一本难念的经,张宇婷家如此,那苏锦棠家亦是如此啊。

伍

水 落 石 出

（一）

逛街，是这个城市女人必不可少的悠闲娱乐。走在街头巷尾总能看见三三两两的女人结伴出行，女人一起逛街是有无限乐趣的，除了在购物的空当可以闲聊八卦，更可以在选购的时刻给予对方一针见血的评价。而这评价往往又分为两种：志趣相投的便是互相赞美和鼓励；风格迥异的往往就变成了恶搞讽刺。

而这样的闲暇乐趣最近在这四个女人身上鲜少发生，一来是因为张宇婷怀孕，实在不适合长时间在外闲逛。二来大家似乎都感觉到孟清翟的刻意疏远。

霓虹初上，孟清翟从公司出来，难得的一个夜晚没有应酬没有邀约。她决定去新开的连卡佛看看。要是放在以往，孟清翟一定会给苏锦棠打个电话约她一起逛街，可今时今日，她却最不想拨通那个电话号码，梁建东出轨的秘密一直压在孟清翟的心底，她不知道要不要告诉自己最好的朋友。如果说，应该选在怎样的时间节点？如果不说，又应该如何搪塞掉多疑的苏锦棠？一贯雷厉风行、天不怕地不怕的孟清翟这一次是真的没了主意，她痛恨自己管得太多，原来不知道真的会比较安心。

新开业的连卡佛坐落在市中心的国际金融城里。孟清翟满腹心事地在商场闲逛，走过家居馆时，孟清翟看到了XQ创意家居作品。"女士您好，这是国内设计师产品。"孟清翟看了看价格，一个小摆件标价6800，她淡淡地笑了笑，心想，这样流水线生产的东西，一旦被冠以设计师产品，价格就真是翻天覆地，摆明了是不想让普通老百姓消费艺术嘛。"孟姐姐！"正当孟清翟还沉浸在艺术品是否适合大众消费这样的命题之中时，她听到不远处有人嗲着声音在呼唤她。

"孟姐姐，我是小B！"定睛一看，孟清翟认出了前方穿工装的女孩。"你跳槽来连卡佛了？""是呀，我现在专门负责配饰区，孟姐姐来看看啊。"小B和孟清翟认识多年，最初她在王府井百货的化妆品专柜上班，那时的小B还是一个名不见经传的小小B，可她也确有过人之处，在流水的顾客中，总能一眼看出谁才是真正的金主。显然，孟清翟就是这样被小B从人堆里挖掘出来的。一旦确认了金主身份，小B就会展开全方位无死角的贴心服务，并且时不时拿出一些员工福利给金主享用，久而久之孟清翟和小B就成了不是朋友的朋友。

"孟姐姐，我觉得这几款首饰都超级适合你。"小B不改殷勤地拿出一套亚历山大·麦昆的金色系首饰，小心地放在首饰托盘中，恭恭敬敬地捧到孟清翟眼前。"确实漂亮！"孟清翟暗自感叹小B审美的飞速提升,"这三个总价多少?""两个戒指、一个手镯总共6900。"孟清翟点了点头。"这条项链也不错……""孟姐姐,我个人觉得这条项链一般。下个月我们的新款就到了,不如你那时候再来看?""也行,那就三样吧。""好,您先坐坐,我去给您交费。小美,快给孟姐姐端柠檬水!"孟清翟很享受地坐在沙发上,喝着温度适中的柠檬水,那一刻她将所有烦恼暂时抛诸脑后了。她打心底里感叹:有钱真好!

(二)

戴上新入手的麦昆,孟清翟打算去商场里的咖啡厅喝一杯。正当她走进咖啡厅,想寻一个舒服的位置时,却看到了角落里坐着的苏锦棠和另一个陌生男子。孟清翟有一种想迅速逃离犯罪现场的冲动,可热情的服务生在此时却大声喊出了:欢迎光临,请问您是几位?苏锦棠无意识地侧目,正好与孟清翟的眼神撞个正着,"清翟?"孟清翟只得走了过去。

"好巧啊。"孟清翟这三个字说得干干巴巴。"是啊,来我给你介绍,这是我的大学同学——林穆文。"对面的男士起身,礼貌地伸出手与孟清翟握了握。林穆文?孟清翟在心底高喊这三个字,然后迅速与苏锦棠交换了眼神,她从苏锦棠的眼睛看出了一种"你懂的"的意味。"穆文,这是我最要好的朋友孟清翟。""你好,久仰大名,要不我们一起坐坐?"林穆文好生客气,可孟清翟却明显理不清楚状况,"不打扰你们了,我还有点事。"这不像是孟清翟的风格,她的拒绝显得肤浅。可她还是不假思索地说了。"那好吧,你先去忙你的。"苏锦棠拉着孟清翟的手走到咖啡厅门口,两个人都有些尴尬。正当孟清翟准备离开时,苏锦棠说:"晚上给你电话。"孟清翟只得点头然后仓皇离开。

"你没事儿吧?"林穆文看着苏锦棠。"没事啊。""你朋友看到了也没事?""你想太多了。"林穆文笑了,"我是怕给你惹来不必要的麻烦。""老同学见个面、喝个咖啡是再正常不过的事情。"苏锦棠的回答无懈可击,可林穆文却感同嚼蜡:老同学,这三个字从苏锦棠口中吐出来,显得那么冷硬残忍,虽然林穆文不是不知道苏锦棠的脾气,那一句老同学也并非是一定要和他拉开距离,可他还是厌恶她这样的说辞,不由自主地冷笑了一声。"怎么了?老同学?"这个世界上没有人比苏锦棠更了解林穆文,一句老同学脱口而出,苏锦棠便料到了林穆文会介意。"锦棠,在你心中究竟把我放在什么位置?"林穆文扶了扶眼镜,盯着苏锦棠。

"你觉得呢?"苏锦棠暗揣是自己那接二连三的"老同学"把林穆文逼急了。"我不知道,锦棠,我从来都不知道。""其实,我也不知道。"这是苏锦棠的心里话,这个林穆文在苏锦棠的心中不是没有位置,可却又不是一个固定的位置。在得知梁建东出轨的那一天,林穆文在她苏锦棠心中重如亲人,当她选择与其耳鬓厮磨之时,林穆文似又回到了大学男友的位置。而今,坐在自己对面,他林穆文也就只是一个信得过的老同学。所以,苏锦棠不知道应该如何回答,虽然她心里清楚,却不能脱口而出,毕竟这个男人什么也不求地爱着自己。

"原本我还想问问你是否打算和他离婚,看来这个问题我也不必问了。"林穆文低下头自说自话,虽然嘴角依然挂着浅笑,可苏锦棠看得出来他的沮丧。今天,是苏锦棠主动给林穆文打的电话,约他在晚上出来坐坐,自从那一次之后,苏锦棠一直没和林穆文联系。林穆文不止一次地告诉自己:是该放弃了,忘掉这个女人开始自己的生活吧。可就在林穆文快下决心的时候,苏锦棠的这通电话重又燃起了他的希望,他兴高采烈地想:苏锦棠并没忘了自己,她只是需要时间思考,现在她终于想好了。

一贯伶牙俐齿的苏锦棠不知道该如何应对,在她拨通这个号码的时候,她就明白自己想要什么,哪怕梁建东对她不忠,却也不会病急乱投医地跟了林穆文。这不是小孩子扮家家酒,也不是莫名其妙的琼瑶剧,对于一个三十出头的女人而言,生活不需要那么多桥段,就算老公外遇,那也是自己的家事,与外人无关。可这些话,她说不出口。苏锦棠将脸扭向别处,她的心里有愧疚,可这愧疚也是高高在上的愧疚,是一种不平等的歉意。她明白,自己正是借助这样近乎残忍的方式,在寻求快要丢失殆尽的自信和尊严。

"锦棠,你究竟想要我怎么样?"林穆文的声音急迫,甚至有些恼怒。他双手扶着头,拽着自己的头发。苏锦棠不明白一个大男人怎么会突然在咖啡厅失态。"你别这样好不好?"林穆文听出苏锦棠的话中有了烦躁和不耐,他稳了稳情绪,抬头定睛看着苏锦棠,这个自己爱了 10 年的女人,"锦棠,你真的一点都没变……"说完,林穆文起身离开,留下一个苏锦棠对着两杯已冷的咖啡发呆。这还是第一次,苏锦棠有些不适应:每一次都是她先走,而这一次是林穆文,他居然先走了,居然留下了她苏锦棠。

(三)

从咖啡厅出来,苏锦棠有些失魂落魄。这不是她要的感觉。约见林穆文是想觉得快乐,是想找回自信,是想再一次确认自己依然是有人爱的。可现在,苏锦棠觉得糟透了,连唯一的林穆文也离她而去了。"清翟,我在你家楼下。"接到苏锦棠的电话时,孟清翟正在发呆,她害怕的时刻终于来了。

"你想喝点什么?"苏锦棠坐在孟清翟家的客厅中央,两眼无神,"我什么都不想喝,我觉得很恶心,我想吐。"说完,苏锦棠就冲向了厕所。"你没事儿吧?锦棠?!"孟清翟吓了一跳,她跟在苏锦棠身后,拍打着她的背。吐完了,苏锦棠反过身紧紧抱住孟清翟,突然放声大哭。

或许,这是孟清翟意料之中的场景,她反而平静了,只是也抱着苏锦棠,抚摸着她的头发,什么都说不出口。

"清翟,我觉得我完了。"这是苏锦棠平静之后说出来的第一句话,孟清翟递给她一根烟和一杯水。"我觉得我好失败。"抽着烟的苏锦棠脸上挂着一丝耐人琢磨的笑。"别这么说,谁都有不顺心的时候。""不,清翟,你不知道,你没看见他的表情,他说'苏锦棠,你真的一点都没变'。""谁?林穆文?"孟清翟搞不明白，此时的苏锦棠究竟是为了梁建东而难过还是因为那个林穆文。"他说我一点都没变，他是想说我苏锦棠还是那么残忍，那么自私。""你别多想，我想，他不是这个意思。"可孟清翟心里知道，那个一直深爱苏锦棠的男人就是这个意思。"清翟，为什么，为什么我们爱的人不能爱自己，而爱自己的人却始终不能让自己深爱？"这句类似绕口令的话恐怕是所有女人都无法回答的难题。"他今天问我是不是打算离婚。""锦棠，你真的想过要离婚么？上次你说你想离婚，你真的想清楚了吗？"苏锦棠将烟狠狠地摁灭，"没有，我不知道。当我发现梁建东出轨的时候，我想离婚，我想让他难堪，我想让他知道我苏锦棠是有尊严的。如果不爱了，我大可以潇洒自在地离开，我甚至要在他之前就告诉他我不爱你了。""所以你才找来了林穆文？""是，我以为我可以瞬间爱上别人，这样我就不会那么难过，可是，清翟，你知道么？真的好难，我以为我会不那么疼，可现在我反而更疼，疼得我快要死掉了……"苏锦棠伏在桌面上流泪，没有像刚才的号啕，她哭得没有声音。

那一夜，苏锦棠睡在孟清翟家的沙发上。她睡得不好，总是做梦，梦里她一直在跑。因为她在追一个人，那人是个贼，看不清楚样貌，她只知道那人偷了自己最珍贵的东西，她一定要追回来，否则她会死。当梦醒了，苏锦棠静静地坐在沙发上，她知道梦中的贼偷走了自己的爱情，那是她的命。

"宇婷，我想来想去，这个事情只能和你商量了。"当孟清翟坐在张宇婷家那张硌得人生疼的摇椅上时，她的心重得快要坠下来了。"是关于锦棠的么？"张宇婷冷静而认真地问这让孟清翟惊讶，没想到最大大咧咧的张宇婷，却是如此会洞察心机。

"我一早就看出来你们两个人神神秘秘奇奇怪怪的，说吧，到底怎么了？"当孟清翟一五一十地将事情和盘托出时，张宇婷倒吸了数口冷气，"卓小雅？就是那个在锦棠杂志社上班的小妖精？"张宇婷用手扶着腰，气得眉毛倒立。"应该是，我没想好要不要告诉锦棠。""当然要告诉她！你没听她说么？她还很喜欢那个小妖精呢，觉得能吃苦能受委屈，提拔她也不是没可能。喂，清翟，我们怎么能让姐妹受这种侮辱？这也太欺负人啦！""可是，我怕锦棠会受不了，你也知道，那天晚上她在我家放声大哭，这么多年我们什么时候见过苏锦棠这样？""还是得说，长痛不如短痛，总不能让那个小妖精事业、爱情双丰收吧！""可是，我不知道应该怎么开口，我怕。"孟清翟第一次承认自己害怕，她害怕看到面对真相的苏锦棠。

"如果不能直说，我们就设一个局，让当事人自己发现呗。"张宇婷躺在沙发上给孟清翟出主意。"嗯，这倒是个好主意，也省得让锦棠觉得世人皆知。"两人达成了共识之后，开始筹划着一出水落石出的好戏。

（四）

周末，在新开业的丽思卡尔顿酒店，孟清翟的公关公司举办着一场别开生面的红酒品鉴会，这个城市的各路精英阶层悉数到场。大家身着礼服，端着红酒细细品味，这一幕像极了好莱坞电影的画面。为了给朋友撑场面,三个女人均携带男伴出场。

苏锦棠梳着标准的耶稣头,着一条烟灰色丝绸连身长裙,挽着梁建东的胳膊与孟清翟打招呼。"哇塞,宝贝你今天太美啦,梁大哥你老婆艳压群芳啊!"孟清翟冲着梁建东打趣。"我老婆自然是艳压群芳。"梁建东看看苏锦棠,笑着捏了捏她的手。随后到的是张宇婷夫妇,虽说宇婷的肚子已经遮不住了,好在身型还没有完全改变,她穿一条露背黑色无袖礼服裙,戴着孟清翟友情支援的亚历山大·麦昆的金色系首饰,搭配干净利落的短发,让张宇婷看起来风情万种。而她身边的李航,大家选择忽略。

"怎么样?"张宇婷借故走到孟清翟身边。"都安排好了。"孟清翟悄声回答道。"苏总?"正当苏锦棠夫妇端起红酒准备碰杯时,一声清脆的招呼响起,大家纷纷侧目,却看到一个穿着沙滩热裤和比基尼上装的女孩怯生生地站在会厅中央,她就是卓小雅。

"哇塞,太有你的了,你怎么让她穿成这样?"张宇婷笑得花枝乱颤,一个劲儿用手肘杵着孟清翟的腰。"小雅,你怎么来了?"苏锦棠觉得惊讶又尴尬。"是他们通知我来采访一个比基尼派对的。"卓小雅羞得脸颊通红,随即,她看到了苏锦棠身边的梁建东,四目相对一时无声。聪明如苏锦棠,她瞬间看出了这两人的怪异,便拉了拉梁建东的手,低声说:"你们认识?""啊?哦,认识,但不熟。"梁建东的回答再一次让苏锦棠确认,在那一瞬间,苏锦棠的心在胸腔里炸裂,变得粉碎。"小姐,对不起哦,比基尼派对还没有开始,是我们的另一个活动,晚些时候在酒店泳池举行。可能是我们工作人员通知错了时间,实在不好意思。"工作人员GIGI跑到卓小雅身边一个劲儿地赔礼道歉。

一场风波在卓小雅识趣地离开后告一段落。可苏锦棠知道事情远未结束。叮，梁建东的手机短信响了，他故意走到会厅另一边查看信息。过了一会儿，他对苏锦棠说："我去趟洗手间。"苏锦棠笑着点头，看着梁建东快步走出会场。苏锦棠悄悄跟在后面。在酒店侧门外，苏锦棠看见了梁建东和卓小雅。

"你怎么来了？"梁建东一见到卓小雅就迫不及待地问。"怎么？你怕了？"卓小雅并不回答他的问题，只是倔强地仰起脸逼问梁建东。"你是故意的吗？"梁建东语气有些不悦。"怎么是我故意的？我看是你故意的吧，故意让我看到你们一对璧人。""胡搅蛮缠！""你说谁胡搅蛮缠？今天受辱的人是我，你怎么还好意思说我胡搅蛮缠？"卓小雅边说边哭，梨花带雨。"好啦好啦，有什么以后再说。你先走吧，我还得进去。"梁建东拍着卓小雅的肩膀。"你还要进去？我都哭了你还要进去陪她？！不行，我要你马上就走！"卓小雅说着就扑倒在梁建东的怀里。"听话，不要胡闹。"梁建东的语气平和了不少，带着温暖的严厉。"我就不，你不走我就不走，我在这里等你。"站在石柱背后的苏锦棠腿脚发软，她的脑中一片空白，而这空白是被愤怒炸出来的。她的胸口急速起伏，大约因为供血不足，她觉得缺氧，觉得耳鸣头晕，她强撑着让自己不要晕倒。"好啦，我要进去了，你也快回去吧，我晚点给你电话，听话。"梁建东用力抱了抱卓小雅，准备结束这场谈话。可正当梁建东准备转身离开时，卓小雅用力拉住了他，在他脸颊上亲了一口，大声说："梁建东，我爱你！"

苏锦棠扶着石柱站在两人身后,她看着卓小雅,卓小雅也看着她。

梁建东回头看见身后的苏锦棠,那一刻,他很惊讶,惊讶于自己隐瞒的不光彩的事情终于大白天下,更惊讶于在这个女人脸上居然什么都读不出来。"锦棠……"梁建东想说什么,可苏锦棠摆了摆手,卓小雅宣战似的紧紧拉住梁建东的手,这是要做给苏锦棠看的。她知道,所以她只是笑了笑,她笑这个女孩做戏太猛,也笑自己居然被这个小丫头骗得团团转,可是她苏锦棠看人依然不错,这个女孩果然不简单。

"活动要开始了。"说完这句话,苏锦棠转过身往酒店里走,她不停地告诫自己:苏锦棠你给我争气一点,好好地走,不能扭到脚,更不能摔倒,你怎么来的就得怎么走!苏锦棠你给我争气一点,绝对不能哭,你的睫毛膏是不防水的,你不能让别人看到你的狼狈,更不能让梁建东看到你的破败!你是苏锦棠,你给我强大一点!

苏锦棠就这样装作无事一般继续往前走,她觉得纳闷,怎么这个酒店这么大,怎么老是走不到会场……"锦棠!"梁建东在她身后唤她,那声音听起来好远。"你满意了?!"梁建东冲着卓小雅低吼。"她迟早会知道,只是让她早一点明白而已。""我不喜欢这样,不喜欢被算计,如果要说明,我希望是我亲口告诉她,而不是以这样的方式!"梁建东此刻脑子里很乱,苏锦棠的那句"活动要开始了"让他想起了周星驰电影里,刘嘉玲反复说的那句"老公你饿不饿?要不要我给你煮碗面?"他觉得难过,虽然当他第一次躺在卓小雅的怀里时,他就知道这已经构成了对苏锦棠的伤害，可就算木已成舟，他也万万不会希望以这样的方式彻底刺痛苏锦棠，刺痛自己的结发妻子，刺痛那个与自己朝夕相对的人……此时，梁建东的心里更升起一股子恨意，他用力地甩开卓小雅的手，"今天就到此为止！"说完，梁建东快步走进酒店。

（伍）

穿着比基尼的卓小雅觉得好累，她没有马上离开，而是坐在酒店大堂外的石阶上发呆。裸露的后背被阳光晒得发疼，汗水弄湿了头发，脸上的妆也开始分崩离析、一塌糊涂。

出身于普通工薪阶层家庭的卓小雅，今年22岁，毕业于省内一所名校的新闻专业。能够进入出版集团，是卓小雅在上大学时就已经明确的职业愿景，可是当她真的踏入出版大楼，成为一名实习生的时候，梦想被现实击得粉碎。原本是想进入核心报当一名社会新闻记者的，却因为没有关系背景，被分到了杂志社。幸而这本杂志在省内销量不错，好歹也算是非主流的主流，况且因为杂志社隶属于出版集团，卓小雅盘算着如果自己能在杂志社顺利转正，说不定哪天能内部流动到核心报也未可知。正是带着这样的想法，卓小雅显得比其他任何实习生都更勤奋、都更能受得了委屈。

这样一个二十出头的小女孩，能有这样的抱负和心胸实属不易，可她也并非没有打过退堂鼓。当实习老师将揭露地铁站流浪儿童的大型选题一股脑扔给她时，她的确是懵过，她知道凭借自己一己之力是断断完成不了这样的选题策划的，她更知道实习老师想把她挤走，才好安排自己的亲妹妹来上岗。卓小雅记得，当她拿到这份空洞的几乎算是没有的采访大纲时，她甚至已经在电脑上敲下了"辞职信"三个字。可转念一想，自己仅仅是实习生，是一个连辞职都没有资格的编外人员，想到这里，卓小雅心里疼得难受，她稀里糊涂地拿着采访大纲走到电梯间，稀里糊涂地进了电梯。

电梯里有人。是个男人，卓小雅没看清楚，她直愣愣地盯着自己的脚尖。叮咚，电梯到了，她走出电梯一看，坏了，自己怎么到了23楼？急忙转身阻止电梯关闭，可说时迟那时快自己的采访大纲被夹在了电梯中间。卓小雅慌了，她什么都没想就开始死命地拽那几页纸。然后，突然，那几张A4的采访大纲被撕开了，电梯安静地下行，留下一个手里捏着半份大纲的卓小雅坐在23楼电梯间的地板上。

卓小雅不是一个爱哭的女孩，可那天，她记得自己哭得撕心裂肺，她知道自己也并不全是为了那破损的大纲，她哭的是自己整个人，她觉得自己太不容易，太不容易。可就在此时，有人拍卓小雅的肩膀，那个人就是梁建东。

故事发展到这里，一切就开始进入到一个既定程序：年轻聪明的杂志社实习生爱上了风度翩翩的出版集团高管，他协助她完成了一次又一次工作任务，让她不断在事业上成长，势必成为出版集团一颗未来之星。这是所有都市灰姑娘故事的脚本，这是玛丽苏情节的关键所在，这正是卓小雅所经历的爱情故事。

伍　水落石出

如果你要问卓小雅知道自己的白马王子是有妇之夫么？回答是肯定的，卓小雅在最初就知道站在自己面前的梁建东是自己老板苏锦棠的老公，这一对的爱情故事堪比传奇，是出版大楼茶余饭后的谈资。所以卓小雅知道自己的爱情故事并不完美，她在享受的同时也深知自己背负了一个不那么光彩的名字——第三者。

可是，如果你要追问卓小雅在充当第三者之后是否有负疚感？那么，答案是没有！你可能搞不懂现在的年轻人，你也不能用传统的道德标准去评判她们，她们只是睁着大大的无辜的水灵的眼睛告诉你：我 OK 啊，只要爱就够了。真的，你不能说这样的女孩就是坏的，她们也有自己的闺蜜，她们也会孝顺父母，她们也会路见不平拔刀相助，可能，她们和你我都没有太大差别，甚至在某些时刻，你还会由衷地欣赏她们。就像最初的苏锦棠是那么由衷地喜爱这个 22 岁的小女孩。

卓小雅曾和自己的闺蜜说过这样的话，"她苏锦棠只是我的老板，我和她没感情，所以我不觉得我亏欠她。就算在道德上来说是有亏欠，可我并不真的觉得对不起。可是，她现在对我很好，秉公办事，给我们新人机会，我反而觉得恨她。恨她是因为我开始感觉到我恨自己，我不想恨自己，但是我做不到……"

这就是真实的卓小雅。当她今天看到苏锦棠和梁建东站在一起时，她突然意识到自己远不能和面前的这个女人相比。可她卓小雅并没有打算将梁建东拱手相让，她要最后一搏，因为她知道，就算输了她也没有可在乎的。所以，她看到石柱背后的苏锦棠时，她决定将戏份做足，给梁建东的那个吻，是划地盘；那一句我爱你，更是宣战。

卓小雅站起来，拍拍屁股上的灰，扭过头看着酒店内的低调奢华，她在心里暗暗地说：苏锦棠，我们开始吧！

（六）

夏朵朵牵着沈茂山的手跑进会场，她因为拿不定主意应该穿哪套衣服而迟到，所以她错过了刚才的那一幕闹剧，可迎接她的却是一场更大的风波。

"宇婷。"夏朵朵跑到张宇婷身边低声打招呼。"你怎么才来？！"张宇婷正想告诉夏朵朵刚才的突发事故，却抬眼看见了夏朵朵身边帅气的沈茂山。"这是沈茂山，这是我的好朋友张宇婷。"夏朵朵兴高采烈地向双方介绍。"喂，不错耶。"张宇婷悄悄对夏朵朵说。"那当然，帅吧？"夏朵朵得意极了，"对了，怎么没看到锦棠和清翟？"夏朵朵抬头四下寻找，"过会儿告诉你。"正当张宇婷回话时，孟清翟从人群中向她们缓缓走来。

"清翟！"夏朵朵踮起脚尖向孟清翟挥手，可就在那一瞬间，孟清翟率先看到的却是站在夏朵朵身边的沈茂山！她迟疑地立在原地，使劲在脑海里搜索这个男人的音容笑貌，她是那么不愿意将眼前的这个人与日本的一夜风流联系在一起，可是，没错，这个沈茂山正是自己在日本的艳遇。

"清翟，我给你们介绍！"夏朵朵话音未落，沈茂山就先伸出了手，"你好。"这是孟清翟没想到的，按照常理，她应该礼貌地握手，可孟清翟拒绝了。她只是冲着夏朵朵笑了笑说："你们先玩,我还有客户要招待。"说完,孟清翟头也不回地走开了。

"她怎么回事啊?"夏朵朵明显不快,转而问身边的张宇婷。"我哪儿知道,可能是忙晕头了吧。"张宇婷也觉得奇怪,可又猜不出到底是因为什么。"茂山,你别介意哦。""怎么会!"沈茂山捏了捏夏朵朵的手。"你们喝什么?我去拿。""谢谢!"沈茂山笑着走向吧台。"孟清翟什么意思嘛,太不给我面子了!"夏朵朵依然气鼓气胀,她不明白为什么一向照顾她的孟清翟今天是怎么了,她越想越生气,一定要去问个明白!想到这里,夏朵朵大步向前,拉住了人堆中的孟清翟。

"你刚才很不礼貌耶!"夏朵朵开门见山。"啊?"孟清翟自然要装糊涂。"刚才啊,他跟你打招呼,你完全无视,什么意思吗!"孟清翟此刻脑子里很乱,她一边要应付夏朵朵的追问,一边在人群中搜索苏锦棠和梁建东的身影。在会厅门口,她看到了苏锦棠,梁建东在其身后拉住了苏锦棠的胳膊,可苏锦棠用力甩开了,力道太猛让苏锦棠的身体猛烈摇晃,差一点就要跌倒在地。孟清翟明白,苏锦棠已经知道了真相。"喂!孟清翟!"夏朵朵蛮横地打断,孟清翟突然就觉得很烦躁,"夏朵朵我告诉你,找对象最好擦亮眼睛!那个沈茂山不是什么好东西!"说完这话,孟清翟甩开夏朵朵走开。"你!"夏朵朵懵了,这是怎么了,孟清翟是怎么了?!

"你好!"沈茂山出现在孟清翟身后,这让孟清翟吓了一跳。她转过身,看到满脸堆笑的沈茂山。"没想到会在这里遇到你。""我告诉你,不要惹我!"孟清翟往前走了一步,直面沈茂山,狠狠地扔出这么一句话。"我没有惹你,我只是和你的好朋友谈恋爱。"沈茂山语调平稳,不阴不阳。"你最好离夏朵朵远一点!我不准你欺负她!""你不准?你想怎么做?是打算直接告诉朵朵我们在日本的风流故事还是现在就打我一顿?"孟清翟语塞,是啊,她应该怎么保护夏朵朵?她应该如何启齿?气急了的孟清翟直接将一杯红酒泼到了沈茂山的脸上,"你给我滚!"

这一幕所有人都看到了,当然也包括夏朵朵。

"朵朵!你听我解释!"孟清翟追在夏朵朵身后,跑得踉踉跄跄,一个不小心直接摔倒在酒店大堂。夏朵朵扭头,看见倒在地上的孟清翟,她想过要上前把她拽起来,可是那一句"他就是和我在日本玩一夜情的牛郎!"始终盘旋在她大脑上空,她知道这一切其实都不关孟清翟的事,可她就是接受不了,自己找了这么多年的完美爱人,怎么就在突然之间成为了国际牛郎?那个自己确认的意中人,怎么居然曾和自己的好姐妹睡过,还拿了酬劳?这一切都超出了夏朵朵的理解范畴,如果说她恨,那么她此时恨一切的人恨一切的事,她想彻底消失,想彻底忘记,想让所有人都彻底忘记!可单单只是忘记就好了吗?那么心痛的感觉呢?她夏朵朵心痛的感觉,难道就能这么轻易地抹掉吗?想到这些,夏朵朵停住了脚步,她看到倒在地上的孟清翟,只是冷冷地抛出一句:"我恨你。"

华灯初上,酒会散场,孟清翟一瘸一拐地走出酒店。"清翟,我送你回家吧。"张宇婷扶着孟清翟柔声说。"不用,我一会儿坐公司的车回去,你早点回去休息吧!"孟清翟故作轻松,还不忘嘱咐李航,"开车慢点,路上小心。"然后挥手与张宇婷作别。

"今天都是怎么了?"车上李航忍不住问。"你说,如果真相很伤人,是不是不知道的好?"张宇婷像是自言自语,而李航什么都不再说,只是伸出手紧紧地握住她的手,张宇婷扭过脸看着开车的李航,她静静地说了一句:"老公,我爱你。"

陆

摊 牌

（一）

苏锦棠几乎是以逃离的方式离开了酒会现场。她原本打算直接拦下一辆出租车冲回家收拾行李，可梁建东一直紧紧拉着她的胳膊。他将苏锦棠拽到停车场，将她扶到副驾的位置，帮她系好安全带，然后开车飞速离开。

这一路，苏锦棠一直紧紧抿着嘴唇，望向窗外，这个僵硬的姿势持续了很久，久到她觉得脖子发疼，可她不能扭转头，她甚至连余光都不愿意看到旁边的梁建东。不知道为什么，明明已经洞悉梁建东的出轨，可当事实生生摆在眼前时，原来是可以那么痛的。

"对不起，锦棠。"良久，梁建东吐出这样5个字。苏锦棠听到了，可她情愿没听到，对不起？这一切难道是一句对不起就可以了结的么？苏锦棠的眼泪不争气地流下来，滑进嘴里又咸又涩，她甚至不能用手去擦拭眼泪。在那时那刻，苏锦棠固执地认为自己就该这样冷冷的一动不动，似乎任何微小的动作都是一种妥协，都是一种变相的原谅。当然，她苏锦棠是不会原谅的，她怎么可能原谅这个男人的肆意妄为？怎么可能原谅对这段感情的背叛？可她也忘了，自己也曾在某时某刻背叛了身边的梁建东，可苏锦棠不觉得那是背叛，在她心里，那更像是一种报复和自我救赎。

　　坐在家里新买的埃及棉沙发上，苏锦棠给自己冲了一杯速溶咖啡。平时，她是断不会喝速溶咖啡的，她常年的胃病让她无法接受速溶咖啡的洗礼，每喝一次胃都会泛酸难受；可现在，她需要一点能量。当那褐色的甜液进入口腔通过食管流入胃中，苏锦棠全身抖了一下，她觉得由内而外的暖和。"锦棠，我想和你谈谈。"梁建东拉过一把椅子，坐在苏锦棠斜对面，"我希望你能让我一次性把话说完。"苏锦棠认真地看着梁建东，烟灰色粗布衬衣，袖子随意地挽到肘部，黑色休闲裤下是一双深灰色的麂皮鞋，梁建东从来都不会穿错衣服，他细心地配合着今天苏锦棠烟灰色的礼服，让他们无论走到哪里都是那么融洽的一对。苏锦棠埋下头，看着咖啡杯笑了笑。她在想是不是该把这杯咖啡泼出去，泼到梁建东的脸上、头上、衬衣上，好让这个男人不那么好看，不那么镇定。可这个念头稍纵即逝，取而代之的是她盘算到干洗店是不是能洗干净这些咖啡渍，以及自己新买的羊毛地毯是否能够幸免。想到这里，苏锦棠忍不住笑了，她笑自己哪怕在即将被人抛弃的时刻，在乎的依然是这些虚情假意的东西，可她觉得这样挺好，感情是多么虚无缥缈的东西，可衬衣、地毯，却是实实实在在的。

"锦棠,我没有想过会在这样的情况下告诉你一切。""那你希望在怎样的情况下告诉我呢?"苏锦棠忍不住问。梁建东伸出右手制止了苏锦棠的提问,"请你让我一次性把话说完。"沉默片刻,梁建东接着说:"我和她在一起的时间其实并不长,不到三个月,但我跟她在一起的时候真的很快乐。那种快乐很单纯,好像都不需要动脑子就可以收获,而这是我这几年都不曾体会过的感觉。所以,每一次快乐我都很感动。"梁建东抬眼看了看苏锦棠,她面无表情地盯着自己,嘴角也没有丝毫牵动。"我觉得她很像10年前的你,年轻莽撞,却又勇敢而充满力量。在最初,我以为我是爱上了她,可越往后接触我越发现,我可能仅仅是将她当成了曾经的你。今天发生的一切都不在我的掌控之中。我很清楚,现在是到了我做一个决定的时候。"苏锦棠突然将咖啡杯重重地放到茶几上,"够了,我必须要打断你,梁建东,我觉得你搞错了一件事,现在,此时此刻,不再是由你来决定什么,而是我!"苏锦棠说的没错,犯错的是梁建东,那么丑事败露之后,他怎么还能拥有决定的权利?要不要他、离不离婚都不再是他说了算的。

显然,梁建东被苏锦棠的举动吓了一跳,他前一秒都还沉浸在他悲情而又罗曼蒂克的爱情故事中,而这一秒他该醒醒了。"锦棠,你误会了我的话,我不是想说要选择你还是她,而是想要对感情表一个态度。"苏锦棠笑了,她不是没有在心里盘算过,在这出感情战中自己的胜算有多大,只是现在,还不是分出胜负的时候。因为苏锦棠知道,一旦胜负已分,事情便要偃旗息鼓,不能翻旧账不能瞎猜疑，要学会翻篇继续过日子，可她显然不打算就这样放过梁建东。

（二）

冲出会场的除了苏锦棠，当然还包括夏朵朵。

提着长裙、踩着高跟鞋的夏朵朵跳上一辆出租车冲回了家，一进门就扑倒在床上开始放声大哭。夏朵朵常常哭，常常哭得撕心裂肺。可这一次，她哭得有点不一样，将脸整个埋在枕头里发出呜咽的悲鸣，她的脑子里甚至什么都没想，只是一味的哭，像是要把这些年自己所有的委屈全部倒出来消化掉。

从太阳落山一直到夜半时分，夏朵朵小姐一直在哭，最后她甚至哭得发不出声音、流不出眼泪，嘴唇干干地贴在牙齿上，变个口形就撕扯着疼，瞬间嘴里便有了一丝血腥味。夏朵朵突然不哭了，她直愣愣地起身将床头柜上的半杯水一饮而尽。

盯着手里的空杯子，夏朵朵一扬手将其扔了出去。哐啷，玻璃杯砸在墙上碎了一地。哇，夏朵朵又开始哭，她觉得那个玻璃杯好可怜，那是自己曾在一次旅行中买来的，她觉得玻璃杯是有生命的，而现在死在了自己手里。

"朵朵！开门！"有人使劲拍门，那人是沈茂山。"你走啊！"夏朵朵坐在床上吼。"朵朵，开门啦！你先开门！"5分钟后，夏朵朵打开了家门。

一进门，沈茂山一把将夏朵朵抱在怀中。"放开我！放开我！你这个流氓！你放开我！"夏朵朵疯狂地扭动着身体，连抓带踢，而沈茂山越发用力地抱着夏朵朵，一言不发任她发狂。"你滚啊！滚！我得到的羞辱还不够吗？！"夏朵朵终于说出了自己的心里话。可就在这时，沈茂山直接用嘴堵住了夏朵朵的嘴，近乎野蛮地亲吻她。

这显然是夏朵朵始料未及的，或许是她被镇住了，夏朵朵停住了疯狂的踢蹬，任凭双手被沈茂山控制住，就这样心甘情愿地任他亲吻。不知道过了多久，沈茂山停住了亲吻，将头埋在夏朵朵的颈弯喘着粗气。"你……刚才……是为什么？"夏朵朵悄声问。沈茂山抬起头，鼻子对鼻子地看着夏朵朵，突然笑了起来。"笑什么？"夏朵朵似乎突然被这莫名其妙的笑惹火了，她用力推开沈茂山。"笑你可爱啊。"沈茂山跟在夏朵朵身后走进客厅，坐在他再熟悉不过的碎花棉布沙发上。

这一夜，多少有些怪诞，沈茂山留宿在了夏朵朵家的沙发上。他们相安无事地共话家常，没人提起下午的风波，似乎什么都未曾发生过。

这一夜，比以往任何一夜都来得更加复杂：那些曾经被隐藏的，统统翻上了桌面；而那些曾经被压抑的，也统统爆裂喷涌；而那些我们以为会翻江倒海的，却似乎四平八稳。只是，没人知道，在这平静之下是息事宁人还是暗流涌动。

（三）

次日清晨，苏锦棠早早地起床，洗漱穿戴整齐后走进厨房给自己做早餐。她打开冰箱拿出一枚鸡蛋，犹豫了一下，还是做了一个双面煎蛋，淋上少许生抽，然后迅速烤了两片吐司。将这些统统放到餐桌上后，关上家门打车上班。

平时，苏锦棠鲜少打车上班，可今天，她想早早到达办公室，因为她知道今天有一场恶仗要打。

端着一杯咖啡走进办公区，苏锦棠发现办公室人还不多。她绕到卓小雅的座位旁，看见桌面上摆放着一个相框，照片上的卓小雅穿着学士服、戴着学士帽，笑得那么好看，苏锦棠忍不住伸出手指在照片上轻轻划过。"苏总。"苏锦棠愣了一下，她知道是谁在唤她，扭过头，苏锦棠从容地说："早啊。""没有苏总来得早。"卓小雅也从容应对。苏锦棠笑了，这个小丫头果然不错，能在事发第二天准时来上班就已经是胆识过人，现在居然还能和自己顶上一嘴。

苏锦棠在心里想，如若不是因为梁建东，她或许能和这个小丫头成为忘年交也未可知呢。

此时，同事们陆续都到了。苏锦棠和卓小雅装作没事发生一样各做各的。快到中午时，苏锦棠在QQ上对卓小雅说："中午一起吃个饭吧。"不久，卓小雅回了一个"好"字。

还是在那家茶餐厅。苏锦棠找了一个相对僻静的区域，然后自顾自地点上一根烟。透过烟雾,她望向对面的卓小雅,这个绑着马尾的女孩脸上是淡淡的神情,没有一丝惊慌失措。"苏总您吃什么?"拿过菜单,卓小雅依然很体贴周到。"你点什么给我也来一份就好。"从苏锦棠的声音里听不出一丝愤怒,卓小雅暗想,这个女人的葫芦里到底在卖什么药?

等待饭菜上桌的时候,是最为尴尬的时候,两人似乎都不想开口说话,却又等着对方率先发难。苏锦棠的烟一根接一根,她始终淡定地望着卓小雅,脸上有似笑非笑的表情。卓小雅几次想低下头,却又不想输了较量,"苏总……您约我吃饭有什么事情吗?"卓小雅实在憋不住了。"我想你应该知道。"苏锦棠饶有兴趣地回答。"您还是直说吧。"卓小雅喝了一口水。"好,我希望这是我们最后一次见面。"苏锦棠说这话的时候眼睛一直盯着卓小雅,她试图从卓小雅脸上看到一点恐惧、惊慌,可什么都没有,卓小雅甚至还笑了笑。"意料之中的,您不说我也不会继续留在杂志社的。至于说这是否是您最后一次见到我,倒也难说。离开杂志社,也不表示我就会离开这个集团,说不定抬头不见低头见呢。""哈哈。"苏锦棠笑了起来,她摁灭了烟头,盯着卓小雅说,"我等着。"苏锦棠的这三个字,似乎刺痛了卓小雅,她呼地站起来说:"等着就等着,咱们走着瞧!"说完拿起包就冲出了茶餐厅。此时服务员悄悄走向苏锦棠,低声问:"请问,另一份炒饭需要退掉么?"苏锦棠笑着说:"不用,你帮我打包!"

吃过午餐,苏锦棠一进办公室就发现了卓小雅的座位空空如也。好快的速度!苏锦棠轻轻呼出一口气,心里觉得畅快了不少。"喂,通知你一声,卓小雅已经离开杂志社了。"没等梁建东说话，苏锦棠就挂断了电话。她心想，现在是考验你梁建东的时候了，如果你帮这个小丫头留在媒体圈内，那这数年的夫妻情分恐怕也就到头了。可这些话，苏锦棠是断不会说出口的，她是何等看重自尊的人？怎么也不屑在这种事情上讨价还价的，况且，她相信聪明如梁建东，怎么会听不出她的弦外之音，如若他还稍微顾及这个家，就绝不会再趟这汪浑水。可如果梁建东出手相助，那么她苏锦棠也会瞬间明白，这个男人已经做出了决定。

"我现在是无业游民了哦！"苏锦棠刚刚挂断电话，卓小雅的信息就到了。梁建东看了看手机，想了想，还是给卓小雅回复了一句：我知道了。回到出租屋的卓小雅捧着手机，心里说不出的难受，为了能和梁建东在一起，她从家里搬了出来，自己找了这处离报社近的房子，这套不足40平方的小户型，每个月会花掉卓小雅800元。梁建东曾提出由自己来支付她每个月的房租，可卓小雅拒绝了，她不想让梁建东感觉自己是图他的钱，她和别的女孩不一样，她能够靠自己。可现在，梁建东那看不出情绪的四个字让卓小雅没有底气。她在手机上敲出：那我怎么办？可转念一想，还是删掉了。她想，在这种时候或许不该咄咄逼人，她应该给梁建东留点时间，让他想清楚，自己究竟要怎么做。

显然，卓小雅是聪明的，她的沉默让梁建东觉得稍感轻松，更让梁建东起了恻隐之心，这个二十出头的小丫头现在什么都没有了，她有的仅仅只是自己，而自己是否能够给她想要的？梁建东自己也不知道。

（四）

"清翟，你现在有空么？"苏锦棠在完成一天的工作之后，给孟清翟打去电话。"我在家。"孟清翟的声音显得疲惫，这让苏锦棠有些诧异，她什么都没问，提着打包的炒饭前往孟清翟的家。

当孟清翟一瘸一拐地给苏锦棠开门后，直接又躺回到沙发上。"你吃饭了没？"苏锦棠帮孟清翟拉开窗帘。"没有，不想吃。""我把饭给你热一下，多少还是要吃一点。你到底怎么回事？把自己搞得这么人不人鬼不鬼的。"苏锦棠用微波炉给孟清翟热好饭，端给她，捧着这碗炒饭，孟清翟突然哭了起来，"锦棠，对不起。"孟清翟也不知道为什么，自己会说出这样的话，可她却也是打心眼里觉得对不住苏锦棠，更对不住夏朵朵。"这么多年的朋友，我们还需要说这些么？"苏锦棠坐在孟清翟身边，递给她一张面纸，让她擦擦眼泪。"锦棠，我不想你受伤害的，真的……"孟清翟的眼泪滴到碗里。"我知道，我都知道，是你让卓小雅来的，对吧？"苏锦棠并不看着孟清翟，像是自言自语。"是，自从你上次给我说了梁建东的事情，我就让人去查了，我早就知道那个女人是卓小雅。"孟清翟一股脑将整件事和盘托出，说完之后，她觉得好轻松。"哦。"苏锦棠淡淡地回了一个字。"锦棠，你是不是在怪我多事？""不会，我知道你是为了我好。这些事情，不管是谁告诉我，我迟早都是会知道的。"苏锦棠搂搂孟清翟消瘦的肩膀,笑了笑,"我没事,真的。""那你和梁建东打算怎么办?""我也不知道,走一步算一步吧。""你不想离婚吧?""清翟,你觉得这是我能做主的么?"苏锦棠认真地看着孟清翟。孟清翟突然明白,在这场婚姻保卫战中,苏锦棠从来都不是那个能够掌控全局的人,她不想离婚,可也无论如何不会放低身段,她能做的,不过是在过好每一天的同时默默等待。

"对了,我听说了朵朵的事情。""天啊,我现在都不知道怎么面对她了!"孟清翟烦躁地挠着头发,"锦棠,你说这个事情是我的错吗?我怎么会料到这个世界这么小,我是怕朵朵吃亏啊。""我知道,我相信朵朵也会明白的。""她才不会明白!你知道么,那天我摔在地上,她只是回头看了我一眼,还说她恨我,你不知道她的眼神,那架势是要把我剥皮还不够解恨呢。""哪有那么夸张!"苏锦棠忍不住笑了起来。孟清翟用力将自己砸在沙发靠垫上,"我现在总算知道什么叫做猪八戒照镜子里外不是人咯。""好啦,猪八戒,你抽空还是给朵朵打个电话,有什么还是说清楚比较好,毕竟是那么多年的好姐妹,总不能因为个男人就不做朋友了吧。""我怎么没打,我昨天一到家就给她打了电话,可是电话关机了。我猜她还不准备原谅我吧,锦棠,要是朵朵能有你一半通情达理我就阿弥陀佛了。"苏锦棠笑着起身,"你好好休息吧,早点养好你的脚,别忘了吃饭,我先走了。"苏锦棠示意孟清翟不必起身送她,自己走出了门。

一出门,苏锦棠就给夏朵朵打了一通电话。"我知道说到底也不怪孟清翟,可我就是觉得很难堪,我不想见她,见面更尴尬。"此时，苏锦棠和夏朵朵坐在朵朵家楼下的星巴克。夏朵朵低垂着头，漫不经心地搅拌着面前的那杯奶油摩卡。"难不成真为了一个男人就要和清翟决裂？"苏锦棠问。"也不是决裂啊，只是暂时不想见面。""好吧，不难为你，只是你要明白，清翟是为了你好才会这样失态。""哼，为了我好，可能也不见得吧。"苏锦棠惊讶于夏朵朵的这句话，"那你觉得还会因为什么？""搞不好她是因为嫉妒沈茂山看上了我呢。""你搞搞清楚好不好！"苏锦棠忍不住敲了敲夏朵朵的脑袋，"他们就只是一夜风流，清翟怎么可能是因为嫉妒？你脑袋秀逗了呀？""是！她全对，我全错！我就是那个傻了吧唧活该倒霉的人！"夏朵朵突然很火大，站起来连声再见都没说就走了，留下一个苏锦棠被惊愕得说不出话来。

"朵朵你怎么啦？"一进门，沈茂山从厨房探出头来关切地问夏朵朵。"别理我，烦着呢。""还是因为咱俩的事吗？"沈茂山拴着围裙，走到夏朵朵身边，拉起她的手。"苏锦棠就知道向着孟清翟！"夏朵朵一屁股坐在沙发上，再不作声。"爱情是我们两个人的事情，其实你不必太在乎别人怎么说啊。""说得容易，她们可是我这么多年的好朋友耶，是比亲人还亲的人，我怎么可能不在乎？""那如果她们都反对我们在一起，你是不是就要离开我呢？"沈茂山扳过夏朵朵的脸。"我没这样说啊？哎呀，烦死了，我现在不想思考这样的问题。"沈茂山在夏朵朵气鼓鼓的脸颊上亲了一口，"好吧，现在不想，我们吃饭吧，我给你做了好吃的咕噜肉还煲了汤。"说完，沈茂山像没事儿人一样拉着夏朵朵坐到餐桌旁，自己进了厨房开始张罗晚餐。夏朵朵望着沈茂山拴着围裙的背影，有一种说不出的感觉，那感觉夹杂着感动，也有一丝不确定。夏朵朵在想，这个男人是图什么呢？

（五）

酒会之后，张宇婷的心里一直有点七上八下。她想给苏锦棠和夏朵朵打个电话，可她实在不知道该说什么，宽慰的话她张宇婷从来都说不好，而此时，除了宽慰，还能说什么呢？索性，张宇婷放弃了打电话，只是分别给她们二人发去一条信息：如果你需要，我这个朋友始终都在。稍后，她收到了苏锦棠的回复：谢谢，你别瞎操心了，注意你的身体。而夏朵朵的信息始终未到，张宇婷突然就觉得有点不舒服，人家苏锦棠出了这么大的事儿也知道回个信息，你夏朵朵不过是遇人不淑，怎么反倒像是这个世界最受委屈的那个？想到这里，张宇婷忍不住哼了一声。

"老婆，今天晚上我单位加班，你早点睡觉，不要等我了哦！"张宇婷正在气头上收到了李航的信息。李航最近时常加班，人好像都瘦了一圈，张宇婷看在眼里，心想这个男人也知道努力赚钱养家了，看来要当爸爸的确能让男人瞬间成熟起来啊。

打了一个哈欠，张宇婷喝着牛奶玩电脑，虽然作为孕妇应该远离电脑，可张宇婷实在无聊，趁着李航这个啰唆鬼不在，她可要放放敞。张宇婷是个电脑迷，还专爱玩一些脑残游戏，比如QQ空间里的《梦幻花园》就是她玩了很长时间的，为了能让游戏进展顺利，张宇婷还申请了若干小号，当然李航的QQ也被她征用了，只是自从怀孕之后，张宇婷的"花园"就一直疏于打理，今天可总算能够好好玩玩了。张宇婷习惯性地打开李航的QQ，本想直接进入QQ空间后就关闭李航的QQ，可就在这时，李航的QQ闪了一下，"亲爱的，你出发了没？"张宇婷毫不犹豫地点开对话框，这句充满暧昧的话闯入她的眼帘。

张宇婷看了看时间，对话信息是在李航的下班时间发过去的。她猜想，李航那时候一定已经关闭了电脑，所以她才能看到这条信息，显然，他们有约。张宇婷点开对方的个人资料：白妹妹，25岁，巨蟹座。她继而又点开聊天记录，里面空空如也，只有这一句显得格外扎眼。张宇婷盯着电脑屏幕，觉得嗓子里哽得难受，然后，张宇婷掏出手机冲着QQ对话框拍了一张照。

"哎哟，宇婷，这大晚上的你要到哪儿去啊？"婆婆看见穿戴整齐的张宇婷时吓了一跳。"出去有点事儿。"张宇婷走到门口穿鞋拿包。"这么晚还有什么事儿啊？明天再干不行啊？要不我给小航打个电话？""不许打！"张宇婷突然吼了一嗓子，然后开门离开。

走出单元门，张宇婷觉得自己牙床发麻、眼冒金星，她很想好好哭一场，可却怎么都哭不出来。她也不想给朋友们打电话，张宇婷觉得自己丢脸极了，这样的事情她希望全世界只有自己一人知道。突然，她明白了苏锦棠的不易和夏朵朵的难过。

电话一直在裤兜里震动，张宇婷坐在小区儿童游乐场的秋千上，任凭手机响，她知道一定是李航打来的，婆婆一定在自己出门后给李航打了电话。张宇婷想了想，将刚才自己拍摄的照片用彩信发给了李航。手机停止了震动，张宇婷猜想，李航现在一定不知所措。她低下头，晃荡着两条腿，让自己略显庞大的身躯在秋千上动起来。

　　夜很深了，李航也不知道自己是怎么冲回家的。他觉得双腿发软，一进门就看到端坐在沙发上的父母，"妈，宇婷呢？""啊？！你没找着她啊？我也不知道啊，到现在都没回来！"婆婆着急地站起来，却也毫无办法地看着儿子。"那我出去找找！"李航一转身又冲下了楼。"这大半夜的是闹什么啊？！"婆婆软弱无力地坐下，看着自己的老伴儿。"是不是他们小两口又吵架了？"公公问。"我哪儿知道啊？可今天回来的时候看着还好好的啊，我就说这个北方媳妇要不得，挺个大肚子还离家出走！""哎，你少说两句吧，还没搞清楚是怎么回事呢。"公公阻止老婆牢骚，"能有什么事儿？这么多年你还看不出来？都是她在瞎闹腾！"婆婆抱怨了一句。

　　李航冲出单元门，借着路灯看到了坐在秋千上的张宇婷。可这时，他却犹豫着不敢往前了。慢慢挪动脚步，李航还是走到了张宇婷背后，"宇婷。"李航看见张宇婷的身体轻微抖了一下，他料想是自己的声音惊到了张宇婷，可张宇婷没有回头，就像没听见一样。李航绕到宇婷面前，"老婆，咱们回家吧？"他蹲在地上，试图去拉张宇婷的手。可张宇婷将手拿开了，"回家？回哪个家？"张宇婷的声音很轻却也很冷，这让李航很不习惯，他以为张宇婷一定会吼，甚至会动手打他，可现在的张宇婷却冷静得很。"回咱们的家啊。"李航低声说。"咱们的家？咱们还有家吗？""老婆，你别这么说，我……"李航埋下头，他不知道应该怎么说下去。"你怎么了？怎么不说了？"张宇婷不再晃动秋千,她直直地看着蹲在地上的李航,她觉得痛心,这个男人还是那么软弱,软弱到连自己出轨都不敢承认。"宇婷,是我不好!我错了!"李航突然抱住张宇婷的腿向她忏悔。张宇婷皱了皱眉头,现在她无比地厌恶这个男人的行为,厌恶他说话的声音,厌恶他接触到自己双腿的那双手,"你怎么错了?你不是在加班么?加班有什么错?"张宇婷冷冷地说,话里带着那么一丝嘲讽。"老婆,我错了,真的,你原谅我吧!""看来你是不打算说了,那你走吧。"张宇婷不耐烦地推开李航。李航一屁股坐在了地上,他低垂着头,根本不敢抬眼看看张宇婷,"老婆,有什么回家再说吧,这外面风大,你还怀着孕呢。"李航说得有气无力。"你愿意回家说?当着你父母的面说吗?怀孕,你还知道我怀着孕呢?真是难为你了!"张宇婷笑了起来,她突然觉得生活真是丰富多彩,她张宇婷的生活也能赶上八点档的电视连续剧了。

"锦棠,你现在能来接一下我么?"在这大半夜接到张宇婷的电话还是头一遭,苏锦棠瞬间明白一定是出事了,所以她二话没说拉起梁建东,二人驱车去往张宇婷的住处。见到张宇婷时,她和李航站在小区门口。"宇婷,你怎么啦?"苏锦棠跳下车拉着张宇婷的手问,"你手怎么这么冷啊?这晚上起风了,李航你也不给她多穿一件?"苏锦棠没好气地说。"锦棠,我能到你家借住一晚?我实在是没地方去了。"说完这句话,张宇婷突然放声大哭,吓坏了在场的所有人。苏锦棠不是没见过张宇婷流泪,可这一次张宇婷显得那么无助;李航也不是没见过老婆哭,可当着这么多人的面号啕,从来不是张宇婷的做派;而梁建东也感觉到事态的严重,这四个女人,张宇婷可是最为粗线条的啊。"好好好，你别哭，喝风就不好了！"苏锦棠扶着张宇婷上车，梁建东贴心地为她们拉开车门，并说："小心头！"苏锦棠抬眼看了看梁建东，轻声说了句："谢谢！"梁建东愣了一下，随即微笑着说："锦棠，你坐后面陪着宇婷。"继而对站着发呆的李航说："你先回去吧，放心，有什么明天再说。"

梁建东把车开得稳稳的，一到家就开始收拾客房，并嘱咐苏锦棠给张宇婷热一杯牛奶暖暖身子。苏锦棠听话地按照梁建东的吩咐忙东忙西，当她把牛奶递给张宇婷时轻声问："宇婷，你现在想告诉我发生了什么事吗？"

张宇婷将照片拿给苏锦棠看，苏锦棠一下就明白了两口子出了什么事。她将照片给梁建东看了一眼，梁建东点了点头。"锦棠，你说他还是不是人？！"张宇婷哽咽着说，"趁着我怀孕居然在外面乱搞！""他承认了吗？"苏锦棠问。"这还需要他承认吗？白纸黑字！就差捉奸在床了！""宇婷，你听我说，我觉得还是等问了李航之后再说，这条信息的内容的确不好，可也许并没有你想的那么坏。""不，锦棠，你知道，天下男人都一样，吃着碗里的想着锅里的。"说完这句话，张宇婷略感失言，苏锦棠也忍不住瞄了梁建东一眼。他笑了笑，走进卧室关上了房门。"宇婷，你先休息，等天亮了我陪你去找李航。""不，我不想见到他，我现在想起他都觉得恶心！锦棠，我能不能在你家多住两天？"张宇婷拉着苏锦棠的手问。"当然可以，你先睡吧。"安顿好张宇婷，苏锦棠睡意全无，半卧在床上独自抽烟。身边的梁建东翻了个身，轻轻咳嗽了一声。"你还没睡着？那我出去抽。"苏锦棠止欲起身，梁建东拉住了她的手。他将床头灯打开，"别出去，咱俩聊聊天。"

天微微泛白，苏锦棠看着梁建东渐渐睡去的侧脸。这个年过四十的男人，眼角眉梢依然这么好看，她忍不住用手指在梁建东的脸庞划了一下，睡梦中的梁建东拉住苏锦棠的手，放到嘴边吻了一下，这细微的举动让苏锦棠杏眼含泪，从遇到这个男人，每夜入睡他必会拉住自己的手。他曾说：这样才能睡得踏实。当时光流转，这充满爱意的小动作已经鲜少发生，可今天，他再度上演，苏锦棠感动了。

张宇婷事件发生当晚，苏锦棠和梁建东聊了很多，最终确定由梁建东出面找李航谈谈。虽然苏锦棠始终不确信让男人搅进这些事是否明智，可看到梁建东成竹在胸的样子，她稍感安慰。第二天，梁建东按照计划约李航出来喝茶。在茶楼，梁建东看到了疲惫不堪的李航。"宇婷她没事儿吧？"一落座，李航就关切地问。"放心吧。"看到梁建东如此笃定的神情，李航稍微松了口气，"是啊，在你们家，有锦棠帮忙照看，我能有什么不放心的。""说说吧，到底是怎么回事？"这便是男人之间的对话，没有那些莫须有的客套，总是直接点出要害。

"这么说你和那个女孩是第一次见面？"梁建东饶有兴趣地看着李航，他搞不懂，一个三十多岁的人怎么还会跟小孩子一样搞网恋。"是啊，我对天发誓真的是第一次见面。而且梁大哥，真的，那女的长得可难看了，我当时就后悔了。"梁建东一口水差点喷出来，他笑了起来。"谁知道就能被宇婷发现呢？我现在真的后悔死了！""那你当时怎么不说？""我不敢啊，你是没见过宇婷平时发威的样子，而且我说了她也未必相信啊！""虽然还没有到最坏的一步，可是李航，毕竟宇婷现在是孕妇，在怀孕期间丈夫出轨是最不可原谅的。你平时那么在乎宇婷，怎么会那么糊涂啊？""梁大哥，你不知道，我其实也有苦衷……"李航随后的话让梁建东颇为同情，宇婷已经怀孕四个多月了，医生说可以进行一定程度的夫妻生活，可宇婷却表现得兴趣奇缺，憋坏了躺在身边的李航。"其实，这也可以理解，她可能是害怕伤到胎儿。""可是，我让她帮我那个，她也不愿意啊！"李航一急，脱口而出。"好啦，这种事情我们做朋友的可没办法，还得你们自己商量，实在商量不了你小子也只能忍着，谁让人家肚子里怀着你的孩子呢？"李航笑着摸摸头。"梁大哥，你一定让锦棠劝劝宇婷，老住在你们家也不方便不是？""行啦，我知道了。"

"真的？"苏锦棠坐在床上问梁建东。"反正他是这么说的，我看着觉得应该是真的。""那好像也不是什么大事儿哈，那我给宇婷去好好说说。""嗯，还有啊，你看你能不能做做宇婷的思想工作，我估计李航确实是憋得难受，这夫妻俩总得找个解决办法啊，不然保不齐还得出什么事儿呢！""行，我知道了。"苏锦棠笑了笑起身前往客房，准备找张宇婷好好谈谈。

梁建东看着苏锦棠的背影，脸上露出了一丝浅笑，原本是岌岌可危的婚姻，却因为张宇婷的事情一闹，反而让他自己的婚姻开始出现缓和之势。他已经很久很久没和苏锦棠聊过天了，也很久很久没见过妻子冲自己微笑了，梁建东觉得这一切都很值得。

柒

原不原谅就在一瞬间

（一）

张宇婷决定回家了。这一天李航起了个大早，将家里收拾得整整齐齐，甚至在餐桌和茶几上摆上了鲜花，整个家看起来焕然一新。"妈，我一会去接宇婷，您和我爸出去转转。"说着，李航往妈妈手里塞了五百块钱，"您和我爸吃了晚饭再回来啊。""你这臭小子，这么早就把我和你爸往外撵啊！""老婆子，走吧，给你儿子和儿媳妇腾点空间，走，今天咱们去花鸟市场看看。"李航满脸堆笑地为爸妈打开家门，"吃点好的啊！别舍不得花钱！"临了，李航也不忘叮嘱一句。

到了苏锦棠家楼下，李航给张宇婷打电话，"老婆，我到了，需要我上来接你吗？""不用了，我马上下来。"说完，张宇婷率先挂断了电话。李航心里开始发怵，听声音，宇婷似乎还没有原谅自己的意思，还是冷冷的。他刚才的那股子兴奋劲儿荡然无存,取而代之的是一丝不安和惶恐。

"锦棠你上去吧。"苏锦棠送张宇婷来到小区门口,李航连忙上前帮宇婷拿包,她也没有推辞,任李航提着自己的手袋。"行,你好好的啊!"苏锦棠笑着推了推张宇婷,目送这一对离开。

车上,张宇婷默不做声。"老婆,我把家收拾了一下,爸和妈也出去遛弯儿了。"李航多少有些献媚地说。"哦。"张宇婷连头都没扭,李航心里更没底了,一路上也就偃旗息鼓不再做声。"到家喽!"李航打开房门,花香扑鼻而来。张宇婷有些惊讶,原来这个无趣的家也能这般有生气,心里有些高兴嘴上却并不饶人地说:"医生说了孕妇最好少接触鲜花!"李航惊了一下,忙说:"哎哟,是我大意了,老婆别生气,我马上把花扔了!"说完便挽起袖子准备将花扔进垃圾桶。张宇婷突然有些不忍,咳嗽了一声说:"我看这些花应该也不碍事的,就放那儿吧。"李航有点搞不明白了,这一会有事儿一会没事儿,到底是有事儿没事儿。"我拖鞋呢?"张宇婷一声招呼。"我给老婆拿拖鞋!"李航放下花瓶连忙给张宇婷递拖鞋,宇婷也并不看他,只说:"行了行了,扶我坐会儿吧,这刚一回来你就上蹿下跳的,我看着眼晕!"随即就扶着李航的手转驾到沙发上休息。李航心里窃喜,阿弥陀佛,总算没事儿了。

张宇婷是有她的过人之处的,既然打算好好过日子,她便可以不翻旧账。回来这几日,她绝口不提那事,在家还是老样子,时不时欺负李航。可自从这次离家出走,张宇婷似乎也变了一些。

一日夜里,洗完澡的李航缩进被窝正准备关灯睡觉,却听张宇婷在被窝里说:"别关灯!"然后李航便感觉到张宇婷的手在自己下半身游走。他吓了一跳，心想这是太阳要打西边出来么？自从张宇婷怀孕，李航便过上了斋戒生活，他也曾明示暗示老婆是不是可以给自己下下火，可每次都遭到张宇婷的严词拒绝，本来家庭地位就低的李航也只能忍了。而这次QQ事件一出，李航更是不敢奢想还能有这样的美事，可事实就是事实，当张宇婷全神贯注于李航身下时，李航瞬间觉得自己是世界上最幸福的人。他拉开被子，看见张宇婷热得通红的脸蛋，他心里就涌起了一股暖意和爱意。他拉了拉张宇婷的手，轻声说："老婆，我爱你！"而张宇婷没停下手里的动作，却只是娇羞地说："瞧你那傻样儿。"

（二）

最近四个女人一直没有聚在一起，连平时热闹的微信群也鲜少发声。周五，孟清翟在办公室处理日常事务，她的脚已经好得差不多了，在经历了那几场风波之后，孟清翟打定主意不再涉入闺蜜的私密生活。她站在落地窗前，看着窗外因为雾霾而更显朦胧的城市，心里有一种淡淡的孤独感，"什么好朋友都是鬼扯淡，最终最爱的还是自己以及自己身边朝夕相处的那个男人，女人总是这样的。"孟清翟自言自语，在那一瞬间，她恍然大悟，或许没有什么朋友是可以陪伴到最后的，大家都有自己的家，而她却是一个连家都没有的人。

想到这里，孟清翟觉得心里空空，索性什么都不去想了，经营好自己的生意，对自己好一点才是当务之急。

"GIGI！你来一下！"孟清翟坐在办公桌前看着最近的一单业务报表。"孟总。"进来的不是GIGI，而是一个眼生的小伙子！孟清翟惊讶地抬头，看了看眼前的这个男生，"GIGI呢？""孟总，GIGI休年假了，我是暂时接替她工作的。"孟清翟拍了拍自己的脑袋，看来人一生病就会影响智商，她全然忘记了GIGI已经去欧洲度假这回事，"哦，这份宝来房地产方案是你在做么？""是的。""嗯，做得不错，你叫什么名字？""肖剑。""那下午你就跟我去一趟宝来集团吧。""好，孟总，咱们大概几点出发？我好先给对方约时间。""三点吧。""好的。"说完，肖剑接过孟清翟递过来的方案，转身出门。

看着肖剑的背影，孟清翟有点恍惚，她不记得自己什么时候招进来这么一个眉清目秀的年轻人，她忍不住笑了笑，"还真是秀色可餐啊，公司那帮小女生估计又要疯狂一段时间了。""喂，肖剑，女魔头叫你干吗？"一出孟清翟办公室，肖剑身边就围满了几个女孩子。"哦，就是说方案的事情，下午要去谈判。""她是不是超可怕？""还好啊，我觉得没什么可怕的。""那你还没有看到她的真面目，到时候吓死你！"几个女孩你一言我一语地说着老板的坏话。孟清翟就算听不到，看到她们叽叽喳喳的样子也能猜出八九，"都闲得没事做是不是？！"孟清翟推门吼了一声，大家立马乖乖回到座位上，可依然忍不住彼此交换眼神、吐吐舌头。而肖剑却像没事发生一样，专注地修改方案上孟清翟批注的内容。孟清翟回到电脑旁，打开员工资料档案。肖剑：27岁，毕业于清华大学，曾在D公司担任策划部副总监。孟清翟看了看入职履历,这个肖剑刚到公司不足一周,怪不得自己觉得眼生,"不过好像还不错!"孟清翟心中暗想,D公司是同行业的老大,一个小年轻居然做到副总监的位置,着实不简单。

在前往宝来集团的路上,孟清翟问:"小肖,你原来是在D公司工作?""是的。""那干吗要辞职?""做得不是很开心。""怎么个不开心?"孟清翟饶有兴趣。"和总监在某些理念上不是很合拍。""可是你现在也是做GIGI的副手,还合拍吗?"肖剑笑了笑说:"还好,其实也不是和原来总监有多不合,主要是不太认同公司的一些想法。""那你认同我们公司的想法吗?"孟清翟的言外之意是你认同我吗?肖剑说:"很认同,所以我才愿意到这里工作。"孟清翟心里高兴,脸上却并未表露。两人都不再言语。

"高总你好!"走进宝来集团的会客厅,孟清翟面带春风。"哎哟,辛苦孟总亲自跑一趟啊!"宝来集团副总高斌很殷勤地说。"这么大的项目当然得我亲自来向高总汇报啊!"俩人互相打着哈哈。在路上,孟清翟就向肖剑介绍了宝来集团的副总高斌,这个四十出头的男人可是业界的老狐狸,专以挑刺和压价闻名;至于多年前高斌也是孟清翟的仰慕者这一桥段,孟清翟自然是不会说的,可肖剑却早已耳闻。

"高总,这是我们公司策划部的肖剑,整个方案是他起草的,您先看看。"孟清翟落座。"哎哟,你孟总选的人那还能有错?方案我已经看过了,我觉得还是很不错的。""那我们今天就把合同签了?""不急不急,刚刚我们团队看了方案,还有一些小问题需要我们再商量商量。"孟清翟笑了笑,这个老狐狸果然没有那么痛快。"那还请高总明示。""嗯,在媒体宣传环节我们还有一些不同意见,我发现,整个的宣传费用高达 300 万,可是在传统媒体上的宣传好像很少。孟总你知道,我们宝来集团和日报的关系一向很好,如果减少在平面媒体的宣传,这个宣传费用可能就不好控制了。"

孟清翟听到 300 万的价格心里也惊了一下,往年宝来集团的项目宣传费用最多不超过 200 万,这个肖剑还是太冒进。孟清翟正想解释,肖剑清了清嗓子说:"高总,我们在做这个策划预算的时候是这样想的,虽说宝来集团和平面媒体关系很好,我们相信也能从中拿到极为优惠的折扣,可是做广告的目的在于效果。"孟清翟盯了一眼肖剑,示意他住嘴,可他回看了孟清翟一眼,冲她狡黠地笑了笑。"嗯,是要追求效果,你接着说。"高总翘着二郎腿听肖剑讲解。"我们之前做了一个调查,目前关注日报的人群大多在 50 岁以上,也就是现在社会结构中的老龄化人群。但宝来的这个项目是推出的精品化房源,甚至着重在打造城市别墅概念,而老龄化人群显然不是我们的主要消费力。"孟清翟在心里暗暗叫好,这个肖剑果然不错。"肖剑说的没错。"孟清翟接过话,"目前,有消费力的人群大多关注于网络和户外信息,连电视信息都鲜少关注了,所以在这个策划案中我们集中火力在网站、户外以及运营商这三大块上,虽然宣传成本略高,可效果一定比常规宣传模式更好。高总,您也知道现在传统媒体的日子不好过,良禽应择木而栖啊。""说得好!孟总果然一针见血,只是这个 300 万可不是小数目啊,孟总要价还是太高。""高总,如果您认可这个宣传方案,那么大可将这个方案拿给其他公司看看。

如果他们同样做这个方案要价比我还低,我愿意拱手相让。""孟总别急嘛,我们还可以再商量。""高总,你们可以再商量商量,我们还有事就先不打扰了。"孟清翟起身准备离开。"清翟,晚上有空一起吃个饭吗?"高斌跟上来悄声问。"等合同签了我请高总吃饭!"孟清翟笑了笑走出了大门。

"这个孟清翟还是那么牙尖嘴利,你们再把方案细化一下,下周准备签合同吧。"高斌苦笑着摇了摇头。"孟总,您真的要让宝来集团把我们的方案拿给别家公司看?"肖剑在车上不解地问。"看看也无妨啊,难道你连这点自信都没有?""那倒不是,可是现在行业竞争那么激烈,说不定哪家公司就能给出一个低价。""给出低价势必做不好事情,这一点高斌比我更清楚。你放心吧,等着签合同吧。"孟清翟胸有成竹地说,"你先回公司吧,把我在前面放下就行了,我还有点事。"孟清翟在路口下车,走进了一家咖啡店。看着孟清翟渐渐远去的背影,肖剑心里对这个女人有了更加具象的认识,还真是一个不简单的女人呢。

孟清翟今天的心情大好,她给自己点了一杯美式咖啡外加一块巧克力布朗宁。这是她心情好的象征,每当她谈成一笔生意,都会犒劳自己一块巧克力蛋糕。"朵朵,你在家吗?"孟清翟还是忍不住给夏朵朵打了一通电话。"嗯,在!""我在你家楼下的星巴克,要不要下来坐坐?"沉默片刻,夏朵朵还是答应了孟清翟的邀约,孟清翟备受鼓舞,她殷勤地给夏朵朵点了奶油摩卡和一块慕斯蛋糕,坐等夏朵朵小姐驾临。

夏朵朵穿着碎花衣衫走进咖啡店。"哇塞!"刚一落座夏朵朵就开始吃起了蛋糕。孟清翟从夏朵朵脸上看不出丝毫不快,她心里的石头总算落了地。"你怎么会在我们家这边出没啊?"夏朵朵嘴唇上沾着奶油问。"刚刚谈了一个项目,正好在这附近。"孟清翟地给夏朵朵一张面纸。"谈成了吧?一看巧克力蛋糕就知道。"夏朵朵指指孟清翟面前的巧克力布朗宁笑着说。"差不多了吧。"孟清翟谦虚地说。

两人喝着咖啡有一搭无一搭地闲聊,不过是工作是否顺利,大家都小心地避开感情不谈。"你听说宇婷的事情了吗?"夏朵朵还是忍不住八卦。"嗯,听说了,现在好像好了吧。""嗯,好像是,还多亏了梁建东呢。"孟清翟隐约感觉到她们的话题离危险区域越来越近,"朵朵……"孟清翟实在忍不住了。"清翟,你不要说,听我说。"喝了一口咖啡,夏朵朵表情很严肃,"那天是我不对。"孟清翟万万没有想到夏朵朵会向自己道歉。"不,朵朵……其实……"夏朵朵摇摇手,"你听我说,我那天真的不是诚心要说我恨你的,其实……我想我恨的是自己……"看着眼前的夏朵朵,孟清翟突然觉得鼻子发酸,她忍住话题不说,害怕自己一发声就会哽住。"我这些天都有想过要不要给你打电话,可是……我真的不好意思开口……""朵朵,不用,真的,我明白的!"夏朵朵拉住孟清翟的手,"清翟,谢谢你,谢谢你对我的关心。"孟清翟的眼泪突然就掉了下来,砸在夏朵朵的手背上,"朵朵,你知道就好……""哎呀,你不要哭嘛!"夏朵朵大声说,引来不少人侧目。"你小声一点!搞什么飞机啊!"孟清翟瞬间从感伤之中抽离出来,在夏朵朵头上敲了敲。夏朵朵嘿嘿傻笑,两人重于言归于好。

（三）

已经近一周未曾见过梁建东了，卓小雅的心里越来越没底。

"你是在躲我吗？"卓小雅实在忍不住了，在一天中午，她决定给梁建东打个电话。正在办公室午休的梁建东接到这个电话时心里五味杂陈，"当然不是。""那你为什么消失了一周，不给我发信息也不见我？""小雅，我最近很忙。""很忙？原来你也很忙，怎么有时间来看我？"卓小雅步步紧逼，她当然知道自己在越来越失态的边缘，这样的她是任凭哪个男人都不爱的，可她没有办法，她是真的没有办法了。

梁建东叹了口气。"我要你现在就过来！"面对卓小雅的步步紧逼，梁建东觉得自己犯下了一个大错，向来不错分毫的他，怎么也会陷入这样的沼泽不可自拔？眼下，自己和锦棠的关系稍有缓和，他实在不想旁生枝节，可这个二十出头的小女孩也是无辜，要不是自己当初对人家明示暗示，也不至于闹到如今的地步。梁建东心里明白一个巴掌拍不响的道理，可他是比卓小雅年长20岁的人，说到底，是他更不懂事。

"好吧，十分钟后我过来。"梁建东还是决定去看看卓小雅，该说清楚的迟早要说，况且这个小丫头一直没有上班，也不知道在家里到底怎么样了。带着这些复杂的情绪，梁建东只能前往。

一进门，卓小雅就扑了过来，双手搂着梁建东的脖子，整个身体都悬挂着，"我就知道你舍不得我！"说完，卓小雅将脸埋在梁建东宽厚的怀里蹭来蹭去。"小雅，别闹了。"梁建东坐在床边，看着明显消瘦了的卓小雅，心里隐约升起了一丝怜惜，"你瘦了，怎么？天天不吃饭吗？""想你想的，你要是天天来看我，我一定能长成一个大胖子。"卓小雅兴高采烈地坐到梁建东身边，拉起他的手亲了亲，然后将身体往后靠，"你想不想我？"梁建东看见面泛桃花的卓小雅，她拉着自己的手在身上游走。梁建东的心跳了一下，他猛地抽回手，"小雅，我们得谈谈。"此话一出，卓小雅全身都冷了，她换了一张面孔，冷冷地看着梁建东，再不说话。

"小雅，对不起。"梁建东埋下头，半天吐出了这句话。"对不起？"卓小雅站起身来，蹲在梁建东两腿间，她抬起梁建东的脑袋，看着他的脸，半晌她说："我不要你说对不起，我不要你对不起我！"说完，硕大的泪珠就滚落了下来。卓小雅是真的难过，哪怕背负着第三者的名号她卓小雅也不在乎。可她受不了这个男人说对不起，好简单的三个字，却像是要和自己诀别。"是我不好，不关你的事，是我勾引你。"卓小雅哭着说，听起来字字戳心，"我以后不闹不吵，不给你打电话、发信息，你什么时候想来就什么时候来，只是别说对不起……"卓小雅用力摇晃着梁建东的手，因为用力过猛，自己瘫坐在地上。"小雅，你冷静一点……"梁建东知道自己说的这些软弱无力，可他能说什么呢？"我很冷静，真的，我很冷静，我只是求你，不要离开我，我只是求你，这都不可以吗？！"最后一句卓小雅说得撕心裂肺，她似乎是要将自己整个的尊严都重重摔在地上，为了这个男人，她什么都可以不要了。

关上房门,卓小雅还在哭泣,梁建东什么都做不了,他只能任由那个女孩在自己身后撕心裂肺地哭,可是纵使什么都做不了。梁建东的心里却无比的明白,自己不会离婚,不光是要保全自己的身份地位,更重要的是他不能再伤害苏锦棠。

"晚上吃什么?"快下班时,苏锦棠给梁建东发来信息。"你想吃什么我们就去吃什么。"梁建东的回复很是体贴。"那我们去新开的一家意大利餐馆吧。""好,我在大厅等你。"苏锦棠关了电脑下楼,梁建东已经在大厅等她了,她笑着迎上前去挽着梁建东的胳膊。

"这家菜色还真不错。"梁建东品尝着精致的菜肴忍不住赞叹。"这是清翟给我介绍的,是她一个客户开的,我也觉得很不错呢",苏锦棠喝了一口白葡萄酒,觉得略有醉意。已经有多久没有这样了?苏锦棠捧着脸颊笑看梁建东。"怎么了?"梁建东有些诧异。"没事,就是想好好看看你。"苏锦棠此刻觉得很满足,她确信这个男人已经回心转意,而过去的也便可以过去了吧。良久,苏锦棠说:"建东,我原谅你。"梁建东的刀叉有些颤抖,他没想到苏锦棠会在此时此刻说出这样的话。这些日子,他们小心避开过往,生活过得谨小慎微,他害怕在哪个瞬间会突然爆发。可今时今日,苏锦棠说原谅了自己,没有争吵,没有冷战,她就这么原谅了自己,梁建东心里波澜起伏,他用力握了握苏锦棠的手说:"谢谢你锦棠,谢谢。"

捌

爱情是我自己的事情

（一）

当一切都归于平静之后，日子显得极为和顺，四个女人的聚会开始越发频繁。

"宇婷，你现在真的很够呛耶！"享受着某家五星级酒店的下午茶，孟清翟开始打趣。"我是孕妇！请你们不要用对待普通女人的眼光来看待我！"穿着孕妇装的张宇婷坐得四仰八叉。"你的坐姿可不可以稍微收敛一点啊？我们是在五星级酒店耶！"孟清翟不依不饶。"我有什么办法，你试试挺个大肚子再把腿并拢看看，很难受的。我现在就是要舒服！"说完，张宇婷往嘴里塞了一块马卡隆。"可是，宇婷是不是也要控制一下体重啊？我觉得你长得也太惊人了。"苏锦棠啜了一口红茶，看着身边这个庞然大物有些心惊。"可是我想吃啊，我饿啊，我总不能为了好身材就亏待我的宝贝吧？！""宇婷你现在已经胖到让我不忍直视了!"夏朵朵假装用靠垫遮住眼睛。"你们很无聊吧,不要把全部注意力都放到我身上!"张宇婷有些生气。"可是你就是焦点啊,整个下午茶就你最闪耀了。"说完,孟清翟笑得前仰后合。

"好啦好啦,现在大家都汇报一下自己最近的状态吧。"苏锦棠招呼大家,张宇婷感激地冲她眨了眨眼。"哎哟,可不可以不要每次都像工作汇报一样啊,我都没什么可说的。"夏朵朵明显有些不耐烦。"夏朵朵小姐,你在急什么?怎么感觉你有可不告人的秘密呢?"张宇婷这话纯属无心,可夏朵朵听后却真的急了,"你少胡说哦!那你怎么不说说你和李航怎么样了?他的网友还好吧?!"此话一出,夏朵朵就知道自己错了,可说出去的话一如泼出去的水,收也收不回来了。

"夏朵朵你有病吧?!"张宇婷"腾"地从沙发上站起来,指着夏朵朵的鼻子说。"我……"夏朵朵明知理亏,自然不再敢发声。"这种聚会有什么意思?我是来白白找气受的!"说完张宇婷拎起包就走了。留下三个女人面面相觑,"朵朵,你怎么搞的?哪壶不开提哪壶?!"苏锦棠也感觉夏朵朵这次过分了。"我就是话赶话说急了,我不是有心的,锦棠。""好啦,今天的下午茶又黄啦。"孟清翟叹了一口气靠在沙发上玩手机,半晌,她突然抬头望着夏朵朵。"你一直看我干什么?让人感觉毛毛的!""心里没鬼你毛什么?"孟清翟依然盯着夏朵朵的眼睛,"说,你做了什么亏心事?"孟清翟此话一出,苏锦棠也连忙看着夏朵朵,这个夏朵朵果然是有事。

"你说不说?"孟清翟咄咄逼人。"我没什么事情啊,说什么嘛!"夏朵朵的还击显得底气不足。"不可能!你看你顾左右而言他的样子,快点说!做了什么见不得人的事情!"其实孟清翟也只是使诈,那句见不得人的事只是一句夸张的戏言,可不料夏朵朵却急了,"不要一口一个见不得人好不好?我哪有你见不得人!"孟清翟被骂得莫名其妙,她指着夏朵朵的鼻子说:"你给我说清楚!"苏锦棠再度打圆场觉得好累,索性也低吼了一句:"你们都消停一下!怎么回事啊?!朵朵,你也是,你吃了火药啦?逮谁炸谁?!"此话一出,另外两人稍微偃旗息鼓,可都自顾自坐在沙发上生闷气。

"大家都是好朋友,有什么事情都可以说出来啊,不要一直打肚皮官司,有意思吗?"苏锦棠累得够呛。"其实对于这样的聚会我早就有意见了,我们都是成年人,不需要随时随刻都把自己的隐私拿出来分享吧?"夏朵朵背对着苏锦棠,抱着靠垫像是自言自语,可声音够大,摆明了是说给大家听的。孟清翟和苏锦棠对望一眼,夏朵朵的话说的确不够好听,尤其是在此时此刻。可二人却又找不到合适的话反唇相讥,的确,每个人都该保有自己的一些秘密,这些秘密不需要拿出来分享,它可以深埋心中,哪怕是不齿于见人的,也可以安全地在自己心里慢慢腐烂。

(二)

夜里开始起风,苏锦棠端着一杯红酒站在露台吹风,半杯酒下肚她觉得有些微醺,幸而这风一吹让人精神了不少。梁建东拿着一件披肩给苏锦棠披上,"不要着凉。"梁建东接过锦棠手里的酒杯，将剩下的红酒一饮而尽。

"建东，你怎么看待我们四个女人的聚会？"苏锦棠开口问。"怎么突然想起问这个？"梁建东一时无法回答。苏锦棠将下午茶的事情悉数告诉了梁建东，"我觉得朵朵说的没错，可心里却不怎么好受。"这是实话，对于女人而言，道理是道理，可感情是感情。"你想听我的意见吗？"梁建东搂了搂苏锦棠，轻声说："我觉得当人开始长大，尤其是有了自己的生活之后，就开始有越来越多台面上和台面下的事情，而能够拿出来分享的却都是台面上的事情。你们四个人各有各的性格，比如你和清翟，是四个人中相对聪明的，所以你们自然地会将事情归类，所以恐怕在每次聚会上，你们所分享的女人故事也大多是台面上的。而朵朵和宇婷则是相对大条一点的女人，她们不懂掩饰，所以当被问及的时候就会抓狂。"苏锦棠扭过头认真地看着梁建东："我觉得你说得很有道理啊！真没想到，你一个大男人居然这么细腻！""哈哈，这不是细腻，而是身在其外看得清楚些罢了。"梁建东笑着回应，"那你的意思是朵朵真的有什么事情瞒着我们？"苏锦棠追问，她开始喜欢上这个游戏，将自己的女人圈与丈夫分享。"你看，你这就是控制欲太强，朵朵就算有事那也是她自己的事情，本来就不需要一定让你们知道啊！""可是，我们也是关心她啊，害怕她吃亏。"梁建东摇了摇头："错，你们女人啊，往往是打着关心的幌子去探听别人的私隐，久而久之你们自己都相信那些八卦之心是为了对方好了，说白了就是八卦！"苏锦棠撒娇似的横了梁建东一眼："好吧，就算我承认是为了八卦，可我们也没有坏心啊，况且八卦是女人的养分！""没说你们有坏心，可有些事情是不能八卦的，这会伤了里子，记住！"梁建东搂着苏锦棠回到房内。

"孟总，您要的文件我已经准备好了，您看我是不是给您送过来？"刚一到家，孟清翟就接到了肖剑的电话。若是平时，孟清翟会让他将文件放到办公室，可今天，孟清翟情绪很不好，她下意识地觉得自己需要一个人陪伴，所以不自觉地说了一句："你送到我家来吧。"

孟清翟说完这句话后有些后悔，公司这么多人从未有人踏足她的家，她总是刻意地和同事保持一定的距离，工作就是工作，生活就是生活，孟清翟是一个将工作和生活分得很开的人。可今天，在受到夏朵朵的无端指责之后，孟清翟觉得自己应该开辟另一个交际圈了。

"孟总，这是您要的文件。"15分钟后肖剑出现在孟清翟的家门口。"哦，进来坐坐吧。"孟清翟转身坐到沙发上看文件，肖剑便也很自然地跟着她进门。"要喝什么你自己到冰箱拿哦。"孟清翟头都没抬。"您不用管我。"肖剑客气应对。"你可以不用一直您啊您的。"孟清翟突然抬起头冲着肖剑说。"啊？哦，好的，那，孟总……""你也可以不用一直称呼我孟总！"孟清翟有些皱眉。"那我称呼您，哦，你，什么？"这个问题难倒了孟清翟，显然让这个大男孩直呼自己大名不太合适，叫清翟更显不妥，"哎，随便吧，就你吧，真是啰唆。"孟清翟有些不耐烦地说。"你的家感觉很奇怪。"肖剑突然开口。"你说什么？奇怪？奇怪在哪里？"孟清翟还是第一次听到有人这样评价自己的房间。"我也说不上来，但感觉很像样板间，不像是给人住的。""喂喂喂，我不是人难道是鬼啊？"孟清翟笑着说。"不是这个意思，就是觉得有点冷清。""我又不开派对，要那么热闹干吗？"肖剑还是第一次和孟清翟谈工作之外的事情，当他第一次踏足老板的家时，他震惊于一个女人的家怎么会这么冷硬，设计是简约派的，家居也是一水的黑白灰，整个房间显得那么棱角分明，"可能是因为和别的女孩的家不太一样吧，没有毛绒玩具，没有鲜花，看起来更像是个男人的家。""说得好像你去过很多女孩的家一样。"孟清翟呛了肖剑一声。

"你开车了吗？"看完文件的孟清翟突然问。"没有，我打车来的。""太好了，那你陪我喝一杯吧。"说完，孟清翟从酒柜拿出一瓶红酒，可红酒开瓶器却不那么好用，她费了九牛二虎之力依然无法将软木塞弄出来。坐在旁边的肖剑笑了，"还是我来吧！"孟清翟沮丧地坐回沙发，看着肖剑娴熟而迅速地开好酒，倒入醒酒器，她心里隐约飘过一丝暖意。"要是我不在你又想喝酒怎么办？"肖剑一边擦拭杯子一边问。"可能会直接把瓶嘴敲了喝吧。"孟清翟不是在开玩笑，她真的这样做过。"什么？！太危险了吧！以后还是我帮你开吧！"说完，肖剑的脸莫名其妙地红了红，偷偷瞄了一眼孟清翟，感觉她似乎并没有听清楚，心里才稍感安稳。

孟清翟和肖剑喝了三瓶红酒。喝到最后，孟清翟已经醉了，她的舌头不听使唤，却还是絮絮叨叨地向肖剑讲述自己的故事，从当小小职员开始，讲到苏锦棠、张宇婷和夏朵朵。这期间，她时而笑时而哭，时而拍打着肖剑的肩膀，时而乱砸靠枕……最后，她累了，倒在沙发上沉沉睡去。

捌 爱情是我自己的事情

看着睡着的孟清翟,肖剑起身去厨房洗了一把脸。他也有些醉了,坐回沙发让自己醒醒酒,身边的这个被业界称为女魔头的女人,现在看起来却像极了一只倦怠的小猫,酒红色的长发凌乱地贴在脸上,模糊了孟清翟过于分明的面部线条,在夜色之下,显得格外妩媚。她的手攥成拳头,嘴唇微微嘟起,这个样子哪里是什么女魔头,分明是个娃娃。肖剑忍不住笑了笑,用手将孟清翟的头发拨开,她皱了皱眉,嘴里嘟囔着什么听不清的话。肖剑就突然想在她的面颊上亲一亲,可当头探到孟清翟脸旁时,却放弃了,这是在干什么?肖剑笑着摇摇头,起身离开。

一直睡到中午孟清翟才苏醒过来。她猛地起身,发现自己躺在沙发上,身上还盖着一条薄毯。她用力揉了揉脸,试图回忆昨夜的种种,可越想就越觉得没脸见人,自己怎么会在一个小男生面前喝成这样,那些酒酣耳熟的话今天想来是那么不合时宜。孟清翟恼怒极了,她痛恨自己的酒后失态。

起身准备去厨房熬点粥,孟清翟看见餐桌上的便条:"给你熬了一点小米粥,热一热就可以吃了。"厨房餐台上是一锅黄澄澄的小米粥,孟清翟盛了一碗加热后慢慢吃了起来。她什么都没想,慢慢喝粥,只是喝着喝着眼泪就掉了下来。孟清翟自己也说不清楚是为什么哭,只是最近自己好像特别容易感动。她笑着对自己说:可能是人老了的缘故。

（三）

在所有人看来，孟清翟似乎就是个绝缘体，倒不是说她缺乏吸引力，而是当感情靠近时，她会不由自主地将自己包裹起来，像一个硬硬的坚果，可就是这样的孟清翟却也不是没有爱过。

至今，在孟清翟的手机里依然有一个未命名的手机号码，那是一串不会拨打却总会忍不住看到的数字，这串数字的主人名叫江平。

那是很多很多年前，孟清翟还是商务管理系的大一新生，江平是他的专业课老师。在第一堂课上，孟清翟就被这个穿着黑色呢子大衣、戴黑框眼镜，说一口好听的普通话的的男老师迷住了。那时的孟清翟和现在一样相貌出众却高傲清冷，她被分在一个混合宿舍，和别的专业的同学同处一室。极度缺少社交活动的孟清翟专心学业，江平的每一堂课她总是早早到，选择坐在第一排正中的位置。而江平也就是在那个时候熟悉了这个有一头长发的女孩。

"江老师，今天我过生日，我希望你能来参加我的生日派对。"在一堂课结束后，孟清翟等到所有同学都走出教室，便来到江平面前。"哦！有哪些同学参加啊？""哦，其实也不算个派对，我没有邀请其他人。"孟清翟觉得有些尴尬。江平愣了愣，似乎意识到了什么，笑着说："生日快乐哦，不过我今天还有课，可能去不了了。""是这样啊……"孟清翟悻悻地离开教室，慢吞吞地走在回宿舍的路上。她心里觉得很失望，虽然这样的结局早已料到。

"清翟！你等等！"江平追了过来，孟清翟愣住了。"还是谢谢你的邀请，我今天是真的有事，下次我们可以一起到咖啡馆坐坐。""真的吗？！"其实到今天，孟清翟也无法分辨江平那时的话是客套还是真心，她只记得自己当时像是又看见了一丝曙光。"另外，你今天很漂亮。"出人意料，江平拍了拍孟清翟的肩膀，那细小的动作在孟清翟看来是有些暧昧的。她腾地红了脸，小声说了句："谢谢！"江平笑着嘱咐她快点回宿舍，别在外面待久了，说完，就向相反的方向走了。

那天之后，孟清翟与江平之间似乎便有了一些说不清道不明的关系，游离于正常和暧昧的界限之间。她喜欢上了时不时发信息给江平，可他却鲜少回复；等到孟清翟快要放弃的时候，却又会发来一个似是而非的回复。

就这样，在他们之间，这样的游戏持续了整整一年。孟清翟记得那是大二的夏天，正在宿舍准备睡下的孟清翟突然接到了江平的电话，"你在哪里？""在宿舍啊。""想不想出来？"江平的口气和平时很不一样。"你喝醉了？"孟清翟很惊讶。"出不出来？不出来算了。""出来！我到哪里等你？"江平报出了地址，那是教师公寓楼。孟清翟惴惴不安地跑去，看到站在墙边的江平，他显然是喝多了，脸上绯红，一身酒气。"你怎么啦？"孟清翟关切地问。"别问。"说完，江平突然就拉住了孟清翟的手。这让她又欣喜又不安，她不明白江平此举是什么意思，在玩了一年猫捉老鼠的游戏后，江平怎么突然就这样直接了。

盛女时代

趁着夜色的掩护，江平一直拉着孟清翟的手，直直地走进教师公寓楼。孟清翟至今都还记得那栋楼的样子，没有电梯，走廊狭长，江平的家在4楼左边，屋子是简单的套二结构，有小小的厨房和更小的卫生间。走进他的卧室，江平让孟清翟坐在窗边，他给孟清翟倒了一杯冰镇可乐。

那一夜，江平几乎没有说话，只是极为粗鲁地和孟清翟做爱，小小的床发出吱呀的声音。孟清翟的右腿膝盖不断与墙皮摩擦，她小声说："撞着我的腿了。"可江平只是更用力地撞击，孟清翟突然觉得很委屈。做完之后，江平背对着孟清翟睡去。她转过身悄悄将手搭在江平的腰上，可突然，江平重重地将她的手甩了下去，发出含混不清的声音。孟清翟不知道他在说什么，可她能感觉到江平的不愿意。

但或许是因为年轻，又或许是因为久久地求而不得，孟清翟哪怕是在如此屈辱时，也最终安然睡去。第二日，她醒来时江平已经起床，他一改昨夜的粗鲁冷漠，而是笑着为孟清翟准备早餐。他蹲在床边看着孟清翟吃面包、喝牛奶，还说："从今以后，你就是我的公主。"

那一天之后，孟清翟以为自己和江平已经不一样了，可她没料到，江平突然开始对她疏远冷淡。走在校园里，孟清翟曾无数次幻想能够在某个街道与江平不期而遇，可哪怕是这样大概率的事件也始终未曾发生。孟清翟知道自己不过是一个备胎，说得难听一点便是江平心情不好时的玩物，可年轻的她是怎么样都无法承受的，她自欺欺人地相信，他们之间是有爱情的。

这段狗血的关系断断续续维持了整整五年，在孟清翟离开校园之后他们也曾联络了一次。

当时的孟清翟在公司附近租了一处房子，刚进职场的她便显露出超强的潜力，这让孟清翟变得更加自信。也是在她生日的那天，鬼使神差地，她给江平打了一通电话。在电话里江平惊讶于孟清翟的老道成熟，他很乐意前往孟清翟的住处和她过生日。

站在窗边，打扮好了的孟清翟一直在张望。当她看到江平时，心还是跳得很快，她几乎是跑下楼去迎接江平。家里已经倒好了红酒，切好了蛋糕。孟清翟是那么希望能和江平好好过个生日，她觉得自己已经长大了，是时候以一个成熟女人的身份和江平开始交往了。

一进门，江平便紧紧抱住了孟清翟，那些浪漫的桥段统统省略了，他要的不过是这个女人香软的肉体。在那一刻，孟清翟是真的绝望了，她不恨江平，她恨自己，恨自己是那么没有出息，明知道这个男人要的是什么，却巴巴厚着脸皮不断贴上去。意料之中，做完之后江平懒得喝一口红酒、吃一块蛋糕，他穿上衣服便准备离开。出门时，他看着孟清翟笑着说："宝贝，你比原来好多了，以后随时给我打电话，我们多聚聚。"

大家都说谁还没遇到过几个人渣，江平算是迄今为止孟清翟人生中最大的污点。她知道，那所谓的爱情不过是自己的一厢情愿。

（四）

夏朵朵最近像是一个地下工作者。她已经默许了沈茂山搬进了自己的小公寓，可她始终无法鼓起勇气告诉姐妹们，她不在乎沈茂山的过去，她就是想和这个男人在一起。

"朵朵，我们去明溪路逛街吧。"吃完晚饭，沈茂山发出邀约。"不去不去，人太多了。""那我们去看电影？""不行不行，锦棠很爱去那家影院。""那我们去咖啡厅坐坐？""咖啡厅里熟人那么多！""夏朵朵！"沈茂山生气了，他站在夏朵朵面前，将她手中的八卦杂志扔到了一边，"夏朵朵，你要是那么不想和我在一起，我们分开就好啦！""谁说不想和你在一起啦？你不是都住到我家了吗？"夏朵朵瞪着圆圆的眼睛回嘴。"你是觉得和我在一起很丢脸吗？那我们还有什么必要在一起？总不能一辈子像昆虫一样生活在地下吧？！""一辈子？"夏朵朵笑了，她拉着沈茂山的手说："你想和我过一辈子？""不要岔开话题，我说的是现在，你是不是觉得和我在一起很丢脸？！"

这是夏朵朵最不愿意回答的问题，就算她可以不在乎，并不表示别人也能不在乎。"朵朵，你常说爱情是我们自己的事情，可你根本不是这样想的。""可是……""没什么可是的，我希望你想清楚，如果你还想和我在一起，我们就光明正大的拍拖，我再也不想这样偷偷摸摸了。"说完，沈茂山拿起外套走到门边，末了他说："今天我住回自己家里，你想清楚了给我电话。"

随着门"咣当"一声关上，夏朵朵心里开始波澜起伏。沈茂山说的没错，谁都无法承受这样的地下恋情，可关于那段不太光彩的过往，是否所有人都能看得云淡风轻呢？记得沈茂山是这样给夏朵朵解释的，他说那是一个误会，他和孟清翟仅仅只是一夜情，那一沓钞票是孟清翟一厢情愿的认为，而他拿了也只是不想

捌　爱情是我自己的事情

多加解释。对于这个解释,夏朵朵不是全信,可她觉得人跟人不一样,有人觉得在一夜欢愉之后出现钞票是一种侮辱,自然也会有人觉得那没什么,反正是萍水相逢。

可如今,这个问题避无可避,想要爱情就必须得承受阵痛,这便是爱的代价。

在楼下的星巴克,夏朵朵坐立不安,就在刚才她头脑一热地给三个闺蜜打了电话,邀约她们立马来见面。现在夏朵朵心里却在打鼓,虽说这是自己的事情,可若是得不到好友的祝福,她一样觉得很有缺憾。

三个人陆续到达。张宇婷挺着大肚子也绝不怠慢,这让夏朵朵心里稍感安慰,起码朋友还是爱自己的,一听说有事都二话不说的过来支援。待三人落座,夏朵朵说:"我有个事情要宣布。"三人屏住呼吸,预感到这将是一件大事。

"我还在和沈茂山交往。"此话一出,夏朵朵觉得身轻如燕,原来也没有那么难,不管怎么样,自己总算说出来了,至于别的,等会再说吧。"什么?!"第一个震惊的自然是孟清翟,"夏朵朵,你脑子坏掉啦?你忘记他是干什么的啦?牛郎耶!""清翟,你小声点!"苏锦棠皱了皱眉头:"让朵朵把话说完嘛!"夏朵朵喝了一口咖啡给自己壮胆,"这件事是个误会!"她将沈茂山的解释说给大家听。"你听他胡扯!这你也相信?!不是我说你哦,你自己好好想想,要不是干那个职业的,谁会拿钱?你们有没有玩过一夜情?你们会不会拿钱的?!""我觉得清翟说的有道理啊,朵朵,你想清楚啊!"张宇婷也附和孟清翟的说法。"人跟人不一样的啊,想法自然也会不一样,你们又凭什么说他说的是假话？！"夏朵朵急了，声音都有些发颤。"朵朵你别急，我问你，那他现在做什么工作呢？"苏锦棠很平和。"他说他在日本有一家小餐厅，同时也接一些旅游业务，这次来上海也是想多找一些客源，把生意做大。""统统都是胡扯！你不要听他的，不能和这种人噶朋友的！"孟清翟说急了，上海话普通话统统往外冒。"反正我已经决定了，我也不是来征求你们意见的，只是知会你们一声。"夏朵朵冷着脸，低头搅拌咖啡。三人面面相觑，一时都不知道该如何接话。

这场聚会结束得很快，气氛始终冷淡。夏朵朵回到家独自生闷气，她没料到连最通情达理的苏锦棠也不站到自己这边，她觉得这次聚会就是一个错误，不但得不到任何自己想要的支持，反而让坏心情加倍。而另外三个人也觉得心口堵得慌，等夏朵朵一走，三人再度聚在了一起。

"锦棠，你要劝劝朵朵，她最听你的。这次真的不能由着她乱来，那个沈茂山是什么人啊？她要栽跟头的！"孟清翟急得团团转。张宇婷皱着眉头瘫在沙发上。"感情的事谁劝得了？将心比心啊！"苏锦棠想了良久说了这么一句。"你什么意思？"孟清翟不明白。"清翟，我说了你不要不开心。朵朵现在的情况和当年你跟江平是一样一样的。"苏锦棠说完看了一眼孟清翟，张宇婷也惊了一下，江平是孟清翟的雷区，是万万不能提及的，可今时今日，苏锦棠这就这么脱口而出了。刚才还意气风发的孟清翟突然愣住了，她没做好准备在这个时候突然提到江平，她钉在原地，不说话也不动弹。"清翟！"张宇婷推了推孟清翟拉她坐下。"锦棠你什么意思？我们的规定你不是不知道吧？"孟清翟觉得不快,冷着声音说。"清翟,我说了的你别生气,让我把话说完。"孟清翟和张宇婷都不言语了。"这辈子谁没遇到过几个人渣?这话是你说的,那是在你被江平伤得体无完肤之后自己悟出来,现在朵朵也一样。首先我们都拿不出证据证明沈茂山真的是一个渣男,就算有那回事,可也不能说明问题。我和你们一样对他的解释持怀疑态度,可怀疑终归只是怀疑啊。其二,朵朵喜欢他,在这种时候我们说什么都是白搭。""那就眼看着她往下掉啊?!"孟清翟心里有些明白了可嘴上却不服气。"如果我说那也是没办法的事情,你们会觉得我很冷漠么?""不会。"张宇婷说,"可能只有自己栽了跟头才知道应该怎么走路吧。"锦棠冲宇婷笑了笑点了点头,"我是觉得顺其自然,如果我们想要保护朵朵那就更应该接纳,这样我们才能知道更多的细节,说不定也能帮她识别更多的东西。清翟,你觉得呢?""对啊!不然这丫头背着我们被人卖了还帮人数钱呢!"孟清翟如梦初醒心情立马好了很多,"锦棠,有你的啊,有谋略!"孟清翟夸张地竖起大拇哥。"得了吧,一会你给朵朵打个电话,告诉她我永远支持她。""别了吧,我打电话她铁定不接,还是锦棠你打吧。"

  深夜,苏锦棠拨通了夏朵朵的电话,两个好朋友聊了很久。之后,夏朵朵披上外套出门去找沈茂山。在沈茂山楼下,夏朵朵将自己今天做的事情通通告诉了他。"朵朵,谢谢你!"沈茂山将夏朵朵用力拥入怀中。夏朵朵心里软软的,她相信自己找到了想要的爱情,哪怕这一路会走得格外艰辛。她记得在刚才的电话里,锦棠这样说过:爱情从来都是自己的事情,不论好与坏都得自己承担,在爱的时候尽力去爱,人生也就没有什么可遗憾的了。

> 玖

什么女人最讨厌

（一）

当一群女人聚在一起唧唧喳喳时，毫无疑问，她们一定在说另外一群女人的坏话。而这"另外一群女人"大抵可以分为两类：一、有真名真姓的某某某；二、普罗大众路人甲。可如果就此你就觉得女人们都是闲得无聊的恶婆娘，那你就大错特错了。女人的确很挑剔，她们总能在别的女人身上发现男人发现不了的纰漏，哪怕这是一个女神也一定有不那么光鲜的一面；可同时，女人也是极度包容的，很有可能你前脚才说完 A 的坏话，后脚便和她手挽手逛街互称亲爱的，这倒真不一定是虚伪。女人的朋友分为很多种，当她们有所需要时，可以自动屏蔽不好的陋习，放大好处，然后像没事儿人一样泰然处之。

经历了一系列感情风波，四个女人都恢复了元气。八卦，便成为了她们唯一的主题。

玖　什么女人最讨厌

"宇婷，你别回头啊，就在你身后的身后有个女的超级讨厌。"孟清翟压低声音说。张宇婷借口招呼服务生续杯时，仔仔细细看了看孟清翟说的那个讨人嫌，"真的耶！"夏朵朵也不断偷瞄，"你们讨厌她什么？"苏锦棠定睛看了看，那是一个穿着紧身衣和热裤，长发披肩的妙龄美女。"你们听啊！那个男的又在讲荤笑话。"孟清翟招呼大家。果然，与妙龄女郎同坐的彪形大汉正在讲一个老掉牙的荤段子，但凡有微信刷微博的人都知道这是一个又老又土又冷的过期笑话。可每当这个男人讲一句，妙龄女郎铁定会发出银铃般的笑声。"听到没有听到没有？又是那种从嗓子里面发出来的声音，我鸡皮疙瘩都要落一地了。"张宇婷夸张地说。

这就是女人的好恶，没什么道理，全凭感官，可细细想来好像又有点道理。"有一种女人我更讨厌！"夏朵朵小姐气呼呼地告诉大家，最近她的单位上来了一位"万人迷"。"我承认她的长得还不错，好像也是单身，说白了就是来和我们这些女人抢饭吃的。可是我真的看不惯她永远都和男同事称兄道弟，永远都跟我们说'我和他们都是好哥们儿，我对他们都没兴趣的。'谁不知道她在钓凯子！真的受不了！"没错，这种假哥们儿真暧昧的女人也是女人们的宿敌。"这都还好吧，起码她有本事让这些男人围在她身边啊，最受不了的是那种以小卖小装可怜的。"孟清翟分享着她的故事，"我原来还是小职员的时候，就遇到过这种女生。跟我一起进单位的有个女孩长得就很显小，就是那种娃娃脸，整天嗲声嗲气的假装自己是林志玲。这都算了，关键是工作上一出问题，领导还没开口说她呢，她就先哭了，装出一副楚楚可怜的样子。领导又是一个老男人，哪里招架得住，到头来还得安慰这位林妹妹。而且办公室所有男人都对她呵护有加，我们稍微有点不满，那群男人全部群起而攻之，说我们没爱心欺负小朋友。我真是搞不懂，他们是瞎了还是傻了，还小朋友，那个胸部比宇婷都大！"张宇婷一口水喷了出来，苏锦棠也笑得快要岔气。

"锦棠，你讨厌哪种女人啊？"夏朵朵问。苏锦棠想了想，像是自言自语一般地说："其实，原本我也没有什么特别讨厌的，可现在我讨厌那些仗着自己二十多岁貌美如花就以为可以胡作非为的女人！"三人无语，她们自然知道苏锦棠是话里有话，可对于迈过三十这道门槛的女人们而言，二十出头的女孩当然是最大的敌人，她们哪怕穿着花车上的廉价衣衫，用着从梨花街买来的无牌化妆品，哪怕她们还不懂得化妆技巧穿衣哲学，就光凭年龄，她们也可以傲视群雄，装腔装调叫你一声大姐。年轻就是本钱，年轻本身就是魅力。

（二）

卓小雅就是苏锦棠讨厌的女人。

每当苏锦棠走进办公室，她都会忍不住习惯性地看看那个空出来的座位，而卓小雅的样子始终在她脑海盘旋挥之不去。自从卓小雅走后，苏锦棠虽然一直装作无事，可她却渐渐养成了一个习惯，那便是每天都会关注集团内网的人事变动，她害怕突然哪一天在集团的人员名单上看到卓小雅的名字。同时，她也在默默打听业内的人员流动情况。当然，苏锦棠不愿意在这个行业再度与卓小雅相遇，她真心希望这个人彻底消失，消失在她的生活之中。

而此时的卓小雅或许真如了苏锦棠的意，始终无法进入媒体行当的她，只能在一家三流的设计公司做文案。每天天一亮，卓小雅挤在如同沙丁鱼罐头的公共汽车上，忍受着车厢里弥漫的大葱猪肉包子的味道，历经一个半小时才能到达城郊的公司时，她就有一种想哭的感觉。"你，把这个打印十份！快点！""那个谁，这个方案等着要，你下班前交给我。""嘿，中午我们开会，你下楼去买几盒便当！"每一天，卓小雅都在这样的氛围中工作，不到十个人的单位，她却有做不完的杂活儿。那个喜欢穿着人字拖来上班的老板到今天也不知道她到底叫什么，卓小雅想，这或许就是老天对她的惩罚，而这一切，她并没有告诉梁建东。这个男人在疏远自己，她不能让他觉得自己是个累赘，哪怕是要让他心痛，也应该是最为刻骨铭心的那种。

普通的一天，卓小雅挤在公交车里昏昏欲睡，她觉得空气很糟糕，让自己头晕恶心，"师傅，能不能开一开空调啊！"她忍不住冲着前面的司机呼喊。"这车没空调。小姑娘，要坐空调车就等下一班！"卓小雅觉得难受极了，她提前一站跳下车，在路边呕吐，头发被风吹得粘在嘴边，黏上了一些呕吐物，发出酸臭的气味，她蹲在路边掏出纸巾用力擦拭，可不论怎么擦都始终有一股子臭味。

"你今天能来看看我么？"坐在床上，卓小雅有气无力地给梁建东打电话。电话那边是一阵尴尬的沉默，"小雅，我们还是不要见面了。"良久，梁建东说了这么一句。"我怀孕了！"

梁建东觉得五雷轰顶,他失魂落魄地从报社大楼走了出来,外面的阳光很刺眼,像是在看他的笑话。步行到卓小雅的住处需要十分钟,这十分钟对于梁建东而言甚是漫长,他一路上都在想这是不是卓小雅的小伎俩,他也在算时间,上一次和她同床是什么时候,他甚至已经开始计划应该到哪家医院去做手术……还没想明白,已经到了卓小雅的门前。

"验过了么?"一进门梁建东就直接问。"你自己看。"卓小雅脸色苍白地蜷在床上,将验孕棒扔给梁建东,那两条刺目的红线证明这不是卓小雅的伎俩,她真的怀孕了。"我给你联系一家医院,再去做个检测,确定了之后就做手术。"梁建东看着验孕棒说。"哼!"卓小雅远远地发出一声冷笑。梁建东错愕地抬起头,看着卓小雅。"你竟然就一点都不留恋……""小雅,这不是留不留恋的问题,我们应该理智一点。""我们?什么时候我跟你成了我们了?要不是因为我怀孕了,你不是打算永远不见我了吗?怎么现在又成了我们?""小雅!"梁建东已经厌倦了这样的文字游戏,他只想快点解决问题。

屋里的空气很冷,彼此都不再说话。良久,卓小雅爬到梁建东身边,将头枕在他的腿上,自顾自地说:"我不想去做掉,我想生下来。""胡闹!"梁建东猛地拨开卓小雅的头。"你怕了?!""这不是怕不怕,而是应不应该。小雅,这也是为了你好。"梁建东突然觉得问题严重了。"既然是为我好,就按照我想的方式做啊,我就是想生下来!"卓小雅脸上挂着天真的笑容,可梁建东却有一种想将这张脸撕下来的冲动,"别开玩笑了,你知道那是不可能的!"梁建东在强作镇定。卓小雅却不依不饶地说:"怎么不可能?我自己生自己养,不用你操心。""绝对不行!"梁建东"呼"地站起来,看着床上的卓小雅。

从卓小雅的出租屋里出来,梁建东觉得六神无主,他不确定卓小雅会做出什么,这个小女孩已经不是自己所认为的那个天真无邪的小丫头了。梁建东明白,卓小雅在拿腹中的孩子做筹码,她在要挟自己。

(三)

"锦棠,卓小雅怀孕了。"在饭桌上梁建东对苏锦棠说。苏锦棠的筷子"啪嗒"掉在了地上,她掐着手指忘了捡筷子。"锦棠……""该来的迟早要来。"苏锦棠淡淡地说了一句话起身走到了露台。

一滴眼泪滴到嘴里,苏锦棠觉得又苦又涩。她看着这个城市的灯火,心里空空荡荡。卓小雅怀孕了,这是她最不能接受的事实,这让她很自然地联想到梁建东躺在卓小雅的床上翻云覆雨。她不想去想,可又忍不住去想,每次想起,她都恨得牙根痒痒,如果有刀,她甚至会不顾一切向他们砍去。可事实呢,她苏锦棠当然不会那样做,不值得。

"锦棠……"梁建东站在自己身边,保持着一段距离。他不敢直视苏锦棠的双眼,甚至不敢靠近她。这么多年,梁建东一直高高在上,享受着苏锦棠对他的崇拜,哪怕是自己出轨,他也始终保持着一份自若,他相信一切都在自己掌控之中,哪怕是有一点点偏差,他也能够及时地拨乱反正,可这一次,梁建东是真的慌了。"你打算怎么办?"苏锦棠轻声问……"今天她给我打电话……"梁建东将下午的事情一股脑说给苏锦棠听,"我当然是说要去打掉,可她不干。""哼,那不过是在要挟你!"梁建东点头。"如果你是在征求我的意见,我就不妨直说,为了保全你的颜面,她必须马上去医院做掉!"苏锦棠双眼望向远方,每一个字说得掷地有声,充满恨意。

午后,卓小雅懒懒地躺在床上,她早上去公司辞职,笑着告诉老板她怀孕了,孩子的爸爸舍不得她在外面上班辛苦,所以要回家养胎。说这话时,卓小雅脸上是一种真心的幸福,她忍不住去想,自己大着肚子靠在梁建东怀里的样子。

突然敲门声响起。

站在门口的不是别人正是苏锦棠。这让卓小雅彻底惊呆了。"可以进去吗?"苏锦棠穿着一条蓝底起白花的桑蚕丝连身裙,落落大方地站在她面前。"哦,可以。"卓小雅将苏锦棠让进了屋里。

苏锦棠细细环顾四周,这间小屋几乎没怎么收拾,衣物吃食乱七八糟地堆放在房间的各个角落。显然,这不是有男人常来的样子,想到这里苏锦棠略感安心。"你怎么来了?""怎么,不欢迎?"苏锦棠笑言。"哼,你是我最不欢迎的人。"卓小雅却也不相让,这句回答倒并不让苏锦棠意外。她熟络地找了把椅子坐了下来:"梁建东都告诉我了,你怀孕了。"卓小雅惊了一跳,下意识护住自己的肚子,她脑海里闪过正房掌掴小三的画面,是能生生把孩子打掉的。"别怕!"苏锦棠看出了卓小雅的惊慌。"你来到底是干什么?他知道么?"卓小雅提到了梁建东,她认为这是苏锦棠背着梁建东跑来的。"他当然知道，不信你可以给他打电话。"听到卓小雅提到自己的丈夫，苏锦棠觉得一阵反胃，脸上的笑也没了，"我们都希望你能够把孩子打掉。""我要是不呢？""你当然可以不，说到底这是你自己的事情，不过小雅，有些话我这个当姐姐的还是得劝劝你，你是个聪明人，你无非是想用这个孩子拴住这个男人，可我相信梁建东已经把话给你说明白了，如果你执意要生，就算挺着八个月的大肚子闹到集团也没什么用，你不过是要让他难堪，让我难堪，让我们的婚姻解体。但我告诉你，不可能的，如果真到了那一步，我一定会力挺我的老公，而你不过是那个色诱他不小心犯错的人。"苏锦棠的话说得清清楚楚。卓小雅身体晃动了一下，忍不住用手扶住桌沿，"我不信你不怕梁建东身败名裂！"卓小雅恨恨地说。"哈哈，小姑娘你太幼稚了，这个社会这种事情太多了，远不至于身败名裂，在这个集团最多也就是不再提拔。而且我告诉你，就算他梁建东被扫地出门，也有我养着他！"卓小雅突然觉得自己很可笑，她知道在这场博弈中自己已经全然输下了阵，可她就是那么不甘心，她不相信清高的苏锦棠会不介意，"我不相信你不恨他！"卓小雅说。苏锦棠站起来，步步走向卓小雅，她说："有一天你结婚了你就会明白，我要恨也是恨你这样的女人！"

  苏锦棠走到门边，在鞋柜上留下一张名片，"如果你想好了做手术的时候就找这个医生预约，到时候我会陪你去。"说完，苏锦棠头也不回地离开了。

（四）

"锦棠，你那个朋友已经和我预约了周三的时间。""谢谢你啊，王医生！"三天后，苏锦棠接到了市妇幼保健院王医生的电话。她详细询问了做手术的时间和流程之后，在周三前往医院。

很多人都不明白苏锦棠为什么要这么做，那么一个让自己恨得牙根痒痒的人，为什么还要陪她做手术？可苏锦棠觉得这是她在帮自己的男人善后，她当然不愿意看到自己的男人坐在手术室外等候的场景，那会让她浮想联翩。两相比较，她情愿由自己来做。

苏锦棠比卓小雅先到，在手术室外，她看到穿着一条白色棉布宽身裙的卓小雅，这是王医生建议的，穿裙子做手术更方便。"你怎么来了？"卓小雅惊讶地低声问。"我说过我会来陪你，做这种手术身边不能没人。"苏锦棠说着便从手提包里拿出一张夜用卫生棉，"去换上，做完手术会有轻微出血。"卓小雅像个孩子一样接过卫生棉乖乖地到厕所换上，她脑子里一片空白，猜不透苏锦棠，而此时她也懒得去猜了。

"放心吧，是无痛的。"卓小雅进手术室前，苏锦棠这样对她说。

半个小时后，卓小雅摇摇晃晃地从手术室出来，她脸色苍白直冒冷汗。"疼吗？"苏锦棠关切地问，卓小雅摇摇头。"那就是因为身体太虚了，你能走吗？"苏锦棠下意识扶住卓小雅，两个

玖　什么女人最讨厌

人互相搀扶着下了楼。坐进出租车，苏锦棠让司机绕道去一趟白果苑，卓小雅知道那是一家餐厅，她说："我不饿。""不饿也要喝点汤，你不用下车，我打包给你拿走。"苏锦棠计划好了一切，不容卓小雅拒绝。

躺在床上，苏锦棠为卓小雅掖好被子，端来一碗热气腾腾的白果炖鸡汤，她把汤放在床头柜上，"现在还很烫，你过会再喝，剩下的汤都在厨房的大碗里，你晚上要再热一热。"说完，苏锦棠准备离开。"你这是为什么？"卓小雅声音有些哽咽，她看得出来苏锦棠对她的照顾是真心实意，可她不明白，苏锦棠难道真的不恨她？

"不为什么，我只觉得做女人其实都不容易。"苏锦棠笑了笑，关门离开。卓小雅呆呆地坐在床上，回想起在手术室的一幕幕。其实，她一点都不怕，当她躺在手术台上时，只是觉得冷，当医生将面罩罩在她脸上，她看见透明的液体滴滴答答注入她的身体，可能不到5秒钟她便沉沉睡去。这一觉很深很短，似乎还不到一分钟，医生便拍了拍她的胳膊，轻声说做完了，她坐起来，利索地穿上内裤、穿上鞋子，护士想扶着她，可她说不用，就这样摇摇晃晃地从手术室走出来，一眼就看到了苏锦棠。在那一刻，卓小雅莫名地有点想哭，可硬生生憋了回去。

她掏出手机，翻到梁建东的号码，她想给他打个电话，起码发个信息，告诉他自己做完了手术。说不定梁建东会来看看自己，可当她正要这么做的时候，眼角余光看到了床头柜上那碗冒着热气的鸡汤，手停在了半空，想了想，卓小雅放下了电话。

正如苏锦棠所言，如果不是因为梁建东，她可能会和卓小雅成为忘年之交。而此时,卓小雅在心里想,如果不是因为梁建东,自己是否可以和苏锦棠成为朋友?这个女人是真的不让人讨厌啊。

时间过得很快,眨眼半个月过去了。一夜,梁建东陪着苏锦棠在小区散步,半晌,梁建东对苏锦棠说:"锦棠,卓小雅她已经离开这个城市了。"苏锦棠笑了笑说:"我知道,她去了西安。"梁建东有些诧异,"你怎么知道的?"苏锦棠掏出手机让梁建东看看。在信息栏里,卓小雅给苏锦棠发来了一条,上面写着:

如果可以,我想叫你一声姐姐,我决定离开这座城市了,去西安的报业集团工作,那边的朋友已经帮我联系好了。我再也不会打扰你们的生活了。对不起,希望你能原谅我。——卓小雅

梁建东默默将手机还给苏锦棠,他没说话,只是紧紧地搂着苏锦棠的肩膀,两人漫步在小区的湖畔,夜风微凉,吹起了苏锦棠的裙角,不远处有孩子的嬉闹声,这一夜,这个城市美极了。

拾

整形与青春的换算法则

（一）

当苏锦棠将卓小雅的事情一五一十在下午茶聚会上向闺蜜们分享时，她的心里有一种云淡风轻的爽快，在这场爱情保卫战中，苏锦棠赢得漂漂亮亮。

夏朵朵是四个女人中唯一不太接受苏锦棠的故事的，她一直玩弄着手机，没有正视苏锦棠的双眼，这小小的举动自然被苏锦棠看到，她说："朵朵，你怎么不说话？"夏朵朵依然低着头，闷声说："我不知道说什么……"四人一时间都不再言语，苏锦棠心里有些不快，她回想起当初夏朵朵遇到不顺心的事情，自己是如何去宽慰她，而今她却如此冷淡，嘴上便也冷了下来，"那就不说吧。"夏朵朵抬起头，正色道："锦棠，我知道你心里怎么想的，可是我不觉得这是什么好事。""呵呵，谁怎么想都不重要，重要的是我知道我应该怎么做，而且我也按照我想的去做了，朵朵,当你结婚了你就知道,有些事情并不是我们不希望它发生它就不会发生,婚姻不是玩具,不好了就不要了。""可能是吧,但如果我结婚,我一定不会让我的婚姻变成这样。"夏朵朵反唇相讥,她的话说得明显过了。孟清翟咳嗽了一声,示意夏朵朵,可她并没有要停止的趋势,"我知道你们在心里笑话我幼稚,可是,难道这些风波中没有你们自己的差错吗?如果我们一开始就把婚姻经营得很好,这些事情还会发生吗?如果锦棠始终都对梁建东很好,那么卓小雅还有可乘之机吗?""朵朵!行了啊!"张宇婷听不下去了。"让她把话说完。"苏锦棠依然挂着浅笑。"苍蝇不叮无缝的蛋,这个道理谁都知道,现在的卓小雅不过是一只苍蝇,暂时被轰走了,可是保不齐会有王小雅、李小雅。这个世界上从来都不缺苍蝇,只要那个坏蛋还在。"

夏朵朵一口气将心里的话全部倒了出来,她不是不知道这样的话是会伤人的。可不知道为什么,她就是很想说,心里有一种莫名的烦躁和愤怒,这些一直相伴身边的朋友,正面临着婚姻、爱情的大风大浪,却因为在一次不太光彩的战役中侥幸获胜而沾沾自喜,夏朵朵心生厌烦。所以她任凭自己不管不顾地将心里话吐了个一干二净。"卓小雅算是好的,她好歹心有善念,所以知难而退,但有多少人是连感恩之心、廉耻之心都没有的。那么那时候,你们是不是还可以获胜?还是可以保全自己的婚姻和爱情呢?"夏朵朵的话刺伤了在场的每一个人,她的话不是没有道理,可在这个时间点,显得那么冷酷和不合时宜。"行了,你要表达的我都明白了。我承认,梁建东不是什么好蛋,我苏锦棠也不是一个成功者。可是夏朵朵,请你宽容一点,我已经三十多岁了,我没有勇气在那个旧的婚姻出现问题时,选择什么都不做而仅仅是拱手让人,谁都需要一次被原谅的机会。我相信梁建东,我也只能选择相信梁建东!"

苏锦棠的手有些发抖,因为她太激动也太气愤。第一次,她当着所有朋友的面承认自己是一个失败者,起码在婚姻中她败下阵来。并且,她没有勇气像自己标榜的那样清高,她放不下这段婚姻,她只能努力去修补。然后告诉自己,没什么大不了的,现在和以前一样,什么事情都没有。苏锦棠的心里不是不曾难过,有多少个夜晚她悄悄从床上爬起来躲进洗手间无声哭泣,然后用冷水洗脸,装作什么事情都没有的样子继续生活。这些她都可以忍受,唯独忍受不了朋友这样对她冷眼相向。她以为,这个小小的闺蜜圈是她的避风港,可如今看来,她错了,这里才是把她伤得体无完肤的地方。想到这里,苏锦棠站了起来说:"道不同不相为谋。"

孟清翟紧跟着苏锦棠,"锦棠!""你回去吧,我先回报社了。"苏锦棠站在咖啡馆门口对孟清翟说。"我送你吧。"说完拉着苏锦棠就上了车。"朵朵的话确实过了……"孟清翟瞄了一眼苏锦棠,"这是她的真心话,一直以来我们都把她当小妹妹,可是清翟,你觉得我们到底有多了解朵朵?""还真是,对了,你没发现她有点变样了吗?"苏锦棠回过头惊讶地看着孟清翟,"你什么意思?""你不觉得她下巴变长了?整个脸型都变了?""我还真没注意,她不会是去……""肯定的啊,我还以为今天的下午茶主题就是讨论夏朵朵做整形呢,谁知道,你的事儿才说完就闹崩了。""不会吧,她不是一直都走自然美路线吗?""谁知道啊,所以说啊,我们还不够了解她。"

夏朵朵陪着张宇婷等李航来接驾。两人都沉默不语,张宇婷翻着八卦杂志,夏朵朵依然自顾自玩着手机。五分钟过去了,张宇婷将整本八卦杂志翻了一遍,始终静不下心来细细阅读。她觉得今天的下午茶很莫名其妙,好不容易偷闲出来散散心,都被夏朵朵给搅和黄了。一想到这里,张宇婷就气不打一处来,她"啪"的将杂志扔到桌上,吓了夏朵朵一跳。"你干吗?"夏朵朵问。"我还问你干吗呢?!"张宇婷声音提高一倍,引来周围人侧目。"宇婷你小声点。""干吗?我就这么大嗓门儿。"张宇婷白了大家一眼,"我问你,你今天抽什么风啊?好好的聚会。""我是实话实说。"夏朵朵看着自己新作的手指甲。"我不管你是实话还是假话,你这样说锦棠得多伤心啊?你想过吗?""可总不能因为她会伤心就不说实话吧?我是为了锦棠好,你没看见她刚才有多么沾沾自喜吗?我就是想告诉她,这没什么可值得高兴的。别以为走了一个卓小雅就天下太平了,轰走了苍蝇只是治标!""话是没错,可你要锦棠怎么办?和梁建东离婚?可能吗?""为什么不可能?这个男人能在外面把别的女人肚子搞大,苏锦棠还觉着像个宝似的捧着,有这个必要吗?""你以为我们还是二十多岁的大姑娘啊?都是三十好几的人了,离了婚再找一个谈何容易?"张宇婷说。

"你我可能都不好找,可苏锦棠一定找得到。林穆文就是一个现成的,爱了她那么多年,这种男人打着灯笼都找不到!""你怎么突然说起林穆文了?你有没见过,说不定已经谢顶了呢。"张宇婷打趣。"谁说我没见过?我告诉你,人家林穆文仪表堂堂！""你什么时候见过的？"张宇婷惊讶极了，"你看见我这下巴没有？就是人家林医生帮我做的！"夏朵朵骄傲地捏着自己的下巴说。

（二）

夏朵朵小姐那精致的下巴正是这个时代都市女人的新宠——微整形的产物。微整形和整形截然不同，虽然同样是为了赐予女人更多的美，可从安全性上考量，微整形显然安全不少，且也能起到立竿见影的效果。就算女人为了美可以大幅度牺牲自我，但还不一定要搭上性命和后半辈子的幸福。所以，在整形事故频发的当下，女人对微整形的选择趋之若鹜。

如果你不相信，不妨走到大街上看一看，那些灯箱广告、站牌广告……无一不与微整形相关；如果你还不相信，更可走进咖啡厅、电梯间里留心听一听，那些女人堆里讨论最多的肯定是谁的下巴做了，谁的鼻子垫了，谁又去抽了眼袋，谁又去开了眼角……

夏朵朵现在俨然已经成为这些女人中的一员。当她惊喜地发现原来短胖的下巴瞬间变尖变长时，夏朵朵在心里深深后悔自己没有早点加入整形大军的行列，痛悔原来的自己还抱着自然美死死不放。"要注意不要用力碰到硬物，否则会发生变形。"林穆文是为夏朵朵做下巴的医生，当他得知夏朵朵是苏锦棠的好朋友时，就更加殷勤了些，这让夏朵朵很是受用。她甚至还约林穆文喝过两次咖啡,林穆文都如约前来,他下意识希望这是自己接近苏锦棠的另一条渠道。哪怕无法与苏锦棠在一起,能与苏锦棠的朋友坐坐也是好的。

林穆文没把夏朵朵当外人,他将自己和苏锦棠的故事像倒豆子一样噼里啪啦全都说给夏朵朵听,甚至那次耳鬓厮磨也没有放过。这些缠绵悱恻的故事,最能撩动夏朵朵这样文艺女青年的心,她觉得林穆文很不容易,她甚至想帮林穆文一把。

"朵朵,你是说林穆文和锦棠那什么了?"张宇婷听完了夏朵朵与林穆文的故事后脱口而出。"当然了!林穆文亲口告诉我的!"夏朵朵拍着胸脯说。"太复杂了……"张宇婷明显消化不了,她觉得信息量太大。"可能这就是为什么苏锦棠能够那么快原谅梁建东的原因吧。"夏朵朵说。"可能吧,但是,你觉得锦棠是真的爱林穆文吗?如果是真爱,那她干吗不趁梁建东出轨的机会就直接离婚呢?但如果她不爱林穆文,又干吗要和他那样呢?"张宇婷怎么都想不明白。"这我就不知道了,不过林医生倒是相信苏锦棠是爱自己的,只是没有勇气离婚,但我觉得这是吃着碗里惦记着锅里,你说呢?""我不知道,可我觉得锦棠不是那样的人吧……"张宇婷看了看夏朵朵。夏朵朵耸耸肩说:"谁知道呢?"

夏朵朵回到家,对着镜子欣赏自己变化后的下巴。"小臭美!"沈茂山从身后搂住夏朵朵的腰。"好看吗?"夏朵朵撒娇地说。"当然好看!"鼓励夏朵朵去做微整形的不是别人,正是沈茂山。他告诉夏朵朵,在日本、韩国,整形就像是去打一针疫苗,是最最平常的事情。每个女人都有权利去改造自己,让自己变得更完美！"朵朵，我建议你还可以去把鼻子垫一垫，这样整个五官会更立体哦。"说完沈茂山捏了捏夏朵朵的鼻梁。"好像是耶！那我给林医生打电话！""朵朵，我觉得林医生那边好像比较贵哦。"沈茂山坐在沙发上说。"是吗？"夏朵朵依然对着镜子捏鼻梁。"嗯，我觉得比较不划算耶。"夏朵朵坐到沈茂山身边说："可是我觉得林医生医术很好啊！""小傻瓜，你就只是做微整形，就是打几针，又不是动刀做手术，不需要那么贵啦，我认识一家医院，要比林医生那里便宜接近一半哦。""真的啊？！你怎么会认识这样的医院？"夏朵朵有些惊讶。"是我在日本的朋友开的，你知道日韩的技术在全球都是拔尖的，他们那里都是国外的医师哦，很棒的。""那怎么还会便宜？"夏朵朵觉得不可思议。"还不是为了冲击市场，现在是在做优惠啦，而且还可以拿到朋友折扣价啊，要不要去试试看？""这样啊……"夏朵朵有些犹豫。"随便你啦，我也是为了你着想哦。"沈茂山有些不悦，跷着二郎腿翻看报纸。"好吧好吧，那你帮我联系，我们改天去看看。"夏朵朵不想沈茂山不开心，转口这样说道。"好呀，到时候我陪你去！"沈茂山开心地说。

（三）

沈茂山朋友的医院开在林荫街上，夏朵朵觉得医院门脸还算气派，心里有些踏实了。挽着沈茂山的手走进医院，穿着粉紫色套装的导医小姐热情地迎了上来，待沈茂山报出姓名后，导医更加热情："原来是沈先生和夏小姐！快请！院长已经在等你们了！"夏朵朵得意地拉了拉沈茂山的胳膊，低声说："规格好高哦，院长亲自接见啊！"沈茂山拍拍夏朵朵的手，径直走进院长办公室。

"茂山！快请坐快请坐。"张院长看起来和沈茂山差不多年纪，两人一见面就称兄道弟，这再次让夏朵朵觉得自己来对了。"这是我女朋友夏朵朵。"沈茂山向张院长介绍，夏朵朵害羞地点了点头，心里说不出的美。"夏小姐真是美人啊。"张院长盯着夏朵朵看。"这次我是想做一下鼻子。"夏朵朵开门见山。"嗯，我看看。"张院长仔细端详着夏朵朵的脸，"鼻梁稍微垫高一点会很好看哦，你放心，我会让我们医院最好的医生为你做的。""那价格呢？"夏朵朵问。"这个你们放心啦，我和茂山是这么多年的朋友，不会杀熟啦。"说完，张院长在计算器上按出一个数字递给他们二人看，"这么便宜？！"夏朵朵脱口而出立马感觉自己失言了，张院长笑着摆摆手，"别说出去就好啦，不然我这里就没法做生意了哦。"说完，张院长便安排夏朵朵到微整形室准备打针。

"你先过去，我马上过来。"沈茂山笑着对夏朵朵说。夏朵朵点点头，在导医的陪伴下离开了院长办公室。"最近生意怎么样？"等夏朵朵一走，沈茂山开口问。"你也看到啦，客人稀稀拉拉。"张院长一改刚才的腔调，瘫坐在沙发上说，"当初来这里可是你的主意哦。""你急什么？我不是给你带人来了吗？"沈茂山皱了皱眉头。"太少了吧！那天你带来的那个王太差点出了大问题。""怎么啦？"沈茂山问。"她做激光美白，你也知道我们这里的机器都是国产货，波段都不稳定的。才刚刚开始，她就直嚷着疼，左边脸颊就开始红肿。幸亏发现得早，不然还不晓得怎么收场呢，我最后连钱都不敢收，还要给人家赔医药费买果篮，再这样下去，只有赔光光了。""你知道自己机器不行就不要做那样的项目啊！"沈茂山有些烦躁地说。"我有什么办法，客人要做难道我说我做不了？！""行啦行啦，我改天去看看王太，安抚一下。"沈茂山觉得自己又在干帮人擦屁股的活儿，张院长却笑了，"只要你出马，王太肯定消气，只是，又要委屈你老兄了哦，那个王太，啧啧啧，快50了吧？你怎么受得了？""有什么办法？！还不是为了吊住金主，我也只能眼睛一闭张曼玉咯！"

在微整形室，夏朵朵穿着手术袍半躺在手术椅上。半响，一位白大褂走了进来，例行消毒等环节，白大褂拿出针管开始在夏朵朵的鼻梁上注射，夏朵朵觉得有些不舒服，和上次做下巴的感觉不太一样。一想到这里，夏朵朵心里有些发紧，她忍不住说："我觉得有点不舒服。"旁边的导医连忙说："正常的，因为是注射鼻梁，会有轻微的压迫感。""哦。"夏朵朵想鼻子和下巴不一样，感受自然也会有所不同吧。

很快，针打完了。白大褂用手在夏朵朵鼻梁上捏来捏去，这个步骤夏朵朵很熟悉，这叫塑形。上次林医生也是这样捏自己下巴的，可是上次捏下巴时夏朵朵一点都不疼，这次却疼得厉害，眼泪都出来了。"不行不行，疼！"夏朵朵叫了起来，沈茂山从门外探出头来，"朵朵怎么了？"听到沈茂山的声音，夏朵朵更觉委屈，"疼，我疼！""我看看。"沈茂山走进手术室，"不怕宝贝，医生正在给你塑形，很不错哦！你自己看。"沈茂山递了一面镜子给夏朵朵，夏朵朵红着眼睛看见镜子中的自己，鼻梁果然高挺了，整个人看起来都不一样了，"好看是好看，可是我觉得好疼哦。"白大褂终于开口了："这都是正常的术后反应，明天就会消失的。"说完，白大褂走出了手术室，夏朵朵冲着沈茂山挤挤眼悄声说："他好酷哦，都不跟我讲话的。"

带着新的鼻梁，夏朵朵兴高采烈地和沈茂山去逛街，不适感依然存在，可夏朵朵心想要美丽自然就要付出代价吧。"刚刚那个女的在看你耶。"沈茂山悄声对夏朵朵说。"哪个女的？""就是那个穿热裤的辣妹啊！""怎么可能，她那么美看我干什么？"夏朵朵乐得合不拢嘴。"她哪有你美！"沈茂山的嘴像是抹了蜜糖，让夏朵朵这只蜜蜂快要迷失方向了。

洗完澡，夏朵朵对着镜子准备做面膜时，她突然发现自己的鼻梁有些奇怪。"时不时鼓出来了一点？"夏朵朵自言自语，她用手在鼻梁上压了压。"啊！"钻心的疼痛感刺出了夏朵朵的眼泪，她有些怕了。正巧沈茂山说有事今天住在他自己的家里，现在的夏朵朵孤苦无依，她不敢给姐妹们打电话，上次她还趾高气扬，今天怎么就去求助了呢。可是看着越来越不对劲的鼻梁，夏朵朵吓哭了，她下意识拨打了林穆文的电话。

半个小时后，林穆文来到了夏朵朵的家。"你在哪里做的啊？"林穆文一看到夏朵朵的鼻梁就知道她打了不合格的玻尿酸。当夏朵朵报出医院名字时，林穆文摇了摇头："没听说过。""那现在怎么办？我鼻梁好痛哦。"夏朵朵边哭边说。"只有把东西抽出来，但是我不保证可以抽的很干净。""哇！"夏朵朵被吓得放声大哭，"我是不是要毁容了？！""别哭了别哭了，我送你到医院。"说完,林穆文给夏朵朵披上外套就扶着她下了楼。

在医院,林穆文迅速地将夏朵朵鼻梁里的东西往外抽。夏朵朵隐约能看见针管里橙红色的液体,那是混杂着自己血液的东西。与此同时,疼痛的感觉在减轻,夏朵朵看着全神贯注的林穆文,心里前所未有的感觉踏实。一个小时之后,林穆文总算可以喘口气了,他关切地问:"抽得差不多了,现在你感觉怎么样?""不怎么疼了,谢谢你林医生。""别客气了,记住,以后不要随便打针,你这次打的就是不合格的玻尿酸,幸亏发现得早,不然抽都抽不出来了!"林穆文语气虽然严厉,可夏朵朵听起来却很受用。她乖乖地点头,像是一个知道自己闯了祸的孩子。林穆文看她耷拉着脑袋,笑了笑,拍了拍她的头,"记住了哦!"在那一刻,两人突然都觉得有点尴尬。这个细小的举动多少是有些越过规矩的,尤其是在这样的夜里,让暧昧的因子更易滋长。

(四)

回到家,夏朵朵躺在床上怎么都睡不着。她很气愤沈茂山给自己介绍的蹩脚医院,差点就害自己毁容,一方面她也忍不住去想起林穆文,她不确定在这一夜,他们之间是不是发生了什么。想到这里,夏朵朵觉得心烦意乱,她讨厌自己居然会想着林穆文。"夏朵朵你可是有男人的人了!你在搞什么!"夏朵朵在心里对自己吼。为了将林穆文赶出脑袋,她准备给沈茂山打个电话，告诉他自己今夜的惊险时刻。

电话响了很久，夏朵朵想，沈茂山或许已经睡下了，正当她准备挂断电话时，电话却接通了。"喂！"电话那头不是沈茂山的声音。夏朵朵腾地坐起来说："你好。"对方声音慵懒，似乎还没有睡梦中醒过来，"你找谁啊？"夏朵朵果断地挂断了电话。她听得出来电话那头的人不是沈茂山，甚至根本都不是一个男人！夏朵朵懵了，她重新检查电话号码，没错，是沈茂山的。夏朵朵瘫坐在床上，她没料到这样的狗血剧会发生在自己身上。一时间，夏朵朵甚至感觉不到悲伤，她脑袋里不断浮现那些八点档TVB剧情。原来艺术果然来源于生活。

夏朵朵是个奇怪的人，在所有人眼中，夏朵朵总是最没有心机，最需要保护的。大家总觉得夏朵朵小姐是受不起摧残的，遇到大事夏朵朵也一定是最先崩溃的那一个。可事实上，夏朵朵小姐在某些时候却是大不一样的。

一夜未眠，夏朵朵没有掉下一滴眼泪。她来不及伤感，而是在心里细细盘算，她要将事情查个水落石出，夏朵朵制订着计划。

次日中午，在公司上班的夏朵朵接到了沈茂山的电话，"宝贝，你在干吗？""上班啊。"夏朵朵尽量让自己的声音听起来自然。"哦，你昨天给我打电话啦？"沈茂山在电话那头问，夏朵朵从他声音里听不出什么变化。"嗯，响了半天你没接我就挂了。""你挂了？"沈茂山有些怀疑。"是啊，我想你可能已经睡了，就挂了。""哦，后来我接了，可是没声音。""啊？那可能正好是我挂的时候，好不巧哦。""你给我打电话有什么事情吗?""就是想告诉你我昨天晚上鼻梁好痛哦,幸亏林医生帮忙,不然我就毁容了!林医生说我注射的是不合格的玻尿酸!"夏朵朵没好气地说。"啊?不会吧?是不是对这个产品你有排斥现象啊?"沈茂山在电话那头关切地说。"不知道,反正现在没事了。"夏朵朵的心思显然已经不在鼻梁上了,"对了,你昨天去忙什么了?""就是和朋友聚一聚,想一起做一些项目,多赚点钱啊。"沈茂山依然是那种甜到发腻的语气。"我想着多赚点钱你就可以轻松一点,到时候给你开一个工作室啊。"这样的话沈茂山说过很多次,每一次都让夏朵朵心生涟漪,她不止一次幻想自己拥有一个插画工作室,能够和沈茂山过上幸福的生活。可今天,这样的话在夏朵朵听来就像一个过期的笑话、一罐过期的罐头,不仅不享受反而一阵阵反胃。

最近,沈茂山依然会时不时到夏朵朵的家里来,两人一起做饭、逛街、看电影,一切似乎和原来没有什么差别,这让沈茂山放下了心。那一夜突如其来的电话让他极为恼火。幸好,夏朵朵什么都没发现。正在厨房洗碗的夏朵朵听到电话响,她瞄见沈茂山推开阳台门,站在外面接电话。夏朵朵装作若无其事,哼着歌继续洗碗。"亲爱的,我有事要先走咯,你晚上乖乖地早点睡觉哦。"沈茂山挂断电话后走到夏朵朵身边,在她脸颊上亲了亲。"好呀,你去忙你的,我晚上约清翟她们去逛街,你别管我了。"夏朵朵笑着打发沈茂山。当他关上房门后,夏朵朵立马披上外套,站在床边看到沈茂山走出单元门后,她也飞奔着下了楼悄悄跟在沈茂山身后。

"跟着前面的车。"一坐进出租车,夏朵朵就低声对司机说。

盛女时代

司机师傅二话不说就猛踩油门。夏朵朵缩在后座。她心想，或许，原配盯梢抓小三、女朋友盯梢男友偷腥、老妈盯梢儿子进网吧……这样的桥段每天都会在这个城市上演无数次，而参演的出租车司机已经司空见惯了吧。

沈茂山的车停在一片住宅小区的附近，这里是这个城市的富人区，囊括了这个城市的精英阶层，是夏朵朵这样的小白领鲜少涉足的。夏朵朵让司机将车停得远远的，她压低自己的棒球帽帽檐，死死盯着不远处的沈茂山。

大约十分钟，一个女人闯入了画面，就算那么远，夏朵朵也能看到那女人拎着爱马仕铂金包、穿着香奈儿的套装，只是身型已经发福。通过步态和身材，夏朵朵断定那是一个快五十岁的老女人。那女人踩着高跟鞋走到沈茂山车旁，二话不说便拉开车门坐了进去，沈茂山发动汽车。"跟上！"夏朵朵发号施令。

一路无语，司机偷瞄坐在旁边的夏朵朵，这个女孩年纪轻轻，长得也算眉清目秀，而刚才那个女人再老点都可以当她妈了，这样的搭配还真是少见。司机师傅心里多少有底了，只不过是小白脸傍富婆的故事。想到这里，司机大叔对夏朵朵心生怜惜，"姑娘，抽烟不？"他下意识觉得人在烦心的时候需要来根烟缓解，夏朵朵犹豫了一下，接过烟道了声谢。夏朵朵不会抽烟，第一口被呛得不轻，可她感觉不错，香烟让她七上八下的心平稳了一些。

沈茂山的车开进了他的小区，夏朵朵在路边下车，扔给司机一百块钱。"不用找了，谢谢您的烟。"夏朵朵说。"甭客气，姑娘，你一个人进去？"司机大叔有些担心地看着夏朵朵，夏朵朵乐了,"不入虎穴,焉得虎子,放心吧!"说完,夏朵朵走进了小区。

在院子里晃悠了半个小时,夏朵朵估摸着好戏应该正在上演,她按下电梯,直接来到沈茂山家门口。夏朵朵掏出一把钥匙,这是她前些天偷偷配的。自从和沈茂山交往后,夏朵朵便大方地将自己家钥匙配了一把给沈茂山,可沈茂山却始终没给自己他家的钥匙,最初夏朵朵很介意。可时日长了夏朵朵便也淡忘了此事,两人均不再提起此事。

悄悄转动钥匙,夏朵朵打开了房门。客厅里很黑,卧室门虚掩着,透出一丝微弱的光,女人的娇喘在屋里飘荡。夏朵朵的太阳穴突突地跳,她猛地推开卧室门,两人正在床上翻云覆雨。门哐当撞在墙上,三个人都呆住了。

从发现那一幕,到夏朵朵夺门而出,三人一个字都没说。夏朵朵跑下楼,她起初有些害怕沈茂山追下来,因为她不知道要如何面对。可是当夏朵朵奔下楼后,她意外地发现沈茂山并没有追她,她在小区的花台边坐了下来。现在,她倒有些希望沈茂山出现,起码,这能证明沈茂山是在乎自己的。可是,当夜越来越深,夏朵朵的希望在一点点落空,她知道沈茂山不会下来了,她根本不在这个男人心里。

"那人是谁啊?"王太躺在床上不爽地问道。沈茂山淡淡地说:"一个一直追我的女孩。""那她怎么还有你家钥匙啊?""谁知道,可能她自己偷偷配的吧。"沈茂山心里烦躁,他厌恶这个老女人对自己不断地盘问,可嘴上却是云淡风轻的应对。"我告诉你啊,我只准你有我一个人。"说完,王太搂住沈茂山的腰,将头放在他的大腿上,看着这张不管打多少肉毒素、玻尿酸都无法挽回苍老的脸。沈茂山强压住心里的厌恶,低头亲了亲说:"那是当然的,等我们的项目做起来,我就带你去日本。"

(五)

"林医生,你不会嫌我烦吧?"夏朵朵在这样一个无助的夜晚,将林穆文看做是一根救命的稻草。"你没事儿吧?"在林穆文家楼下,夏朵朵显得狼狈落魄。林穆文诧异于这个女人大半夜给自己打电话,更诧异于此时他们竟然一起坐在路灯下。

在刚才的电话里,夏朵朵像个无助的孩子,她说自己不想回家,想不出可以去哪里,林穆文也不知道为什么就让她到自己这里来。夏朵朵不愿意上楼,他便下来陪她。

在7-11林穆文买了两听啤酒和一包烟,在路灯下的石阶上,两人默不做声地喝着啤酒,时间一分一秒过去,林穆文脚下的烟蒂越积越多。"我是不是很傻?"夏朵朵问。"什么?"林穆文一时没有反应过来。"你是不是觉得我特别傻?清翟她们早就劝过我,可我不听,现在捉奸在床……"夏朵朵自言自语,林穆文听不出她的情绪看不出她的悲伤,她更像是在讲别人的故事。"你难过吗?"这是林穆文最想知道的,他发现自己越来越搞不懂女人了,在出了这样大的事情之后,女人的反应却是如此平静,上一次的苏锦棠,这一次的夏朵朵,都是这样。

"我不知道,"夏朵朵淡淡地说,"可能是难过的吧,但却不想哭不想闹,就是觉得很累,有一种被彻底掏空的感觉,累得连说话的力气都没有了……"夏朵朵低头摆弄着地上的烟蒂。"如果你想哭……"林穆文觉得电视里都是这样演的。"我不想哭,真的。"夏朵朵从林穆文手里抽出一根烟给自己点上,她夸张地嘟着嘴吐出烟雾,然后静静地看着那些烟雾飘散。

"林医生,你觉得你快乐吗?"林穆文不知道怎么回答夏朵朵的问题,他仔细想了想,说:"不快乐,但也不难过,其实真正的快乐并不多,能做到不难过就已经是快乐了。""哈哈,有道理!"夏朵朵笑了,这让林穆文觉得轻松,夏朵朵是和苏锦棠截然不同的女人,夏朵朵的快乐是简单易得的。

"你每天和那么多女病人接触,一定有人喜欢你吧?"夏朵朵似乎暂时忘记了自己的情变,开始盘问林穆文的八卦。"有,不多。""那你就从来没动过心?"夏朵朵步步紧逼,林穆文心里抖了一下,在遇到夏朵朵之前,他林穆文的确从未对除了苏锦棠之外的女人动过心。可现在,他却有些犹豫了,他说不清楚自己对夏朵朵的感觉,那似乎还算不上动心,至多也只是牵扯了一下神经,所以林穆文说:"是的。"

"我以后还找你做下巴!"夏朵朵岔开了刚才的话题,她明显觉得有些尴尬,在这样的时候是不适合尴尬的。"其实你本身已经很漂亮了啊。"林穆文说。"真的吗?"夏朵朵心花怒放,"可是女为悦己者容啊……"话一出口,夏朵朵突然觉得心口难受,自己已经没有要为的人了,林穆文并没感觉到夏朵朵的异常,他说:"你刚才问我每天见到那么多女人我快不快乐,其实我觉得不快乐。因为在我眼中看到的是她们迫不及待地想要留住青春、留住男人的惶恐和不安,看多了,我觉得苍然,觉得可怜……"夏朵朵在林穆文身边落下泪来,她小声地啜泣。"是我说错话了吗?"林穆文有些手足无措,夏朵朵却自顾自地说:"不关你的事,你说的没错,女人到了这步田地多少都是可怜的……没有了就是没有了,什么整形都挽回不了的……"

拾壹

别以为闺蜜就不抢男人

（一）

四个三十出头的闺蜜，苏锦棠始终相信，三十岁的女人要懂得以退为进；在张宇婷看来，三十岁的女人不得不面对生儿育女；而夏朵朵明白，三十岁的女人将面临越来越少的男士资源；孟清翟相信，三十岁的女人如果继续犯错那就是脑残！

所以，当夏朵朵带着负荆请罪的态度请大家享用意大利大餐，并不合时宜地说出自己捉奸在床的狗血剧情时，孟清翟毫不客气地说："夏朵朵你就是脑残！"对于孟清翟的评价，夏朵朵乖乖认账。一想起当初别人提醒自己那个男人不是好东西时，自己是怎样重色轻友的，夏朵朵便觉得矮人三寸。"好在你没吃多少亏啊，要是再把脸搭进去，你这辈子就算完蛋了！"张宇婷也说。"就是！幸亏林医生！"夏朵朵说这话时偷瞄了一眼苏锦棠。"穆文的技术是信得过的。"说起林穆文，苏锦棠依然是一副在说自家人的感觉，这多少让夏朵朵有些不快。最近，她总是和苏锦棠闹别扭。"听说有很多人喜欢林医生呢。"夏朵朵故意说。"是吗？穆文倒是没告诉过我。""他也不见得什么都要讲给你听啊。"夏朵朵此话一出，苏锦棠抬眼看了看她，笑了笑说："当然，我和他也只是朋友，当然不用什么都告诉我，对吧，朵朵？"夏朵朵正想说话，张宇婷在桌下踹了她一脚，这才偃旗息鼓。

"你和朵朵怎么了？"孟清翟开车送苏锦棠回家，路上她忍不住问。"我哪儿知道。"苏锦棠先前的确不知道，可现在她多少是知道了一些，"不会是因为林穆文吧？"孟清翟是个聪明人，在几次聚会上频繁听到夏朵朵提到林穆文的名字，她便猜出了几分，"你说朵朵不会是……""是不是都和我没关系，男未婚女未嫁。"苏锦棠冷冷地说，"我估计这次朵朵又找错了人啊。""那可不一定。"苏锦棠笑言。"你别说风凉话啊，谁不知道他林穆文心里就只装了你一个啊。"孟清翟一脚刹车，将苏锦棠送到了家。

走进小区，苏锦棠觉得心情寥寥，她跟自己说那是因为她不喜欢这样几次三番的不欢而散。可心底里，苏锦棠知道，自己更不喜欢的是有人在慢慢侵犯自己的"财产"。想到这里，她掏出手机给林穆文发了一条信息：出来坐坐。

约见的地点苏锦棠选在大学门口，那是一家低调的西餐厅，从他们上大学开始就已经在那里了，老板是一对新加坡夫妇，意大利面和焦糖咖啡做得最为地道。苏锦棠先到，她点了两杯咖啡，兀自抽烟。不一会，林穆文推门进来。

"怎么了？"林穆文一落座便关切地问。"没怎么啊，没事就不能找你坐坐？"苏锦棠笑着说。"当然不是，只是有点好奇。"

林穆文喝了一口咖啡忍不住称赞："还是那个味道，真棒！""是啊，上学那会简直把这里当天堂了，能来这儿吃顿饭喝杯咖啡简直就是过节。"苏锦棠也说，林穆文笑了，他想起大学的时光，那时候两人都是穷学生，虽然锦棠家境殷实却管教严苛，生活费是一分都不多给的，为了常常能带锦棠来这里吃饭，林穆文拼上了十二分的劲儿学习，每年总能拿到好几项奖学金。他记得每次带锦棠来这家西餐厅吃饭时，锦棠都会特别打扮一番，牵着他的手，像是一个小小的淑女。"想什么呢？"苏锦棠在林穆文眼前挥挥手，打断了他的思绪。"没什么。"林穆文回过神来。

"听说你玩了一回英雄救美啊！"喝着咖啡的苏锦棠装作若无其事地说，林穆文在心底里笑了，自己并没有猜错，苏锦棠正是为了夏朵朵的事情来的，她是在吃醋吗？"我哪儿里做得了英雄？不当狗熊就不错了。""你少谦虚了，夏朵朵可是把你当英雄膜拜呢。""呵呵，举手之劳而已。""你觉得夏朵朵怎么样？"苏锦棠两眼盯着林穆文。"你什么意思？""别揣着明白装糊涂啊，男未婚女未嫁的。""你是在做媒吗？"林穆文正色道。"不可以吗？"苏锦棠笑着回话。"是夏朵朵让你来的？""是又如何不是又如何？这很重要吗？"林穆文突然觉得很烦躁，他有些不耐烦地说："这是你要见我的目的？"苏锦棠明显感觉到林穆文的不快，可她心里却是一百个快乐，显然林穆文的心还在自己这里，一想到这个，苏锦棠便娇嗔地说："是啊，我怎么着也要帮朋友这个忙啊。"林穆文听到自己的心又开始喀喀喀地裂开，眼前的这个女人对自己招之即来挥之即去，可自己却永远甘之如饴，为的就是能在某一天感动她，赢回她。可如今看来，是自己想多了，苏锦棠已经不爱他林穆文了，所以才能够这样一次又一次伤害自己。

想到这儿，林穆文心里开始有了一丝恨意。他说："朵朵很不错啊，麻烦你转告她我很喜欢她。""你说什么？"苏锦棠的笑凝固在脸上，她不相信林穆文的话，她死死盯着林穆文的眼睛，试图从那里发现一丝破绽，可林穆文的脸上是浅浅的笑，是那种拜托朋友的客气和诚意。"拜托你了哦，锦棠。"林穆文说。"你真的喜欢她？你喜欢她什么？"苏锦棠一改刚才的和颜悦色。"她很可爱啊，和她在一起我觉得很轻松很快乐。"这是林穆文的心里话。夏朵朵和苏锦棠是不一样的女人，夏朵朵不会绕着圈子试探，她的快乐和不快乐都是那么显而易见。"我有事先走了。"苏锦棠冷不丁扔出这么一句话便起身离开。当她走出餐厅大门时，林穆文有了一种复仇之后的快慰，而苏锦棠却开始真的难过了。

（二）

张宇婷此时正享受着营养宵夜，有一搭无一搭地和自己新认识的网友"阿司匹林"闲聊，李航正忙着在厨房洗涮。"你今年多大了？"宇婷在屏幕上敲出这样一句话。"27，你呢？""呵呵，你得叫我姐姐，你是干什么工作的？""我做策划营销的，你呢？""平面设计。""哦，佩服佩服，设计师啊。""老婆聊什么呢？"李航凑过来在张宇婷脸上亲了一口。"闲聊呗。""男的女的？""男的啊。""那我可得注意啦,别把我的乖乖老婆拐跑咯!""一边儿去,你老婆定力强的很,除非是布拉德·皮特。""那也不行!"李航装作严肃地说。张宇婷懒得理他继续网聊,"你有女朋友了么?""没有啊,怎么,姐姐要给我介绍一个?""我身边可没有二十出头的小姑娘。""没关系啊,我喜欢比自己大的。"阿司匹林这样回复。"哎哎哎,这人有问题啊!"李航看着电脑屏幕不悦地说。"你干你自己的,少啰唆。"张宇婷扭头白了李航一眼。

最近,张宇婷有事儿没事就和"阿司匹林"在网上闲聊,接触多了,她知道阿司匹林正暗恋自己的女上司,"她多大岁数?""可能三十出头吧。""你连她多少岁都不清楚?工作做得不到家啊!"张宇婷调侃地说。"女人的年龄怎么好随便问。""那她喜欢你么?""不知道,可能有一点点吧。""你怎么知道有一点?""你说,如果是不喜欢,她会给你说很多自己的事情吗?会在你面前喝醉么?""这难说,三十多岁的女人跟二十多岁的不一样,不能用常规眼光去看。""是吗?"阿司匹林发来一长串的问号。"你怎么不去表白?"张宇婷问。"啊?太快了吧,万一她不喜欢我怎么办?""你不是说她还是挺喜欢你的吗?""那我要怎么表白?""直接说呗,你一个大男人还害臊啊?""呵呵,我挺怕她的。"

"姐妹们,我最近交了一个网友,男的。"下午茶聚会上张宇婷兴奋地说。"啊?你想重蹈你们李航的覆辙啊?"孟清翟说。"纯洁的网友关系啊,你们的脑子里怎么成天都是些污七八糟的东西。""怎么了?有什么新鲜的?"苏锦棠喝了 口香黄桃茶问。"你说现在是不是特别流行姐弟恋啊？那哥们儿喜欢上他的女老板了，是个比他大的女人。""大多少？四五十岁？"夏朵朵问。"得了吧，你以为人人都是小白脸儿傍富婆啊？那女人的也就三十出头，跟我们差不多大。"张宇婷没好气地说。"我现在最反感姐弟恋，说得好听，不就是小牛吃老草吗？老草的口感哪儿有嫩草好？那牛图什么？还不就是图钱图利！"夏朵朵小姐在经历了上一段狗血恋情之后，明显变得有些愤世嫉俗。"三十多岁怎么就叫老草了？那你也是老草？不要自轻自贱好不啦？"孟清翟敲打着夏朵朵的头。"原来不都说男人是专一的吗，不论是什么年纪都爱小姑娘，怎么这个却不是？"夏朵朵反唇相讥。"那说不定他喜欢的这个女人倾国倾城呢？""得了吧，现在三十多岁倾国倾城的女人都坐在这里呢！"夏朵朵说完哈哈大笑，其余三人也跟着乐了起来。"没错，说不定这丫暗恋的正是我们其中之一呢！"张宇婷此话一出，突然灵光闪现，"哎，你们说有没有这种可能啊？！""得了吧，这么小概率的事件，怎么可能这么巧？"苏锦棠回答。可此时，几个女人也不全是没往心里去的暗自思量，细细地将自己单位的小伙子梳理了一遍。

下午茶后，孟清翟回到公司，她路过肖剑的身旁，心里突然闪过一个念头，连忙打开QQ，肖剑的网名就是他的本名，孟清翟笑自己太敏感，随即关了QQ。

（三）

"林医生，晚上有空吗？"夏朵朵在办公室闲得无聊。"暂时没什么事儿，你有事吗？"林穆文在电话那头显得彬彬有礼。"我朋友开了一家小龙虾馆子，今天试营业，要不要去吃吃看？""小龙虾？我平时吃得很少……""哦，那……算了吧！"夏朵朵有些失望。"没事儿，去试试看吧，你几点下班我来接你。"当林穆文话锋一转时，夏朵朵再度喜上眉梢，"我六点下班，等你哈。"挂上电话，林穆文有些迷惑，他不是感觉不到夏朵朵的热情，只是自己这是在干什么？真的准备放下苏锦棠，展开一段新的感情了吗？林穆文显然还没有做好准备。

餐厅在二环路边上，两人一路堵过来虽然耗时不少，幸而一路上夏朵朵叽叽喳喳也并不无聊。到了餐厅，夏朵朵做主点了小龙虾、咖喱蟹、炒田螺。待菜一上桌，夏朵朵便开始吧唧吧唧吃了起来。"你不带个手套？"林穆文看着满手红油的夏朵朵问。"嘿嘿，懒得带了，影响操作。"夏朵朵笑着说，嘴角还挂着一粒花椒。林穆文下意识用纸巾帮她擦拭，她冲林穆文挤眉弄眼，林穆文笑了，这个夏朵朵还真是个孩子。

"辣的真爽！"夏朵朵一口龙虾一口田螺，吃得兴致盎然，林穆文时不时看看她，在心里不断地和苏锦棠做着对比。和苏锦棠认识这么多年，他们从未到过这样的街边餐馆吃饭，每次都是千篇一律的西餐厅、私房菜。苏锦棠是个注重环境大过口味的人，林穆文想象不到穿着迪奥连身裙的苏锦棠坐在这样的地方是个什么场景，那些大牌服装和手袋在这里是会有多么的不协调。而身旁的这个夏朵朵，穿着简单的棉布衫，趿拉着一双麻编凉鞋，手腕上丁零当啷地挂着各种珠串，一个无印良品的白色布包随意地扔在旁边的椅子上，她显得那么平易近人，是林穆文无须踮脚便可触摸到的女人。

晚饭结束，两人似乎都还意犹未尽，夏朵朵神秘地说："我带你去个地方喝茶吧，好玩又不贵！"林穆文听话地跟着夏朵朵驱车七弯八拐地进入一条僻静的巷子。"木叔叔的茶馆，这名字有意思。"林穆文看着招牌自言自语。"里面更有意思！快走。"夏朵朵自然地拉着林穆文的手跑进了这家茶馆。

茶馆门脸虽小，里面却别有洞天。一个不大的院子里却打造着小桥流水，池塘中漂浮着几朵睡莲，仔细看，还有数条锦鲤在莲叶下嬉戏。"这儿真不错。"林穆文由衷赞叹。"木叔叔！出来接客啦！"坐在石桥墩子上，夏朵朵扯着嗓子喊。不一会一个圆乎乎的男人一路小跑从房里出来，"哟！朵朵小姐大驾光临啊，怎么着？有多少日子没来啦？"这个圆胖子就是老板，林穆文笑着冲他点点头。"快点把你的好茶叶都拿出来！"夏朵朵很是豪迈地拍着老板的肩膀。"得了，你这是皇军进村儿的架势啊！"说完，圆胖子乐颠乐颠地去准备。"你和他很熟啊？"林穆文跟在夏朵朵身后问。"认识好多年了，你别看他现在这样，原来可是我们插画界的老前辈呢。""那现在怎么不画画改卖茶了？""画不动了呗，反正钱也赚够了，对吧？胖子！"夏朵朵冲着老板说。"别老张口闭口胖子胖子的，球形它也是身材啊！"

这话逗乐了夏朵朵和林穆文。

夜很深了,林穆文将夏朵朵送回家后自己驱车在二环路上兜风。他觉得茶喝得有点过了,居然也有些茶醉,打开车窗,冷风吹在脸上很舒服,林穆文很久没有这么开心过了,虽然他不爱吃辣,虽然他习惯了喝咖啡。可今天,他觉得一切都很对胃口,他觉得自己或许一直都是喜欢吃重口味喝中国茶的,只是在过去的三十多年,他林穆文连自己都未曾察觉。

(四)

和宝来集团的项目合同已经签订了,孟清翟初初一算这一单三百万的生意,纯利也能赚个近一百万,可算是今年的大单了。心情很好的孟清翟在快下班时对单位员工说晚上大家一起聚餐庆祝。

聚餐地点是在新开的金融中心顶楼的一家名为"花里"的日本料理店,六点半大家陆续赶到餐厅,肖剑忙前忙后地招呼点菜,孟清翟坐在一边细细听着。"三文鱼刺身、盐烤白果、鳗鱼手卷、海鲜汤、什锦天妇罗……"这些都是孟清翟爱吃的。在和宝来集团的几次谈判后,孟清翟请肖剑吃了几餐饭,这个男生居然用心地记下了孟清翟喜爱的口味,这让孟清翟觉得受用,也感到一丝丝暖心。自从那一夜和肖剑彻夜谈心,自己喝得酩酊大醉后,孟清翟有意无意地疏远了一些肖剑。她从来都是一个不愿意走得太近的人,更不愿让下属对自己产生联想,这样才能让孟清翟倍感安全。所幸肖剑也像什么都没发生一样,照样称呼她为孟总,鞍前马后地认真工作。在某些时候,孟清翟甚至怀疑自己是不是有些自作多情,现在的年轻人或许要比自己这一代开放许多了。

餐食陆续上齐,孟清翟招呼大家举杯,她说:"宝来集团这个项目今天总算敲定了,这是咱们公司今年的大单,忙完这一单,我保证让大家过一个丰收年!"此话一出,众人欢呼。"在这儿我要特别感谢肖剑,没有他,这个项目就不可能那么快拍板,来肖剑,我敬你!"说完,孟清翟先将自己手里的清酒一饮而尽。"噢噢噢,肖剑快干了啊!"大家一起起哄,肖剑也不含糊立马端杯说了声谢谢孟总,便干净利落地干了。

"肖哥,我敬你一杯!"酒过数巡,大家都放开了,各自组团聊天、拼酒。肖剑身边围坐了好几个公司里的小丫头,她们纷纷向肖剑展开攻势,又是敬酒又是布菜,肖剑显得有些招架不住。"肖哥,你可是我们公司的大红人啊,这一单做下来,你少说也能拿个十来万吧?"小美嗲着声音问。"哪儿能呢!"肖剑笑着将偏偏倒倒的小美扶端正。"有你这样的男朋友好幸福啊,人又帅又会挣钱!"小美不依不饶地往肖剑身上靠。"别闹了,我还没有女朋友呢,你坐好!"肖剑用力推了小美一下,小美一个坐不稳扑到了酒酒到了孟清翟身上。"哎呀,孟总,对不起!"肖剑急忙拉住小美,并瞪了她一眼。小美酒醒了一半,也跟着忙不迭地赔礼道歉。"没事。"孟清翟笑着说,"肖剑你还没有女朋友啊?"这话问得突然,肖剑惊了一下,连忙说:"还没有呢?""眼光不要太高哦。"孟清翟打趣。"肖哥说他有喜欢的了。"旁边新来的 Stone 是肖剑的实习生,他大声向大家透露这个秘密。"你少胡说八道啊!"肖剑厉声制止。"Stone 别怕他,说!"孟清翟给 Stone 壮胆,Stone 看了一眼肖剑,"我还是不说了吧……""你听他的还是听我的?不想转正了是不是?"孟清翟开始威逼利诱,众人也趁势起哄,Stone 心一横贼笑一下,"肖哥,这可不怪我了啊,嘿嘿,肖哥的意中人比他年龄大!""啊!姐弟恋!"这一声姐弟恋惊了孟清翟,她脑子里突然闪过张宇婷的那个网友,不会就那么凑巧吧。

之后大家调笑肖剑的话孟清翟没怎么听进去,她细细想着张宇婷提供的线索,27岁、做策划营销,光看这两点倒是一致,但这天下27岁做策划营销的单身汉何止一个?况且网上的话能有多少是真?孟清翟笑了笑,她发现自己居然那么在乎,真是发花痴病了。"孟总,您怎么看姐弟恋?"正当孟清翟神游在自己的世界,不料肖剑突然问自己。"啊?我呀?不反对不排斥。"孟清翟随口一说,肖剑却突然有些脸红,孟清翟清楚地看在眼里。

这场聚餐持续到十点过才结束,大家都有些歪歪倒倒,肖剑帮孟清翟请了代驾。"孟总,代驾在来的路上,您先等会。""好。"孟清翟在餐厅外的石凳上坐着醒酒,大家陆续告辞,唯有肖剑迟迟不走。"你也走吧,我没事儿。"孟清翟说。"我回家也没事儿,陪您等等吧。"肖剑回答道,孟清翟也不便再开口。

两人坐在石凳上一时无言。半晌,肖剑突然说:"孟总,你真的不排斥姐弟恋?"孟清翟愣了一下,心里有些忐忑,嘴上却说:"不排斥啊,怎么了?""那……如果有个比你年纪小的人喜欢你向你表白呢?""这也要看是谁啊,如果一个小屁孩儿那还

盛女时代

是算了，我可不适合当保姆。"孟清翟调侃着说。肖剑猛地站起来，"清翟，我……"正当这时，孟清翟的电话响了，代驾已经到了，肖剑的话没能说出口，孟清翟也当什么都没听到，拎着包下了楼。

坐进副驾，肖剑还不忘叮嘱司机路上开慢点。"到家后给我发个信息。"当车发动时，肖剑趴在车窗上对孟清翟说。

对于孟清翟这样一个三十出头的女人而言，肖剑最后的那句话是有着深意的，孟清翟清楚。"你男朋友很体贴啊。"路上，司机师傅没话找话说。"不是男朋友。"孟清翟回了一句。

到家了，孟清翟将自己扔在沙发上，刚刚喝的清酒现在有些发力，让她觉得头晕脑涨，挣扎着起来卸妆、洗澡，便倒头睡下了。"叮咚"不知道是几点了，孟清翟的手机在夜里闪着蓝莹莹的光，她有些不悦地在床头柜摸索，手机上有一条未读信息，打开一看，是肖剑发来的：到家了吗？孟清翟顺手将手机关上继续睡觉，什么都没想。

"叮叮叮"门铃响的讨人嫌，孟清翟将枕头闷在头上，可门外的人却坚持不懈。跌跌撞撞地起来，孟清翟没好气地问："谁啊？！""我，肖剑！"孟清翟打开门，头发蓬乱，"干吗？！""你怎么不回我信息？"肖剑有些生气地问。"你就是问这个？你知道现在几点吗？！"孟清翟不喜欢这样的场景，随手就要关门，可肖剑突然顶住了大门。"你干什么？！"孟清翟的觉终于醒了。"你为什么不回我信息？！"还是那句话。"我为什么要回你信息？谁规定老板还必须要回复自己的下属？！"孟清翟觉得自己应该让肖剑明白二人身份的不同。"现在你不是我老板，我就是问你为什么不回我信息！"孟清翟气得转身进屋，肖剑不依不饶地跟在后面。"不想回懒得回，行了吧？""你知道我有多担心吗？""你担心什么？！你有什么可担心的？！""我担心你！"这句话肖剑几乎是吼出来的。房间里顿时安静了，能听到时钟嘀嗒、水龙头里的闷声作响，孟清翟看着站在自己面前的肖剑，她什么都不能说。

　　肖剑也不知道站了多久，他微微感到自己的牙关发麻，膝盖也有些抖，可他不知道该不该坐下，甚至不知道这场对话应该如何收场。"行了，你现在也看到我很安全了，我还要休息，你请回吧。"还是孟清翟打破了僵局，可肖剑还是站着不动。孟清翟盯着他，忍不住说："跟你说话呢。""孟清翟，你知不知道你这样很过分？""我吗？就是因为不回短信吗？"孟清翟有些诧异。"你心里清楚。"肖剑恨恨地说。"我不清楚，我只知道你作为我的员工大半夜跑到我家里莫名其妙指责你的老板，反倒说你的老板过分，我看你喝多了！""好，我现在就跟你辞职，请你不要再拿老板那一套来压我。""辞就辞吧，明天你就可以来办手续！"孟清翟是真的火了，她讨厌要挟，不管是谁。

（五）

　　整整一天肖剑都没来公司上班，孟清翟像没事人一样安排着工作，可其他人却纷纷猜测。"肖剑怎么没上班啊？""不会是喝多了请病假吧。""没有啊，他没给行政请假耶。""是不是辞职啦？""你脑子有问题啊，提成都还没拿，哪个傻子会在这时候辞职啊？""那就怪了啊，他可是出了名的拼命三郎，轻伤不下火线啊，看来这次是重伤。""Stone，你师父怎么了？""我也不知道，我给他打电话都转语音信箱了，我正打算下班去看看呢。"大家的议论孟清翟听在耳里，整个公司唯有她知道肖剑失踪的原因。

"今天晚上要加班，大家抓紧把宝来集团的活儿做了。"快下班时，孟清翟站在办公室中央宣布。"约会又泡汤咯。"有人小声抱怨。"要约会就辞职啊，没钱了看你们拿什么约会！"孟清翟一贯的作风，大家早习以为常。"孟总，我能不能请个假？"Stone 站起来小声说，"我想去看看肖哥……""是肖剑给你饭吃还是我啊？！"孟清翟一句话就给 Stone 吼了回去。Stone 自找了个没趣，吐吐舌头坐了下来。

留下一办公室加班的人，孟清翟驱车前往肖剑的住处。

肖剑打开门时，穿着睡衣蓬头垢面，身上还有一股子酒气，他没想到站在门外的是孟清翟，她手里还提着 7-11 的便当盒。

"吃饭！"孟清翟将便当塞在肖剑怀里，自顾自地走进屋里，在沙发上找了个干净位置坐了下来。"你来干什么？"肖剑闷声问。"看你死了没有。"孟清翟跷着二郎腿厉声说。肖剑突然觉得这个女人很有趣，明明是关心自己嘴上却那么不依不饶。"现在看到我没死你是高兴还是失望？""失望至极！"孟清翟在心里笑。肖剑坐在餐桌前，狼吞虎咽地吃饭。"你慢点，又没人跟你抢，不要搞得像个叫花子一样好伐？真要命。"肖剑抬头憨笑着评价："你这个人就是典型的刀子嘴豆腐心。""要不是看你还有剩余价值，我才懒得管你。"孟清翟环顾四周，忍不住噘嘴，"好歹你也是我们公司的策划营销总监，怎么把自己这家弄得跟个狗窝一样。"说完，孟清翟起身拉开窗帘，随手将肖剑的脏衣裤扔进洗衣篮。

走进肖剑的卧室，苹果电脑开着，QQ在闪。"我还担心你是不是死在家里了，看来你滋润得很嘛，还有网友陪伴。"一边说着，孟清翟一边走向肖剑的电脑，她轻轻用鼠标划向个人信息处，阿司匹林！孟清翟呆住了。"哎，你不要窥探我的个人隐私哦。"肖剑一边嚼着饭菜一边在客厅里叫嚣，孟清翟哪里管得了那么多，她点开好友栏，很轻松就找到了一个名为"女裁缝"的QQ号，这是张宇婷的QQ昵称。当初起这个名字时，张宇婷曾说：现在做设计师就跟裁缝差不多，客户不需要你的创意，只需要你剽窃和拼接。

正当孟清翟惊愕地呆立原地时，肖剑悄悄走到了她的身后，他温柔地从后面轻轻抱住孟清翟纤细的腰肢，在她耳边轻声说："不许偷窥哦！"孟清翟笑了，反手打了他一下，却任由他抱着，这一刻孟清翟相信了缘分，那就是将不可思议变成现实。

（六）

"各位，饮料都给你们点好了，现在我要宣布一个重要消息！"例行下午茶会上，孟清翟显得格外兴奋，她着急忙慌地张罗大家就坐。"我，孟清翟，正式脱单啦！""啊！"三个女友异口同声地发出尖叫,差点吓哭了邻座的小朋友。"是谁这么倒霉啊?!"大家再次异口同声。孟清翟笑着用靠垫打向夏朵朵和苏锦棠,正想挥向张宇婷,却见她挺了挺硕大的肚子。"你是孕妇暂时放过你!""快说快说!"苏锦棠着急地催促。"咳,那个人就是阿司匹林!""噗!"张宇婷刚喝进口的玫瑰露被呛了出来,"你再说一遍?!"张宇婷打死也不相信自己的耳朵。"你没听错,就是你的网友阿司匹林!""你不会吧你?!孟清翟,你居然盗我的号!"这是技术控张宇婷的第一反应。"我呸!谁盗你的号啦?就你那破网名能钓到男朋友才有鬼了!"孟清翟不屑地说,"我告诉你,天下就有那么巧的事情,那个阿司匹林就是我公司的肖剑,他跟你说的暗恋对象,就是倾国倾城的姐姐我!""肖剑?那是他的本名?好像琼瑶剧的男猪脚哦!"夏朵朵已经开始发起花痴了。"注意素质夏朵朵小姐,就算他是男猪脚,女猪脚也是我!你在这儿做哪门子春梦?!""哇塞,太有缘分了吧,什么时候让我们见见啊?"苏锦棠拍着桌子乐坏了。"等下午茶结束他就来接我,到时候让你们仔细观摩。""可以摸吗?""滚!"

四个女人好久没有这么乐和了,四个人你一言我一语地讨论着孟清翟的爱情奇遇。张宇婷夸张地叹了一口气说:"谁说闺蜜最靠得住?我说啊,除了防火防盗防辣妹还得加一条防闺蜜,这闺蜜要是想抢男人,还真是一抢一个准,我活生生的蓝颜网友啊……"张宇婷的话一出口,她不自觉地偷瞄了一眼夏朵朵,夏朵朵脸红筋胀地瞪了张宇婷一眼,这样的小动作被苏锦棠看在眼里,"喂喂喂,搞什么小动作,说,有什么见不得人的事儿!"

趁着大家高兴，苏锦棠也格外活泼起来。"没事儿，锦棠。"张宇婷连忙说。苏锦棠看看张宇婷，又看看夏朵朵，"朵朵，真的没事儿？"夏朵朵的眼神有点游离，始终不愿意和苏锦棠的双眼对焦，气氛突然变得有点怪异，渐渐冷了下来，苏锦棠预感到一定有事儿，而且这事一定还和自己有关。"朵朵，一定有事儿，说吧，是我的事情么？你们到底怎么了？"苏锦棠的心在一点点发紧，当初孟清翟发现梁建东的外遇时，她们大约也是这样的表情，"是不是梁建东的事？""建东又怎么了？"孟清翟脱口而出。"啊？梁建东又出事了？"张宇婷也吓了一跳，夏朵朵终于和苏锦棠对焦了。"我不知道，朵朵，你知道吗？"苏锦棠眼睛都不眨地盯着夏朵朵，她怕极了，她不知道如果梁建东再次出轨，自己是否能够再挺过来，还是说她终于要选择离婚了。"快说啊！"一想到这里，苏锦棠时去了耐心，她甚至是愤怒地冲着夏朵朵吼叫。

这一声吼，吓坏了所有人。夏朵朵赶忙说："不是梁建东，你瞎琢磨什么呢？"苏锦棠长长地舒了一口气，全身瘫软地向后躺着，"一朝被蛇咬，十年怕井绳，你们可别再吓我了。"大家此时也都松了一口气，孟清翟体贴地拍了拍苏锦棠的腿，"我估计你们家老梁有了那次教训也不会再犯了。""但愿吧。"正当大家快要遗忘刚才的剑拔弩张时，夏朵朵却开口了，"我有事情要宣布。""朵朵！"张宇婷踹了夏朵朵 脚，低声呵她。"怎么啦？"苏锦棠坐直身子，孟清翟也诧异地看着二人。"你别管。"夏朵朵低声对张宇婷说道。张宇婷有些生气，直接往沙发靠背上一扬，愤声道："说说说，你他妈爱说什么说什么！"苏锦棠和孟清翟对看一眼，张宇婷很少说粗口，这次是怎么了。"朵朵，你要说什么？"孟清翟问夏朵朵。

"我要和林穆文交往！""什么？！"孟清翟简直不能相信自己的耳朵。"朵朵……"夏朵朵向孟清翟摆了摆手，她正色道："你们都认识林穆文，也知道他的职业、人品，这样的人是可以值得托付终身的对吗？清翟？""可是……""没什么可是的，男未婚女未嫁，我们怎么就不能在一起？锦棠你说呢？"夏朵朵这次的眼神很是坚定，她双目直逼苏锦棠，看得苏锦棠心里发颤。"朵朵，你，我说你什么好啊，天底下那么多好男人，你干吗就要专挑林穆文呢？"孟清翟拉住夏朵朵，她知道这些话都很无助甚至很荒唐，可在这时候她也只能说出这些了。夏朵朵扭头看着孟清翟，很严肃，"清翟，我已经三十二岁了，我不想再等了，你刚才说了，天底下那么多好男人，林穆文就是好男人，我夏朵朵为什么就不能选林穆文？！"夏朵朵的声音有些发抖，眼圈有些发红，她别过头看向苏锦棠，"不就是因为你吗？可你能和他在一起吗？既然不能，你干吗还要死死地拉住不放？你既然不要干吗就不能给我？！"

苏锦棠从未见过夏朵朵这样。在她的记忆中，哪怕是夏朵朵和自己吵架闹别扭，也绝不会是今天这般模样，苏锦棠觉得心冷，多少年患难与共的朋友，今天居然要为了个男人反目。想到这里，苏锦棠觉得枉然，她低下头紧了紧发麻的手指，扯动嘴角露出一个微笑，这笑比哭还惨。她静静地说："你本来就不是来征求我的意见的，你愿意跟谁随你的便，与我无关！"说完，苏锦棠慢慢站了起来，捋了捋头发，她看着夏朵朵，看了很久，她说:"朋友不该是这样的。"

苏锦棠走了,她走得很快,像逃似的离开那条街,她不知道自己走到了哪里,终归是远离咖啡馆的地方,这时候苏锦棠才彻底地放松下来。她站在街边,拦下一辆的士,第一次,她坐在了后面的位置。因为她那么想哭,而自己不防水的眼线和睫毛膏一定会被泪水冲花,一定会在脸颊上留下两条可耻的黑疤,苏锦棠已经足够狼狈了,她再也承受不住别人的侧目和揣测。

咖啡馆里的三个人在苏锦棠走后沉默了很长时间,"朵朵,你干吗一定要当着她的面说啊?!"张宇婷终于忍不住了。"宇婷你早就知道了?"孟清翟看着她。张宇婷有点心虚地点点头,"我也是前两天才知道,在一家小龙虾餐馆碰见的。""夏朵朵我问你,你和林穆文的事儿是你一厢情愿还是你们已经开始了?"孟清翟觉得这个更加重要,如果仅仅只是夏朵朵的一厢情愿,那么苏锦棠的心伤可能会稍微轻一点,就算少了一个闺蜜,可至少没有失去林穆文。"当然是我们互相的!"夏朵朵白了孟清翟一眼。"我不相信。"孟清翟望向张宇婷,试图从她那里获取真正的事实,张宇婷冲着孟清翟点了点头。

"怎么可能呢?林穆文爱了苏锦棠这么多年,怎么可能说变就变了呢?"孟清翟觉得这个世界太荒唐了,上帝一定是闲得无聊拿她们四个开玩笑呢。"怎么就不可能?凭什么林穆文就只能爱她苏锦棠?我哪一点比不上苏锦棠?这么多年,苏锦棠给过林穆文什么?她会离婚吗?她爱林穆文吗?!"夏朵朵的话虽然戳心,却并非没有道理。每当苏锦棠受伤了,总会习惯性摆出一个林穆文,那个男人是苏锦棠永远的备选。可谁都知道,苏锦棠总是要最好的,她不会也不能选择那个备胎,否则她就不会是苏锦棠了。

想到这里,孟清翟不再开口。她在林穆文的事情上,不是没有怪过苏锦棠,这么好的一个男人活生生被她拖住,生不得死不得,谁都看得出来这是苏锦棠的自私,也是她清高的本钱。可是,毕竟,苏锦棠是朋友,是在她们伤心难过时主动张开怀抱的那个亲人,可是而今,角色有些错位,原本不相干的林穆文成了夏朵朵的男朋友。面对友情和爱情,女人的选择开始艰难,闺蜜间的情谊开始受到拷问,是友情重要还是爱情重要?朋友的男人该不该要?

拾贰

每个女人都有一个开店的梦

（一）

自从那一次的不欢而散，四个女人已经有一个多月未曾见面了。在这一个月里，张宇婷忙着布置婴儿房，夏朵朵忙着和林穆文谈恋爱，苏锦棠接了出版社的邀约准备开始写一本小说，而孟清翟准备从自己的公寓搬出来和肖剑同居。

晚饭之后，孟清翟懒洋洋地躺在沙发上，手里捧着一罐大桶的哈根达斯，和肖剑你一口我一口地看美剧《欲望都市》。"喂！"孟清翟用脚踹了踹肖剑，"我觉得这简直就是我们四个女人的纽约版生活实录啊！""我看也像，都那么作，现在不是流行一句话么：不作不死，你们四个有多久没见了？我看这友谊也快被你们自己给作死了吧？"肖剑玩着游戏机回答。"你才要死呢！"孟清翟狠狠踹了肖剑一脚，"不过，也是，我们真的好久没见了，你说我们怎么能破镜重圆啊？""这我哪儿知道。"肖剑推开孟清翟的脚。"你说不说？！"孟清翟猛地坐起来，用勺子狠敲肖剑的头。"别闹别闹！""快点，就要你说！不然你就别打游戏！"说完孟清翟就开始抢夺肖剑手中的游戏机。"哎哟，我这关马上就打过啦！"肖剑急了，可随着一声 game over，他显然回天无力。

"你们女人的这些事儿在我们男人看来那都不是事儿，打个电话不就行了吗？""你这明显是在敷衍，你没看我约了她们好几次啦？不是这个有事就是那个有事。""那就别约了啊，摆明了人家不想出来嘛。"肖剑想不明白女人的世界哪来那么多疙瘩，交朋友怎么比谈恋爱还伤神。

孟清翟嘴里叼着勺子，盘算着怎么样才能让大家重归于好。"清翟，跟你商量个事儿，"肖剑拍了拍孟清翟，"我那天经过一环路，看见一家店铺在做转让，我们要不要盘下来做点生意？""做什么生意？现在公司那么多事儿还不够你忙啊？"孟清翟没心思理会肖剑。"你看啊，现在经济大形势不太好啦，保不齐哪天业务也难做了，我想，还是有点实业比较踏实。"肖剑认真地分析道。孟清翟想了想，肖剑说的也不无道理，虽然目前公司生意做得不错，可整个经济下行是人人都看得见的。"那你说做什么生意？""那家店原来就是一家餐厅，面积还挺大的，我在想，我们是不是也做一家餐厅？现在也就是吃还能刺激消费。""嗯。"孟清翟点了点头，"对啦！我把锦棠、宇婷、朵朵都叫来商量一下吧，大家都来做股东怎么样？！""啊？！我觉得不好吧？"肖剑有些犹豫。"怎么不好？"孟清翟有些不乐意了，拉三个闺蜜入伙倒不是因为钱，孟清翟心想这样就能把大家又聚都一起了。"我是怕到时候人多意见多,众口难调。"肖剑皱着眉头,他最怕的事情不出所料地被孟清翟提了出来。"不可能!"孟清翟顾不上和肖剑争辩,便拿起电话拨通了闺蜜们的电话。

为了共同的事业,四个女人不计前嫌再次聚在一起。"我觉得肖剑挺有眼光的,现在手里没点实业心里都不踏实。"张宇婷对开店的事儿兴趣最大。"清翟,店面你去看过了吗?地理位置怎么样?"苏锦棠问。"我还没去过呢,不过肖剑说是在一环路边上,位置还不错。""嗯,改天我们也去看看吧,别是假口岸就好。"苏锦棠向来很谨慎。"哇塞,我们也是要开店的人啦!"夏朵朵已然开始进入幻想阶段。

对于女人而言,都曾有过一个开店的梦想,不论是咖啡店、花店,还是服装店、首饰店,女人对于开店的情结有些类似于打造一个属于自己的家。

苏锦棠曾经想开一间鲜花书店,到店里的客人可以购买鲜花、书籍,也可以在窗边喝一杯咖啡。她幻想着店铺应该开在桐梓林那一带充满欧洲风情和小资情调的路段,她可以穿着细麻刺绣裙子张罗生意。闲暇时,可以坐在铺着棉布绣花桌布的原木桌边喝一杯自己亲手调制的莫吉托,她甚至幻想过在这样的场景,也许会遇到一个优雅的男人,两人有一搭无一搭地闲话……

夏朵朵也想过开店,她比苏锦棠来得更急迫,甚至还真的去找过几个地方,可最终总会因为各种各样的事情作罢。在夏朵朵的脑袋里不止一次勾勒过她的店,那是一家坐落在小巷子里的两层楼的店铺,店铺一楼是各种稀奇古怪的玩偶、木雕、瓷器,二楼是她的创意工作室,夏朵朵甚至连店名都想好了,就叫"朵朵的工作室"。

张宇婷的想法最为落俗，可偏偏就是这个落俗的想法与如今四人合开的餐厅不谋而合。张宇婷早就想要开一家餐厅了，而这家餐厅不是苏锦棠喜欢的西餐厅，张宇婷不喜欢那些华而不实的东西，而且消费西餐的毕竟是少数人。张宇婷就想开一家火锅店，在这个城市里只有大众消费才是王道，正所谓得屌丝者得天下。

唯有孟清翟，这个从未想过要自己经营一家实体店的人，如今却变成了开店发起者，她的这个想法瞬间就勾起了其他女人的全部热情。

（二）

周末，四个女人前后脚来到一环路口那家转让铺面踩点。"嗯，肖剑眼光不错，这里位置确实好，旁边就是写字楼商圈，对面是购物中心，嗯，不错。"苏锦棠满意地点了点头，孟清翟有些得意地说："我就说吧。""要是再有个二楼就好了！"张宇婷挺着大肚子在店铺里东张西望。"得了吧？你还准备开个大酒楼啊？二层，有二层咱们租得起么？！"夏朵朵说。"清翟，咱们这个点做什么餐饮啊？！"张宇婷这句话问到了点子上。"今天就是想和你们商量一下啊。"孟清翟招呼三人坐下。

"这么好的位置当然是开西餐厅啦！"苏锦棠不假思索的回答。"嗯，西餐厅也行哈。"孟清翟随口接话。"而且西餐定价高，

拾贰　每个女人都有一个开店的梦

赚得也多啊！"苏锦棠已经开始构想这家西餐厅的布局了。"朵朵你觉得呢？"孟清翟问。"我觉得咱们还是开一家甜品店吧，现在做甜品的多火啊！""我不同意啊！"张宇婷不耐烦地说，"我觉得咱们就开火锅店！""我不同意！"苏锦棠最不爱去火锅店，"太没品位啦！""咱们是为了赚钱，又不是玩票！"张宇婷不依不饶。"那西餐厅就不赚钱啦？"苏锦棠白了张宇婷一眼。"西餐厅投入多大啊？光是找个好的西餐厨子就费了老劲了，再加上装修，什么时候能回本儿啊？"张宇婷立马进入算账模式。"我觉得宇婷说的也有道理……"孟清翟仔细想了想。"我还是觉得应该开甜品店，小清新，现在人都爱这个！""开西餐厅，赚钱是一方面，品位也不能丢了啊，我总不能跟朋友说我苏锦棠开了一家火锅店吧？！"四人争辩了起来，孟清翟在心里滴汗，果然还是众口难调啊。

"累死了！"一回家，孟清翟就倒在了沙发上。"铺面怎么样？"肖剑从卧室探出头来问，"店是不错，可是……""怎么啦？"肖剑有些疑惑。"被你说中啦！众口难调！"孟清翟不想承认却也只得实话实说。"怎么啦？"肖剑坐到孟清翟身边关切地问。"锦棠想开西餐厅，朵朵主张开甜品店，宇婷一门心思要开个火锅店，吵得那叫一个激烈……""哈哈，我就说吧，这女人做事就这样。"肖剑跷着二郎腿俨然一个胜利者的架势。"你少说风凉话啊，那现在怎么办啊？我估计你也没辙。"孟清翟激将道，"这有什么难的？谁出钱多听谁的啊。""对啊！我怎么把这个给忘了。"孟清翟翻身起来。"你啊，平时精明过人，一遇到朋友就犯糊涂。""嗯，我们应该先梳理股权结构……哎，要不这样吧,这个店你来做大股东?""我?!"肖剑扭头看了看孟清翟。"对啊,就是你,这样要开什么店就得你说了算。""你可太精了吧,这种得罪人的事儿你就想到我了,哎,咱俩是不是一头的啊?我怎么有一种被卖了的感觉呢?""少废话,就你啦!"孟清翟的心情一下轻松了下来,她乐呵呵地想,有个男人还真不错,背黑锅的事儿总算有人做了。

"哦,既然肖剑是大股东,那咱们就听他的吧,我没意见。"再次见面时,三个女人很是通情达理。"嗯,他专门去调研了一下,现在开小龙虾店是最赚钱的,而且他有朋友就是专门做小龙虾养殖的,进货也不成问题。"孟清翟说。"小龙虾现在确实是火,可吃这个要分季节的,过了这段时间小龙虾就不肥了。"张宇婷对开龙虾店的主意表示赞同,却也略有疑问。"这个他也考虑到了,这家店主推小龙虾,同时也做冷锅串串。""可以!我觉得很好!肖剑脑子很活嘛!"张宇婷第一个举手赞成,毕竟冷锅串串和火锅同出一门。"对了,肖剑还说了,吃这些辛辣的得配上甜品,所以我们也要着重打造甜品哦。"说完孟清翟看了看夏朵朵。"就是就是,我每次吃完辣的都得吃点甜的、凉的,这样才舒服。"夏朵朵连忙接话。"我们这家店位置不错,不能浪费了那么好的环境,肖剑说啦,现在一般的龙虾店都是街边摊,不上档次。我们这家要做出品质感,要专门装修设计,打造龙虾界的LV,这个光荣而艰巨的任务就只能拜托锦棠啦!""对,我赞成肖剑的想法,就是要做出品质感!"苏锦棠对孟清翟的话很是受用。"那我们就要分配工作开始干活了咯?!"孟清翟在心里长舒一口气,这个肖剑还真是不得了,几句话就把三个女人轻松搞定了。"祝我们的小龙虾店生意兴隆！""祝咱们赚大钱！"四人拿起手中的咖啡杯用力碰杯！

（三）

"喂！你说我们四个女人中是不是苏锦棠最有品位？"吃过晚饭，夏朵朵和林穆文手牵手在社区夜市散步，夏朵朵冷不丁就来了这么一句。"啊？！"林穆文有些错愕，自从和夏朵朵交往以来，他们似乎是心照不宣地尽量避开苏锦棠三个字，可今天是怎么了？"跟你说话呢？你没听见啊？"夏朵朵噘着嘴问。"没留神，正看那个小孩儿呢，你看，就是那个胖乎乎的，长得多好玩儿。"林穆文故意扯开了话头。"哪儿啊？"夏朵朵随声去寻。"就那个，穿个老头衫儿的那个。"林穆文指给夏朵朵看。"还真的挺好玩儿的，穿的也挺逗，哪儿有给孩子穿老头衫儿的啊，哈哈。"夏朵朵乐了，她的笑点本来就挺低，而且，夏朵朵小姐近乎偏执地认为，林穆文不是无端让她看孩子的，这个男人是想有个家了。

回到自己的家，林穆文重重地将身体扔进沙发。他懒得开灯，懒得换鞋。在黑乎乎的房间里，林穆文觉得从未有过的宁静，从来，他都是一个喜欢安静的人。可自从跟夏朵朵在一起后，林穆文感觉自己的那份宁静少了许多，夏朵朵像一只聒噪的小鸟，总是在他身边叽叽喳喳。想到这里，林穆文皱了皱眉头，闭上眼睛，他有些讨厌自己的想法，怎么越来越挑剔，越来越不知道满足？苏锦棠倒是不聒噪，可自己要得到吗？突然，林穆文睁开了眼睛，怎么突然就想起了苏锦棠呢？他曾发誓，决不把夏朵朵和苏锦棠放到一起比较，可今天他是怎么了？

"朵朵。"刚一回家，夏朵朵就接到了苏锦棠的电话。"朵朵，我在想啊，你是不是可以设计一些四格漫画？""设计那个干吗？"夏朵朵不解地问，"我是想在菜单上有些不同的四格漫画增强趣味，还可以挂在墙上当装饰，你觉得呢？""有道理，我顺便把小龙虾也设计一个卡通形象吧，还可以作为我们店的logo呢。""对对对，太好了，那你抓紧啊！"挂了苏锦棠的电话，夏朵朵便开始着手设计漫画。

"你怎么来了？！"正画在兴头上林穆文却来了。不久前夏朵朵很正式地将自己家的门钥匙给了林穆文，林穆文稍微犹豫了一下便接了下来，只是从未用过，今天，林穆文却主动打开了这道门。"想过来看看你。""不是才看过么？""那，那我回去了……"林穆文站在门口有些为难。"傻瓜，进来啊！"夏朵朵笑了，她觉得这个男人老实得可爱。"你在干吗呢？小画家。""嘿嘿，你看好看不？"夏朵朵拿起画纸递给林穆文。"嗯，有点意思。""这是为我们的小龙虾店创作的，准备印在菜单上，也可以挂在墙上当装饰。""这主意不错，谁想出来的？"林穆文真心地赞许。"啊？还能有谁，我啊！"夏朵朵说这话的时候明显底气不足。这不是她的风格，她虽然总是容易小心眼儿，可却没有习惯去抢别人的风头，可在林穆文面前，夏朵朵有些心虚，因为心虚便忘记了很多做人做事的根本。"哦，不错不错，我还以为……""你还以为什么？""没什么。""别支支吾吾的，你是

拾贰 每个女人都有一个开店的梦

不是以为是苏锦棠的主意？！"夏朵朵的火是腾地烧起来的。说完这句话，她悔得肠子都青了，自己一定是神经搭错了线，有事没事提什么苏锦棠。"没有啊，我没这么想！"林穆文急着辩解。"你别解释了，在你心里就只有苏锦棠最有想法，最有品位！我夏朵朵算什么？！""朵朵，我没有那个意思啊。"林穆文想去拉住夏朵朵，却被夏朵朵一手甩开了。"你……"林穆文有些生气，他是一个不喜欢解释也不习惯争辩的人。他觉得夏朵朵有些咄咄逼人，而这种咄咄逼人与苏锦棠的咄咄逼人又是不同的。林穆文在心里做着比较，越想越入神，他在思考为什么自己能够忍受苏锦棠的咄咄逼人，甚至每一次在被她逼问的时候还会觉得有趣，而面对夏朵朵的咄咄逼人，他却觉得烦躁。"你想什么呢？！"夏朵朵看着愣在原地的林穆文问："你刚才想解释什么？""啊？哦，没什么，我，我还是先回家吧。"林穆文转身关上大门离开了。

趴在窗台，夏朵朵看见林穆文下了楼，走出单元门，他走得不急不缓，可看起来却心事满满，甚至在花坛边还给自己点了一根烟。夏朵朵想喊一声，让他上来，可话到嗓子眼儿，夏朵朵生生给咽了下去。她觉得自己还不傻，有些事情始终需要对方自己想清楚、选定了。

（四）

眼看着小龙虾店就要开起来了，室内装修也全面完工，孟清翟招呼大家在新店试菜聚餐。"都得带家属啊！！"这是孟清翟的邀请函上最后的一句话。"清翟，我那天还是不去了……"电话里苏锦棠的声音听起来软弱无力。"为什么不去啊？你有事儿啊？""我得赶我小说的进度。""少来这套啊苏锦棠！你必须来！""我真不想来，而且梁建东那天也正好不在，他去北京考察学习了。""那你自己来啊！又不是没手没脚的。""哦，别人都带家属我孤家寡人，我不来。""说实话了吧？你是不是不想看到林穆文啊？""那这种事情放到你身上，你愿意啊？"苏锦棠回嘴。"可是锦棠，俗话说躲得了初一躲不过十五，总会见到的啊，我觉得这次见面梁建东不在还好点，省得你两边应付，你说呢？"细细一想，孟清翟的话也不是没有道理，"那，那到时候再说吧。"苏锦棠匆匆挂断电话。

周五下班，孟清翟给苏锦棠打来电话，"锦棠，我让肖剑过来接你哦，现在不好打车。""不用啦，我'滴'一个出租就好啊。""滴什么滴啊，现在下班高峰期，你以为那么好滴一辆出租啊？而且，男人嘛，就是要用的，我让他来接你，你等着啊。"说完，孟清翟挂断了电话。苏锦棠掏出化妆包，对着镜子开始细细地补妆，涂上香奈儿最新款的口红，镜子里的苏锦棠明艳照人。"锦棠姐，你今天可真漂亮。"一上车肖剑就瞪大眼睛夸赞苏锦棠。这个小伙子在私下一直称呼苏锦棠为姐姐，他说这是一种尊重。这让苏锦棠觉得有些感动。细细打量坐在副驾上的苏锦棠，着一身青花香云纱丝绸七分袖连身裙，小方领扣得严丝合缝，衬出她白皙修长的脖子，颈上戴了两条项链，一条略短的是橄榄木珠配小沙弥象牙吊坠。另一条长的是紫檀木珠配竹雕吊坠。低调的色彩、古朴的造型，在青花裙上显得浑然天成，手腕上带着一枚镶银丝的木镯和三圈紫檀珠，有银质的莲蓬、元宝点缀其间，脚下是一双嫩绿的绣花鞋，是这一身素中唯一的艳。

　　店还未正式营业，所以门口的灯箱和招牌并未亮起，可店内却已灯火通明。孟清翟张罗了一桌子丰盛餐食，一来是让大家试菜，二来也是开业前的庆功。看到盛装打扮的苏锦棠，孟清翟在心里想着，好个苏锦棠啊，还真是不输阵脚，这一身不算隆重却是精致非常。随后张宇婷夫妇也到了，照例李航背着张宇婷的包跟在身后，"老婆，你今天可不能吃辣的啊。""哎呀，知道了，就属你啰唆。"张宇婷一落座就开始垂涎这一桌子好菜，"我就等着卸货咯，好久没吃这种重口味的好吃的了。""宇婷，我专门让厨子给你做了清淡口味的。"孟清翟体贴地说。"哎，夏朵朵怎么还没来？！"张宇婷话音未落，夏朵朵和林穆文走了进来。夏朵朵小姐穿了一身纯白的欧根纱蓬蓬连衣裙，头上戴着淡紫色亮片发夹，脸上的妆有些浓，腮红也重了些，唇上是和苏锦棠一模一样的正红，这让夏朵朵本来显小的面容有些老气。"夏朵朵你是要去唱戏啊？！"张宇婷向来口无遮拦，此话一出便被苏锦棠踢了一下腿。"你才要去唱戏呢！"夏朵朵有些不悦，跟在身后的林穆文有些尴尬。夏朵朵拉着林穆文的手，殷勤地让林穆文坐下。"这位是？"肖剑看了看林穆文，问道。"哦，这是我男朋友，林穆文，他可是有名的整形美容医生。穆文，这是清翟的男朋友肖剑，这是张宇婷，那个是她老公李航。"夏朵朵俨然像一个女主人一般介绍着在座的客人。"哦，大家好。"林穆文淡淡地说。他的正对面是苏锦棠，她脸上一直挂着浅浅的笑，并不看他。"哎,朵朵,你怎么不介绍锦棠啊?"肖剑刚一说话,就被孟清翟狠狠地踹了一脚。"哦,穆文和锦棠是旧相识了,所以不用介绍。"夏朵朵笑着说,可话里却是重重的。"对,我和穆文是大学校友,早就认识了。"苏锦棠笑言。

酒过三巡,大家都有些兴奋,肖剑说:"这次多亏了大家鼎力相助,才能让这家店这么快开业,我特别要感谢锦棠,没有你,咱们这家店的格调也不会这么高,尤其是你让朵朵画的那些漫画,特别有意思!""肖剑你太客气了,我也就是出了出主意,还得亏朵朵画得好。"夏朵朵的脸上一阵阵发烫,她偷瞄了一眼林穆文,林穆文低着头吃菜,似乎看不出什么异样。夏朵朵想,可能林穆文早就忘了自己说的谎,这才心里稍感安稳。

"清翟,你今天踢我干吗?"聚会结束,就剩下肖剑和孟清翟还在店里忙活。"那个林穆文是苏锦棠的大学男友!""啊?!你怎么事先不告诉我啊?""我哪儿想到你话那么多?!"孟清翟没好气地说。"不过,你们这也太乱了吧,怎么锦棠的前男友又变成夏朵朵的现任了呢?她们也不觉得尴尬啊?""当然尴尬啦,可有什么办法呢?这个世界就这么小,有的兔子就爱吃窝边草。""我觉得有点怪怪的。"肖剑一边收拾一边说。"怎么怪啦?"孟清翟好奇地问。"你不是说女人的直觉最准了么,那你觉得夏朵朵和林穆文能成么?""你这话什么意思?!人家已经在一起了好不啦?"孟清翟嘴上虽这么说,可她心里却并不这样想。一晚上,林穆文的话都很少,这虽和孟清翟印象中的林穆文差不多,可今夜的寡言却更多的是无奈。几次,林穆文都定定地盯着苏锦棠,时间很短,却被孟清翟清清楚楚看在眼里,那种凝视是五味杂陈的，要说没有感情，是打死也说不通的。

（五）

回家的路上，夏朵朵和林穆文都没怎么说话。林穆文将夏朵朵送到楼下，"我先回去了。"正要转身，林穆文被夏朵朵一把拉住，"你不上去？""不了，今天有点累，我明天还有一个手术，想先回家睡了。"林穆文说话的时候始终略低着头，他没有看着夏朵朵的眼睛，只是执拗地想要离开。夏朵朵松开了手，她心里有一种被重击之后的痛，是一种想还击却无从下手的痛，"那你早点回去休息吧。"说完，夏朵朵进了单元门。林穆文走得很慢，他懒得打车，就这样漫无目的地走。他明天没有手术，他也不明白为什么自己要说这个谎，他觉得心烦意乱。

不知不觉，林穆文走到了苏锦棠的家附近，他猛地一惊怎么会走到这里？他索性走进小区，坐在苏锦棠家楼下的湖边。抬头仰望，楼上灯火点点，不知道哪一处是苏锦棠的家。鬼使神差地，他给苏锦棠发了一条消息：锦棠，你在哪儿？发完这条信息，林穆文有些后悔，他恨自己的沉不住气，可心里却是隐隐地期待，五分钟过去了，苏锦棠并没有回复。林穆文有些着急，这种感觉他并不陌生，原来每当他给苏锦棠发了信息，总是这样焦急地等待回复，会时不时翻看手机，生怕错过，而失望也并不陌生，苏锦棠总是这样的。正当林穆文起身准备离开时，他的手机提醒他有一条信息进入。

盛女时代

还是第一次走进苏锦棠的家,和林穆文的想象没有多少差别。实木的家具,棉布的沙发,堆得到处都是的小玩意儿,苏锦棠的家像一个艺术品杂货铺。坐在沙发上,苏锦棠递给他一杯普洱茶,说:"吃了油腻的东西最好用普洱润润肠胃。"品了一口,这生普洱茶醇香爽口,没有一般生普的苦涩,"这茶不错。"林穆文说。"这是我去年去云南景迈的时候买的,你要是喜欢我送一柄给你。""不用,我家也没有这样的茶具,可惜了好茶。""没有茶具就去买呗,又不贵,茶叶市场就有得卖。""茶叶市场?在哪儿?""我也说不清楚,你知道我是个路痴,改天我带你去吧,你先想好你要买什么。""我哪儿知道,你说买什么我就买什么吧。"林穆文笑了。"我说买什么你就买什么?这不合适吧?应该是夏朵朵说买什么你才买什么。"苏锦棠笑着说。"锦棠,今天……""什么都不必说,穆文,这是你的生活,你的选择,与我无干。"苏锦棠打断林穆文的话,她是真的不想听,因为毫无意义。"好吧,那我不说了。"两人无语,茶却是喝了一壶又一壶。

深夜,林穆文从苏锦棠家里出来打车回家,他的心情好了很多,香醇的茶汤流过五脏六腑让他觉得舒坦。当车停在小区门口,他心满意足地下车,甚至破天荒和出租车司机寒暄了两句,正当他扭身要进入小区时,却看见树影下的夏朵朵。

"这么晚你到哪儿去了?"夏朵朵劈头盖脸的质问,让林穆文难得的好心情烟消云散。"这么晚你怎么跑来了?""你也知道这么晚了,我问你,你到哪儿去了?"夏朵朵不依不饶,紧跟在林穆文身后。"我,我去茶馆喝茶了。""喝茶?哪个茶馆?这么晚还营业？"走进家门，夏朵朵的质问始终没有停止。林穆文有些不耐烦，可也有些心虚，"朵朵，我跟你说了，我就是去走走，路过一个茶馆就进去喝了杯茶，就这么简单，我不记得是什么路什么茶馆了，我真的不记得了。""你撒谎！"夏朵朵怒声吼道。林穆文怔怔地看着眼前的这个女人，还是那身不合时宜的蓬蓬裙，脸上的妆早就花了，显得有些破败和狼狈。在此时此刻，这样的夏朵朵没有勾起林穆文的恻隐之心，反之却是一种厌烦。"朵朵，我累了。"半响，林穆文说出了这样一句没头没脑的话。可这话在林穆文心里积压了很久，他是真的累了。"你哪儿累？这么深更半夜跑出去喝茶你倒不累了！""我心累，可以了吗？"林穆文的音量大了一些，字字有声。这回轮到夏朵朵无声了，她的林穆文跟她说自己心累，跟她夏朵朵在一起他觉得心累，这是夏朵朵始料未及的。那一瞬间，夏朵朵觉得全身疲软，像是被抽了真空的袋子，她瘫坐在沙发上，冷冷地看着林穆文，"你是想分手吗？"林穆文惊了一下，他没想那么远，他只是觉得现在很累。可当夏朵朵将这个问题清晰地说出来时，林穆文有些迷糊，难道一直以来自己只是想要分手？

（六）

"朵朵，你有什么急事吗？这么火急火燎地把我从报社叫出来？"在报社附近的星巴克，夏朵朵坐在苏锦棠对面。"林穆文要跟我分手。"夏朵朵直直地看着苏锦棠，这让苏锦棠觉得汗毛直立。"为什么？""不知道，他说他心累。"夏朵朵的声音哽住了。苏锦棠知道，那一夜林穆文到自己家来喝茶的事情夏朵朵还不知道，这让她松了一口气，可她没有料到林穆文会和夏朵朵分手。"难道事先都没有征兆吗？"苏锦棠问。"征兆？没有啊，那天还跟我一起去店里吃饭啊，一直都是好好的，晚上就说要分手……""是他提出来的？""那倒没有，但意思是一样的……"夏朵朵将那一夜的遭遇一五一十告诉苏锦棠。"朵朵，我觉得这件事情是你做得不对。"放在以往夏朵朵一定会跳得八丈高，可这一次，她偃旗息鼓等着苏锦棠发话。"分手这种东西是不好随便提的。""我也没说要分手啊。""可你提醒了他。""提醒？你的意思是他原本也这么想？""不，朵朵，我觉得你还不够了解男人。很多时候，男人在面对感情时并不像女人那么清楚，他们或许只是觉得最近压力很大，可如果你动不动就把话题往分手上引，那会给男人造成一种误导，误让他觉得这一切烦恼都是因为想分手，换个说法就是只要分手了一切就会回归正常。""可我不是这个意思啊！！""我知道，或者说女人们都知道，可男人不一定知道。""锦棠，那你说我现在应该怎么办？""我觉得只要穆文没有正式和你说分手，你就当没这事儿比较好，让彼此都冷静一下，然后顺其自然，你觉得呢？""可是……可是我怕我不联系他，他永远都不会联系我了……""有点自信好不好，而且林穆文不是那样不负责任的人，他不会玩人间蒸发的，相信我。"苏锦棠握了握夏朵朵的手，看着夏朵朵充满信任的双眼，苏锦棠的心里五味杂陈。

　　坐在办公室，苏锦棠还是忍不住给林穆文发了一条信息：你

拾贰 每个女人都有一个开店的梦

要和夏朵朵分手？很快，林穆文的回复到了：我不知道。这是林穆文的处理方式，当他说不知道时，其实只是他还不确定。"锦棠，我想见见你。"看着这最后一条信息，苏锦棠犹豫了，她不是不知道，夏朵朵的这次情变，是因为那一夜她与林穆文秉烛品茶导致的。苏锦棠承认，在那一夜她多少是有些私心的，她想看看这个爱了自己十年的男人，在今时今刻是否还爱着自己。答案是满意的，苏锦棠笃定林穆文还爱着自己。那份爱意从未因为夏朵朵的出现而有丝毫减退，她更愿意将这样的林穆文归咎为退而求其次，这让苏锦棠觉得满足。她依然是那个可以高高在上地付出关心的苏锦棠，而不是一个被旧爱抛弃的可怜虫。

"这样常常来你家好吗？"坐在苏锦棠家的沙发上，林穆文有些忐忑。"梁建东出差了。"苏锦棠打消了林穆文的顾虑。只是这句话说出口，让大家都有些尴尬，明明是老朋友见面，搞得却像是背着老公偷情，这让苏锦棠觉得有点糟糕。她换了话题："你和夏朵朵到底怎么了？""我真的不知道，就是觉得和她在一起越来越累。""那你之前选择她是因为什么？""说不清楚，也不知道是怎么了就走到一起了。"苏锦棠皱了皱眉，她不喜欢林穆文的回答方式，这让她觉得这个男人软弱无力，苏锦棠喜欢单刀直入，不拖泥带水的感情，哪怕是蛮横呢。"穆文，感情的事情你最好想清楚，朵朵也老大不小了。""我知道我知道，可我也没有办法……""你不要总是这个样子好吗？"苏锦棠有些不耐烦地脱口而出。"什么样子？"林穆文显然是被苏锦棠突然提高的分贝惊了一跳。"你知道吗？这么多年了，你始终是那句不知道、不清楚、不晓得要怎么办，你都不知道要怎么样，还能要求别人如何呢？难道你自己就从来没有想法没有主见吗？！"林穆文低下头，他有些后悔来找苏锦棠，他天真地以为这一次的相聚还会和上次一样温暖开心，可眼前的苏锦棠千变万化，那一夜还柔情万种，今天却变得如此冷硬逼人。"锦棠，我是不是在你眼中就是这样不堪？"很久，林穆文这样问。"谈不上不堪，可的确让人着急。""呵呵，着急？我都不急你急什么？"林穆文始终低垂着头，他在笑，听起来却有点悲凉。"皇帝不急太监急啊，谁让我就是个操心的命。"苏锦棠看不得林穆文这个样子，这让她觉得胸口发紧，图什么呢？何必要将这个男人逼得退无可退？想到这里，苏锦棠的心一下子软了。

送林穆文出门时，苏锦棠最后问了一句："你还打算和夏朵朵继续吗？"林穆文站在走廊上，太阳光从门廊透射进来，撒了一地余晖。他怔怔地看着苏锦棠，良久，他说："我不知道心里是不是还能有位置再放一个夏朵朵。"那一刻，每当苏锦棠回忆起来总有些罗曼蒂克。很多年后，苏锦棠说，那天的阳光像是故意的，就那样肆无忌惮地撒了一地，空气里有栀子花的芬芳，光影里的林穆文看起来若隐若现，他的那句话像是圣经一般……

拾叁

姥姥带还是奶奶带?

(一)

在三十多岁女人的世界里,除了谈情说爱,更为重要的则是生儿育女。而这一点离苏锦棠、孟清翟、夏朵朵的生活都很远,唯有一个张宇婷身先士卒,即将卸货。

住进医院的张宇婷时刻准备迎接新生命的到来。"宇婷你想好啦?要顺产啊?"坐在病床两边的闺蜜们不停地发问。"那当然啦,顺产更好啊。"张宇婷依然大大咧咧。"可是想起来好可怕哦。"夏朵朵显然比孕妇还紧张。"可怕个屁啊,那么多人都生了。""宇婷,你不要那么粗鲁好不啦,让小宝宝听到怎么好!"孟清翟皱了皱眉头,制止张宇婷的口无遮拦。"什么时候生啊?"苏锦棠攥着张宇婷的手问。"我也不知道啊,应该快了,昨天晚上就是因为出现宫缩才住进来的,可没想到一住进来肚子又不疼了,医生说留院观察观察,你们先回去吧,我这儿也不知道什么时候才发作呢，生的时候通知你们，你们都先回吧。"三个女友面面相觑，点了点头，"那你好好的啊，有什么情况让李航通知我们哦。"说完，三人离开了医院。

在医院门口肖剑和梁建东的车都到了，苏锦棠看了看夏朵朵，贴心地说："朵朵，我送你吧，正好我们顺路。"说完，拉着夏朵朵上了车，夏朵朵满脸感激，却也不知道该说什么，只是和梁建东打了个招呼便不再吭声。路上，梁建东问起了张宇婷的情况。"快生了，昨天都出现宫缩了。""宇婷生了之后谁帮忙带孩子啊？""啊？应该是请月嫂吧。"苏锦棠回答。"月嫂也不是长久之计啊，而且人家月嫂都是在月子里帮忙，等孩子稍微大点月嫂就不带了。"梁建东笑着说，"你真是没常识。""我又没生过，当然不知道啦。"苏锦棠撒娇地说。"那就生一个呗。"梁建东脱口而出的这句话让苏锦棠和夏朵朵都惊了一下，苏锦棠看了梁建东一眼，他目不斜视地开车，从他脸上看不出是玩笑还是真心。

待夏朵朵下车，苏锦棠连忙问："你刚才那句话是开玩笑的吧？""哪句？""生孩子那句啊。""哦，你觉得呢？""我不知道，所以我问你。""那你想要孩子吗？"这是梁建东习惯的对话方式，明明是你在问问题，可最终却变成了你在回答问题。"我？我无所谓。""什么叫无所谓？""无所谓就是可生可不生。""哈哈，那就生呗。"梁建东的话有一种盖棺定论的意思。"你说真的假的？""真的啊。""哦……"苏锦棠陷入了沉思，半晌，她问："你怎么突然想要孩子了？""也不是突然，我一直都挺喜欢孩子的，这次去北京出差，和老同学们见了见，都有孩子了，所以还是挺有感触的。"

拾叁　姥姥带还是奶奶带？

电梯里，苏锦棠还沉浸在要不要孩子的问题中，一对母子走进了电梯。"15，帮我按帮我按！"小男孩大概三岁，他口齿不清地冲着苏锦棠喊，一时间苏锦棠没回过神，愣愣地看着小男孩问："你说什么？""按按按，15！"小男孩急得往苏锦棠身上拍，完全不得要领的苏锦棠有些惊慌，"你要干什么？！"小男孩的妈妈有些无奈地说："他想请你帮他按一下电梯，15楼。""哦。"苏锦棠连忙按下15，转头望向小男孩，孩子死死地盯着她，眼神中充满了好奇。"你说那个小孩儿干吗一直那样看着我？""哪样？""就是，怎么说呢，就是那种看一件奇怪东西的眼神。""哈哈，因为你奇怪呗。"梁建东被苏锦棠的话逗乐了。"你才奇怪呢，我怎么奇怪了？""因为小孩子觉得，啊，妖怪！""你去死！"苏锦棠笑着在梁建东后背拍了一巴掌。

（二）

回到家的夏朵朵回想着路上苏锦棠和梁建东的对话，心里莫名升起一股悲伤。张宇婷要生孩子了，孟清翟也有男朋友了，连苏锦棠都开始考虑要不要小宝宝了，唯独自己还是孤家寡人，那个林穆文始终没有联系自己，偶尔她打个电话过去，也是不冷不热的客气。想到这里，夏朵朵难过得想哭，她觉得自己人倒霉人可怜。正当这时，李航的短信来了：各位亲，我老婆进产房啦！夏朵朵也不知道为什么，第一时间就给林穆文打了电话，不出十分钟林穆文便打车到了夏朵朵家楼下，"朵朵，我到了，你下来吧。"两人急匆匆地赶往了医院。

产房门口围满了人，几队人马陆续赶到，大家都焦急地盼望着小生命的到来。几个女人围在一起，手拉着手，既紧张又兴奋。"进去多久了？""快半个小时了吧。""怎么还没生啊？"几个女人七嘴八舌。"恭喜你啊，生了个大胖小子，七斤七两！母子平安啊。"护士从产房出来说。李航乐得跳了起来。"恭喜你哦！"大家长舒了一口气，"护士，现在能进去看看么？""别着急，马上就出来了，到病房看吧。"

张宇婷躺在病床上，精神倒是很好。"宇婷疼不疼？""废话！""你哪儿像刚生了孩子的啊？中气那么足啊！"大家笑着说。"可算是卸货了，一身轻松啊。"张宇婷调侃着说。"宇婷你好好休息，我们明天来看你啊。"苏锦棠说。"不用不用，你们都先回吧，我过两天就出院了，到时候来家看吧。"张宇婷打了一个哈欠，"李航你送送他们。"

因为是顺产，张宇婷早早地出了院，回家坐月子。三个人车轮战似的隔三差五往张宇婷家里跑。"你们不用这么麻烦，天天跑家跑，这送的东西我都快堆不下了。"月子里的张宇婷胖了不少，她穿着李航的汗衫儿，盘腿坐在床上。"宇婷，你什么时候开始减肥啊？"孟清翟看着张宇婷的邋遢样忍不住问。"起码得过了哺乳期吧，我也正恼火这事儿呢，你看我现在胖的，150斤了都！""什么？！我了个天那！"夏朵朵夸张地说。"没办法啊，要下奶，就得天天吃吃吃，我可算知道了，这女人哪一旦生了孩子，就不是女人了，就是奶牛！""老婆，喝汤咯！"李航端着一碗奶白色的鲫鱼汤进了卧室。"我才刚喝了小米粥！我喝

拾叁 姥姥带还是奶奶带?

不下啦!"张宇婷没好气地说。"老婆大人努努力,喝了吧,我妈说了这鲫鱼汤最下奶了,乖哈。""你们看见了吧?人间地狱啊……"张宇婷喝了一口汤,皱了皱眉头,"怎么一点盐味儿都没有啊?""我妈说啦,月子里少吃咸的。""什么都是你妈说你妈说,烦都烦死啦!"张宇婷不悦地将汤放到床头柜上,李航赔着笑退出了卧室。

"宇婷,你也是,少抱怨两句呗,少吃盐是对的。"苏锦棠看不过去打着圆场。"我知道,可就是听不惯,我想好了,出了月子我就让我妈过来帮我带孩子。"张宇婷说。"李航的妈妈不带?"夏朵朵问。"不是,她巴不得带,是我不想让她带。""为啥?"孟清翟不解地问。"你们没听说吗?现在城市里头都是姥姥带孩子,这是流行。""嗯,这个我倒是听说了,前段时间我们杂志还做过这个选题呢。"苏锦棠接话。"为什么呀?"夏朵朵也很是不解。"因为婆媳关系不好处呗,你们想啊,要是在带孩子的问题上出现分歧,是婆婆好说话还是自己的妈好说话呀?""有道理耶,哎,可是苦了咱们自己的妈咯。"孟清翟叹了一口气,"宇婷,到时候你妈过来帮忙,你们家住得下么?""我就是烦这个事儿呢,实在不行我就回娘家住呗,反正我不能让他妈帮着带。""哎哟,生个孩子已经够操心的了,没想到还有那么多后续问题啊,锦棠,你可想好咯。"夏朵朵冲着苏锦棠眨巴眨巴眼睛。"怎么啦?锦棠,你有什么想法儿?"大家都意味深长地看着苏锦棠。"哎呀,那天梁建东提出来想要孩子了。"苏锦棠说。"好啊,快点要啊,你也老大不小的了。"张宇婷兴奋地说。"就是,如果想要孩子,现在正是时候,再大产后可就不好恢复咧!"孟清翟也附和。"可是……可是我觉得我不是很喜欢小孩子,也没做好要孩子的准备啊。""这有什么好准备的?""当然要准备啦!我得戒烟戒咖啡吧,心理上也得做好当妈妈的准备吧。"一说到这些苏锦棠就觉得头疼。

(三)

"让我妈带孩子怎么了?!"半夜,李航和张宇婷在房间里压着嗓门吵架。"不怎么,我就想让我妈来带孩子。"张宇婷怒声说。"可家里怎么住啊?!让你妈睡客厅啊?!""你敢!""我没说真让你妈睡客厅啊,就是和你讲这个道理,家里就那么几间房,现在月嫂都是睡的客厅,你妈要是来了住哪儿?""那我回娘家住!""你这不是开玩笑呢吗?我怎么能让你回娘家住?!我爸我妈那儿我怎么说?""你爱怎么说怎么说,反正我要回去。"张宇婷懒得和李航废话,侧身躺下。"我妈不是把你照顾得挺好的吗?"李航拍拍张宇婷的肩膀。"我没说你妈照顾得不好,可我觉得让我妈带孩子我比较轻松。""你现在不轻松吗?""跟你说你也不懂,我妈带孩子的话,我心里轻松,有什么看不顺眼的我可以直接说,你妈带孩子我哪儿能想说什么说什么啊,毕竟隔着一层呢。""可是……""没什么可是的,你明天就送我们过去,少废话了,睡觉!"

张宇婷的娘家原本是在另一个城市,可几年前父母就卖了老家的宅子,在这座城市买了一栋大房子,为的就是有朝一日女儿

拾叁 姥姥带还是奶奶带？

生了孩子能有地方坐月子。回了娘家的张宇婷觉得如鱼得水,生活滋润了不少。因为房子大,月嫂也跟了过来,带着宝宝住在客房。"你看现在这样多好,月嫂也有房,你没看见月嫂脸上都笑开花儿啦?"张宇婷得意地冲着李航说。"好是好,可我爸妈想来看孙子还得打一个小时的车呢。""那你不会车接车送啊?还孝子呢。""什么都是你有理,你不知道我跟我妈说你要回娘家的时候,老人有多难过,我还孝子呢我……""少说这些啦,反正木已成舟。"张宇婷的心里不是没有犹豫过,自己带着孩子走的时候,看着婆婆公公满眼的失望和不舍,她心里也软过。可是,房子实在太小,那满客厅堆满的婴儿用品、沙发上月嫂的被褥枕头……这一切再一次坚定了张宇婷回娘家的决心。

夜晚床上,苏锦棠和梁建东有一搭无一搭地说着话。"建东,你看宇婷的孩子长得好玩儿吧。"苏锦棠拿着手机给梁建东看。"像宇婷!"梁建东饶有兴趣地说。"嗯,都说儿子像妈有福气呢。"梁建东接话说:"不过,我更喜欢女儿。""为什么?""女儿是爸爸前世的小情人啊。""你得了吧,要是女儿长得像你,那多惨?!"苏锦棠开玩笑地说。"像我很惨么?!你觉得你老公我长得惨?!"说完,梁建东一把将苏锦棠压在身下,呼吸也变得粗重,急不可耐地占有身下的这个女人。就着暖暖的灯光,苏锦棠纵容着梁建东在没有任何安全措施的情况下与自己行欢,她不是不知道梁建东的目的,而她自己也人有顺其自然的意思,管他的呢,苏锦棠愿意铤而走险,也不要打破这个夜晚充斥着的甜蜜爱意。

（四）

　　自从小龙虾店开始营业，肖剑每天费心打理，生意一直很好。"清翟，我想等到年底我们再开一两家分店，做成连锁式的，你觉得呢？"一边看着账目表，肖剑一边对孟清翟说。"好啊，是要做出规模效应，单店模式已经落伍了，到时候我们再成立一家餐饮文化公司。"孟清翟说。"对，这样才是做大的节奏嘛。"肖剑笑着说，他喜欢这个女人的野心和清晰的逻辑思维。"除了开店你还有没有别的计划？"孟清翟冷不丁这样问。"别的计划？什么意思？""你的人生规划啊。"肖剑笑了，他知道孟清翟的意思，可他现在的确还没有想好。"怎么？没有么？"孟清翟紧追不放。"还没想清楚。""哦。"显然，孟清翟对这个回答不满意，可也不便继续追问。

　　躺在床上，孟清翟枕着肖剑的胳膊，像是自说自话地问道："我们生个孩子好不好？"肖剑惊了一跳，"什么？生孩子？""你害怕啦？！"孟清翟从甜蜜中醒过神来，她对这个男人的反应很不满意，坐起来靠着床头不再说话。肖剑也连忙坐起身说："不是，但是……你怎么想的啊？""没怎么想，就是随口问问。""那你生什么气？""我没生气啊。""你还说你没生气，你看你脸臭的。"要是平时，肖剑这么一说孟清翟一定会笑起来，可今天孟清翟觉得一点都不好笑，她有一种意兴阑珊的挫败感。"好啦，别生气了。"肖剑试图去搂搂孟清翟的肩膀，可孟清翟将肩头往后躲了一下,"你说的没错,我是生气了,我不是生气你不和我生孩子,而是生气你压根没有想过我们的未来。"孟清翟不想绕圈子,也不想玩猜谜,她有什么就得说什么,哪怕后果严重。

"我不是没有想过,只是还没有想清楚,所以我不想说。"肖剑冷静地说。"有什么没想清楚的?我觉得这是借口,是托词。""我为什么要找借口?!""我怎么知道?!""我觉得你有点无理取闹。"肖剑的话里有点愠怒。"肖剑,你搞搞清楚,究竟是我无理取闹还是你自己心虚?""越说越离谱了,我心虚什么?!""那好,我问你,我们在一起多久了?你就一点都没考虑过我们的未来么?还是说你早就想好了,只不过你的未来根本就没有我,所以害怕说出来伤感情啊?"肖剑觉得太阳穴跳得厉害,他用手捂着嘴,认真地看着眼前的这个女人,脂粉未施的孟清翟并不那么年轻了,在床头灯影里,显得有些憔悴,睡裙那白色亚麻的细吊带从肩头滑落,衬得锁骨凛冽,她酒红色的卷曲长发随意搭在肩头,与白皙的皮肤形成鲜明的对比,看着看着,肖剑心中的怒气慢慢平息,他不断确定自己是爱着眼前这个女人的,爱她的不再年轻,爱她的凛冽气质,爱她的咄咄逼人。想到这里,肖剑一把搂住孟清翟,在她耳边轻声说:"清翟,请你嫁给我。"

(五)

"太浪漫了吧!我觉得肖剑这一招太 MAN 了!"四个女人的聚会改在了张宇婷的娘家,这天大家的话题始终围绕着肖剑的求婚。

"哎,那你什么反应啊?答应没有啊?"张宇婷一边奶着孩子一边问。"我没说话。"孟清翟说。"什么?!你没说话?你不同意啊?!""哎,你一个奶妈可不可以不要这么八卦!"看这张宇婷毫无顾忌地露出半个乳房,孟清翟实在没有兴致说自己的浪漫故事。"切,不是自己人我还不给你们看呢!"张宇婷调侃着说。"宇婷,你的胸怎么这么大啊?!你还真把自己当奶牛啦?"夏朵朵简直不忍直视张宇婷波涛汹涌的"胸器"。"我在哺乳期好吧?奶水倒是好了,可我天天涨得不得了,每天都得挤掉很多,真是可惜。""够了够了,宇婷,我们不要再讨论你的胸了,我实在听不下去了。"苏锦棠忍无可忍。"我有什么办法?你们不要有歧视好不好?等你们到我这一天就知道了,我告诉你们,这女人一旦生了娃,什么自尊啊、面子啊,统统都是狗屁,一切都得为了娃,只要娃饿了,你立马就得掏奶,根本不会考虑什么场合。""哎哟,张宇婷,你真的很够呛好伐,你能不能不要张口闭口就是娃和奶?!我求你啦!"孟清翟气急败坏,而旁人笑得前仰后合。

"清翟,你答应肖剑了没有?"从张宇婷娘家出来,苏锦棠悄悄问孟清翟。"没有,我没说话。""你不想跟他结婚?""也不是,就是太突然,所以我还不想马上回答。""那肖剑什么反应?""他很平静,他说他知道我不会马上回答,他只是在表达自己的意愿。"苏锦棠点点头,打心眼儿里欣赏肖剑的做派。

离开了张宇婷家,夏朵朵打了个车前往林穆文的医院。"朵朵你怎么来了?"林穆文有些诧异。"想你了……"这句话夏朵朵平时常说，可今天夏朵朵显得有些不同，林穆文笑了笑，拉着夏朵朵走进办公室，"你在这儿等我一会，我去病房看看就可以走了。"夏朵朵乖乖地点了点头，坐在林穆文的办公室翻看杂志，可她看得心不在焉，今天得知肖剑的求婚故事后，夏朵朵的脑袋里就一直盘旋着结婚二字。自从认识了这三个好朋友，夏朵朵就始终是最恨嫁的那一个，可偏偏婚姻之神始终不愿眷顾夏朵朵小姐，在她看来最不可能结婚的女强人孟清翟如今也得到了婚姻的邀请函，可自己为什么却始终徘徊在婚姻之外呢？正是想到这里，夏朵朵才一鼓作气跑到了林穆文的医院，她想为自己的未来问个明白。

"我们去吃饭吧。"脱了白大褂，林穆文柔声对夏朵朵说。"不急。"夏朵朵合上杂志，挺直身板对林穆文说。"怎么了？有什么事儿么？"林穆文感觉到异样，拉过椅子坐了下来。"林穆文，我想问你，是否愿意和我结婚？"夏朵朵一字一句地冲着林穆文说。

走在回家的路上，夏朵朵的鞋跟崴了几下，这让她的脚踝生疼。索性站在路灯下，夏朵朵呆呆地看着地上自己那被拉长的影子，她觉得那样的自己很好看，或许只有那样的自己才能够得到婚姻吧。夏朵朵沮丧地想着林穆文的表情，细细品味着他的回答，一颗心一再被打落到谷底。"朵朵，我觉得我们现在讨论这个问题还早了一些……"这是林穆文婉转地拒绝，想到这里，夏朵朵实在忍不住了，她蹲在街边放声大哭，她觉得自己真的很倒霉、真的很可怜，为什么她爱的人不爱她。

（六）

　　当一个女人迈过三十这道门槛，你会惊奇地发现，在她们的生活里总是充斥着一些些妥协、一些些自欺欺人，比如夏朵朵。当她遭遇了林穆文的婉拒之后，她依然保持着和这个男人忽近忽远、忽冷忽热的恋爱关系。她做不到二十岁时的洒脱和不管不顾；再比如张宇婷，她一边袒胸露乳自我调侃，一边在深夜独自对着镜子发呆，她只能自欺欺人，不断自我安慰，她只能用哺乳期和孩子填补心灵的空隙，以此让自己在美丽渐行渐远的日子里勇敢活下去；比如孟清翟，她深知自己要的不过是男人的一句承诺，可当这承诺脱口而出，真的来到她的眼前时，她却又胆怯地将自己缩进壳里，婚姻让她害怕，却又心生向往；又比如苏锦棠，她不喜欢孩子，也并未做好当一个母亲的准备，可她却开始向生活妥协，苏锦棠怀孕了。

　　"什么？！"在微信群里，当苏锦棠公布了自己怀孕的消息之后，三个女人异口同声地说。"你们都是什么态度？！"苏锦棠没好气地说。"哦，恭喜！"三人再次众口一词。"锦棠，我们来看看你吧！"最终还是孟清翟说了一句不一样的。"我来不了啦，你们随时微信我哦！"张宇婷吼着。"知道啦奶妈！"

　　在苏锦棠家里，孟清翟和夏朵朵坐在苏锦棠身边，"你要不要躺着啊？"夏朵朵有些不知所措。"不用，我就这么坐着，挺好。"苏锦棠笑言。"你多会儿知道的？"孟清翟关切地问。"才知道就告诉你们啦。""梁建东是不是高兴死了？""那还用说？他都已经擅作主张帮我向集团请假了，说是让我过了前三个月再去上班。""看来你们家梁老师还是很贴心的嘛！""他是贴心肚子里的。"苏锦棠话里虽然是不满，语气却是满满的甜蜜。"我觉得最近我们几个好像时来运转，一切都很顺风顺水耶。"孟清翟忍不住感叹。"好像是耶，我这个孩子也是说怀就怀上了。"苏锦棠点头称是，独留夏朵朵一人愣神。"朵朵，你和林医生怎么样啦？"孟清翟此话一出就看见夏朵朵眼泛泪光。"朵朵，你怎么啦？！"苏锦棠连忙递了一张纸巾过来。"我觉得林穆文不爱我……""你怎么知道？我觉得林医生对你不错啊。"孟清翟说。"我问他愿不愿意娶我，他，他说……""他说什么？""他说现在还为时尚早……"说完，夏朵朵还是忍不住落下了眼泪。"这个林穆文也真是的，怎么能说这样的话呢！"孟清翟气愤地说，说完抬眼看了看苏锦棠。二人眼光相撞，苏锦棠读出了孟清翟眼神中的话外之意，她默默低下头，这一举动也是做给孟清翟看的，孟清翟自然了然于心，原来还真是因为苏锦棠。

"朵朵你先走，我等肖剑来接我。"孟清翟支走了夏朵朵，看着斜卧在沙发上的苏锦棠，"说吧。""说什么？""林穆文啊。"孟清翟的开场白显得剑拔弩张。"你跟林穆文不会又出了什么事儿吧？""什么事儿都没有。""真的？""真的！"孟清翟终于长舒了一口气，"锦棠，你不知道我是真的怕你说你跟林穆文又有怎么样了，咱们几个好了这么多年，真的别再因为男人而闹别扭了，上次因为一个沈茂山我已经够够的了！""可是，林穆文和沈茂山毕竟不同……"苏锦棠幽幽地说，"俗话说兔子不吃窝边草,林穆文和我的事情你们是早就知道的,要说先来后到那也是我先,怎么现在搞得像是我是第三者一样?"苏锦棠越说越气,音量也不自觉地提高了。"锦棠,你别动气!"孟清翟稳住苏锦棠,"其实,说实话,朵朵和林穆文好,我们都很诧异,我觉得也不合适,可是爱情这个东西也不是我们说怎样就怎样的,来了谁也挡不住呀。""如果真是爱情那我也无话好说,就怕是死乞白赖的硬贴……""你这话是什么意思?"孟清翟追问。"这段时间穆文的确来找过我,但是我可以向你保证我们什么事都没发生。""他来找你干吗?""可以看做是倾诉,他说他跟夏朵朵在一起觉得很累,心累……"孟清翟默默地点了点头。其实,这所有的桥段都不意外,自从那日在店里试菜,孟清翟看到林穆文的那一刻起她便清楚,夏朵朵毫无胜算。如果这个男人有心,那么心里也只可能装着一个人,那人便是苏锦棠。

(七)

"锦棠,你现在不用上班,每天在家就多休息,你那个小说能缓就先缓一缓,等头三个月过了再说。"对于梁建东的嘱咐,苏锦棠听着甜蜜却并未觉得多么重要,她只觉得这是一个悠长假期,是要把往日想做但不能做的事情都一一完成的。于是,苏锦棠下载了大量美剧,一入夜便捧着一个ipad看得入神。白日,苏锦棠还是很努力地创作小说,她甚至在想,当新书问世的时候,她一定要在扉页上写下"献给我的宝贝"这样的煽情文字,

拾叁　姥姥带还是奶奶带？

一想到这里，她如同神助，每日都能完成万字。

"建东，我的小说已经写了好几万字了。"苏锦棠得意地向梁建东炫耀。"跟你说了让你少碰电脑，你怎么就是不听呢？"显然，梁建东对苏锦棠的炫耀并不感冒，他关心的是她腹中的孩子。"我觉得你这样特别没劲！"苏锦棠有些不高兴了。"锦棠，我是为你好。"说完这句话，梁建东索性到阳台抽烟，自从苏锦棠怀孕之后，梁建东便强制让她戒烟戒咖啡，闻着从阳台飘进来的香烟味，苏锦棠有些蠢蠢欲动。可是，自己已经是孕妇了，该忍还是得忍。

时间过得很快，眼看着苏锦棠已经怀孕两个月了。她一方面高兴自己没有任何害喜的反应，一边却又郁闷自己日益丰腴的身形。"清翟，你觉不觉得我胖了很多？"坐在苏锦棠对面，孟清翟仔细打量着她，"是胖了耶，好明显。""我现在都快100斤了。"苏锦棠有些沮丧地说。"胖就胖呗，你现在可是孕妇，就是要多吃多休息嘛。"送走了孟清翟，苏锦棠站在穿衣镜面前，撩起睡裙，看着自己圆润起来的身体，莫名觉得悲伤。她把衣柜里的衣服统统折腾出来，一件一件地试穿，能穿的越来越少，不是腰紧了，就是膀子塞不进去了。最夸张的是裤子，几乎都穿不得，苏锦棠自从怀孕以来，第一次觉得难过，她跌坐在如小山一般的衣服堆里，快要落下泪来，她实在难以接受怀孕带来的变化。

"你怎么了？今天胃口不好？"饭桌上，苏锦棠几乎不想动筷，梁建东皱着眉头询问。"不想吃。""反胃？""不是，越吃越胖！""你成熟一点好不好，你现在是孕妇，当然会长胖，孩子需要营养!""孕妇孕妇!你就知道孕妇!"苏锦棠扔下筷子坐到沙发上生闷气,"你知不知道我长胖了多少?我的衣服全都穿不了了!"梁建东笑了笑,"穿不了就买新的啊。""我不要!现在胖成这个样子,我恨不得天天关在家里,我不想这个样子出门!更不想这个样子去买什么衣服!"梁建东也来了气,他觉得苏锦棠有些歇斯底里,更有些无理取闹,"那随你便吧。"扔下这句话后,梁建东又走到阳台去抽烟解闷,苏锦棠蜷在沙发上,看着自己因为长胖而隆起的小腹和腰围,心里满是委屈,她不明白为什么男人就不能理解身材对女人的重要。她更不明白,为什么因为怀孕就必须要牺牲掉自己的形象,为什么因为怀孕就必须改变自己的生活习惯,为什么在此时自己就不再美好了。

自那日和梁建东争吵之后,苏锦棠悄悄开始节食,她知道这样对身体不好,可她就是做不到任凭自己不断发胖变形。"锦棠你最近好像瘦了耶!"夏朵朵和孟清翟看着重新清瘦起来的苏锦棠说。"是不是害喜啊?"朵朵问。"嗯,是有点。"苏锦棠回答得自然,可她心里明白,自己没有害喜,日日饿得饥肠辘辘,可她不想长胖,不想变成和张宇婷一样的奶妈,而且苏锦棠固执地认为,这小小的节食没什么大不了的。

"建东你快点回来!"电话里苏锦棠惊恐万分,她刚刚在洗手间发现自己见红了!梁建东几乎是跑着回家的,带着苏锦棠去了医院,一路上苏锦棠脸色苍白。"建东,我肚子好疼,你快点……"抱着苏锦棠进了急诊室,医生让他们马上去做B超,苏锦棠躺在B超台上,肚子疼得她直冒冷汗。"你确定你怀孕了么?"做B超的女医生冷冷地说。"当然啦,我都怀孕快三个月

拾叁　姥姥带还是奶奶带？

了。""可是我找不出孕囊。""什么意思？！""意思就是说你肚子里现在什么都没有。""什么都没有？！怎么可能？！"苏锦棠紧紧攥着拳头，她觉得这个医生是在和她开玩笑，怎么可能什么都没有，自己肚子里明明有个孩子！"反正我这里检查结果是这样。"女医生生硬地将苏锦棠拉下B超台，"你再去找医生看看吧，下一个。"苏锦棠扶着墙走出B超室。"怎么样？"门外的梁建东上前扶住她。"医生说没有孕囊……"

"应该是掉了，因为B超结果是没有发现孕囊，所以我们推测是自然流产，你回去休息吧，再观察一下，应该很快就会掉下来的……"看着苏锦棠递过来的检查结果，医生这样说。"可是怎么会就掉了呢？"梁建东追问。"我看了一下你的检测指标，胚胎明显生长不好，应该是营养不良导致的，所以选择了停止生长。其实这也是好事，胚胎在发育不良的情况下选择自然脱落，总比以后发现不好做弥补要好，你们就这样想吧。"

回到家，苏锦棠躺在床上默默流泪，她知道流产的原因，却说不出口，在那一刻她恨透了自己，她在心里默默地说：苏锦棠，你真是一个自私虚荣的女人，你活该受到这样的伤害，你对得起离开的宝宝和梁建东吗？苏锦棠，你真应该去死。

拾肆

三十岁后多久一次"啪啪啪"

（一）

在现代社会，性，早已经不是一个羞于启齿的词语，而为了更广泛地让其出现在日常生活词汇中，人们用各种有趣的词语代替它，最近就比较流行"啪啪啪"。

苏锦棠小产之后，开始全身心投入到自己的小说创作中，她甚至懒得工作，懒得去单位，当然更懒得和梁建东"啪啪啪"。

"锦棠，我们多久没那个了？"躺在床上的梁建东看着依然伏案写作的苏锦棠，心里有一种委屈和无奈，梁建东觉得是因为流产让苏锦棠对夫妻之间的性生活有了抗拒，所以他选择理解和包容，虽然他到今天也不是完全理解。

"你没看我忙着呢？我今天一定要写够三万字的，你先睡吧。""出版社又没催你，你至于这么拼命吗？""这是我给自己制订的写作计划，制订了计划就得完成，不然要计划做什么?哎呀,你别管我了,快睡觉。""你这等于是和我事实分居啊。""快,点,睡,觉!"苏锦棠当然知道梁建东在想什么,可她自从小产之后真的对性提不起兴趣,每次行欢,她甚至都希望梁建东能够快快完事,苏锦棠知道这不正常,自己不过是三十出头的年纪,老话说三十如狼四十如虎,可在自己身上却恰恰相反,难道是自己退化了?想到这里,苏锦棠有些担心,她害怕随着欲望的消退,代表着青春的流逝。

"说不定更年期都会提前呢!"当苏锦棠将自己的疑惑抛给三个女友时,夏朵朵的回答让她惊出了一身冷汗。"谁说的?!我都一年多快两年没有啪啪啪了,我不是也好好的?!"显然,张宇婷的话更具爆破性。"什么?!你疯啦?你是不是身体有毛病啊?还是你们家李航有毛病啊?两年?OMG!"正在热恋的孟清翟觉得张宇婷在讲恐怖片。"宇婷,你这个也确实太久了耶,你不想啊?"苏锦棠也觉得有点夸张。"我告诉你们哦,我还真的不想,刚刚怀孕那会儿其实我就不想,要不是李航受不了,我才懒得配合他呢。你们不知道,一想到要做爱,我首先想到的就是会不会伤害到宝宝啊,一下就没兴趣了。现在宝宝出生了,整天忙得晕头转向,一躺到床上恨不得马上睡着,谁还有心情干那个?况且,我估计李航也不想跟我那个吧……""喂喂喂,你这话什么意思?你没兴趣是一回事,他不想又是另一回事哦!"孟清翟立即提醒道。"宇婷,是不是李航在外面……"夏朵朵小心翼翼地问。"没有,他敢!""那他为什么不想那个啊?"苏锦棠疑惑不解。"呵呵,你们要是男的会对现在的我感兴趣么?"说完这话,张宇婷笑得很尴尬,她试图用调侃来化解尴尬,可话出口却是酸溜溜的滋味,三个朋友也陷入了沉默。"哎哎哎,说话啊。"张宇婷实在看不下去了。"张宇婷,我早就告诉你不要破罐子破摔,你不信吧。"孟清翟第一个说话。"孟清翟,你不要站着说话不腰疼,你生一个试试,到时候你就知道什么叫鱼和熊掌不可兼得了,要想娃身体好就得多吃,你吃那么多还怎么瘦?!不信你问问锦棠!"苏锦棠像被扎了一下,突然说:"问我干吗?我又没有节食,我是害喜!"话一出口,苏锦棠觉得自己有点此地无银三百两的嫌疑。"锦棠,你激动什么?谁也没说你节食啊,而且哪个准妈妈会为了身材而不顾宝宝的健康啊?那不是有病吗?"夏朵朵觉得苏锦棠的反应有些过激。"哦,对了,我得回家一趟,还有事儿。"苏锦棠匆忙告辞,走得有些仓皇。一路上,苏锦棠的心七上八下,她有一种被人捉奸在床的窘迫和害怕。

(二)

"锦棠,你到家了吗?"孟清翟在电话里说。"刚到。""那我过来坐会儿。"不等苏锦棠同意,孟清翟果断地挂了电话,十来分钟后孟清翟便出现在苏锦棠家的客厅。

"你今天怎么啦?"孟清翟开门见山,苏锦棠点燃一根烟。流产后,她重新开始抽烟喝咖啡,"清翟,我如果说没什么你会相信么?"孟清翟耸耸肩,她向来是这样直接,"不相信,可是我也不会勉强。""但是你追到我家来,坐到我面前,这本身就是一种勉强啊……"苏锦棠说话的时候望着别处,嘴角是一抹浅笑，此刻她的心里有那么一点点厌烦，她讨厌自己被剥得一干二净。孟清翟有些惊讶，一直以来，她以为自己和苏锦棠之间是无话不说的，"那……好吧，我走了。"孟清翟拎起包走出了苏锦棠家的大门。

苏锦棠摁灭了烟头，她走回工作台，看着笔记本上自己敲打出的方块字，突然感觉了无乐趣，但她并未对刚才的一切感到抱歉。苏锦棠明白，无论如何她都不会吐露自己心中的那个秘密，"我有权保留属于自己的隐私。"苏锦棠在心里这样对自己说。

回到公司，孟清翟心情很差。她看了看方案，莫名其妙地把GIGI骂了一通，"这个是什么狗屁方案？重新做！""孟总，这个方案是肖总看过的，也已经按照要求修改过了啊……"GIGI有点委屈。"肖总？肖总说好就好了啊？那你怎么不让肖总给你发工资啊？！出去，重新做！"孟清翟几乎是将方案摔在了GIGI身上。"清翟，你怎么啦？"看见GIGI抹着眼泪走出办公室，肖剑觉得有问题。"上班时间请叫我孟总！"在孟清翟硕大的办公室，她头都没抬地呵斥着肖剑。"孟总，您觉得这个方案有什么问题么？"肖剑被孟清翟这样没头没脑地一吼，心里也有些别扭，转而用商务语气和她说话。"我不喜欢。""那你不喜欢什么地方呢？"孟清翟抬起头，定定地看着肖剑，一字一句地说："所，有。""你……"肖剑生气了，他觉得这个女人有些莫名其妙，但孟清翟的脾气上来谁都招架不住，肖剑识趣地闭嘴退出了办公室。

孟清翟望向窗外，她觉得这感觉糟透了，好像所有事都在和她做对。她瞄了一眼门外，整个公司的员工都大气不出地工作着，公司上空萦绕着挥之不去的阴云。孟清翟心里开始后悔，她搞不懂自己为什么会这样失控，不就是因为苏锦棠吗？至于吗？孟清翟拎起包冲出了公司，她决定要找苏锦棠说个清楚。

"清翟，你不觉得你有点咄咄逼人吗？"重新坐在苏锦棠家的客厅沙发上，孟清翟是非要知道一个答案的。"锦棠，我是因为关心你。""真的吗？"苏锦棠幽幽地问，这问题让孟清翟感觉芒刺在背。"当然是真的！""不，清翟，你不是关心我，而是让我满足你。"苏锦棠认真地看着孟清翟的双眼，在短暂地沉默中，孟清翟却越来越没有底气。"好吧，随你怎么说，可是，锦棠，我们是朋友，朋友之间本来就是可以坦诚秘密的，我什么事情都会告诉你啊。""就因为你什么都告诉我，所以我也必须什么都告诉你吗？"苏锦棠站起身，到厨房倒了一杯低度甜白递给孟清翟，"清翟，我感觉你在用友情绑架我……"

喝了一口酒，冰凉甜爽，这暂时压住了孟清翟的火气。"清翟，我们的确是最好的朋友，可是这并不代表我们需要将自己完全赤裸地坦露在对方面前，我不喜欢那样，这让我没有安全感。清翟，或许在你的生活中所有的秘密都是可以与我分享的，因为你的生活那么美好，那么单纯，你的那些秘密也连带着变得美好单纯，是上得大雅之堂的，可并非每个人都和你一样。或许，我的秘密是阴暗的，肮脏的，是说不出口的，所以，请你让我独自保留这个秘密，让它在我心里慢慢烂掉……"苏锦棠几乎是一种恳求的语气，这让孟清翟心生怜惜，她没有想到如此骄傲的苏锦棠会这样请求自己，她更想不通，如此聪慧美好的一个苏锦棠，心中究竟有什么见不得人的秘密？

"锦棠，对不起，我不会逼你了，真的……"孟清翟将酒一饮而尽，浇灭了自己心中的好奇和怒火。

（三）

妈妈带着孩子出门散步去了，张宇婷开始在家翻箱倒柜。"老婆，你干吗呢？"李航一回家看见满床的衣服吓了一跳。"找衣服啊！"李航觉得有了孩子的女人比以前可怕多了，张宇婷天天在家时不时地闹出一些幺蛾子，幸而他脾气好，所以也懒得计较，索性坐到客厅去看球赛。

"老公……"穿着一条大露背浅灰色连身裙的张宇婷无比妩媚地斜靠在门廊上，含情脉脉地招呼李航。"噗……"李航的一口啤酒直接喷到了电视屏幕上。"你有毛病啊！"张宇婷厉声吼道。"没……没有，我刚正想说话来着……"李航忙不迭地一边擦拭电视屏幕，一边用眼睛偷瞄张宇婷。她气得脸颊通红，站在门廊边有些手足无措，在李航眼中，张宇婷的确与原来差别很大，从怀孕到现在，张宇婷的体重一路攀升，加之个子高，现在的张宇婷真真是虎背熊腰、膀大腰圆。这一条性感长裙是他们结婚周年庆时李航买给张宇婷的，李航永远都记得张宇婷从试衣间出来时的艳光四射。可今时今日，裙子严丝合缝地绑在她的身上，露出的后背全是肉，被衣服勒出了几条红印，小腹和腰更是惨不忍睹，突出的赘肉形成了好几个山丘，李航移开了视线，他不敢看了，再看下去他会觉得难过。

张宇婷似乎也看出了什么，她转身走回卧室。李航收拾完客厅后，紧跟着也走进卧室，他看见张宇婷费劲地脱着裙子，身上勒出了好多红印，衣服卡在背上怎么都脱不下来，李航顺手想帮帮忙，张宇婷猛地扭了扭身子，示意李航住手，李航默默缩回了手，站在张宇婷身后，坐也不是走也不是，吭哧吭哧，张宇婷费了九牛二虎之力脱下了裙子，她随手抓起枕头上的睡衣套在身上。"老婆……"李航轻声唤着张宇婷。她没有转身，头却越来越低，最后，肩膀也颤抖了起来。"老婆，老婆，你怎么啦？"李航吓住了，他蹲到张宇婷面前，拉着张宇婷的手，关切地问。"哇……"张宇婷突然用紧紧抱住李航，放声大哭，那声音是那么响，眼泪是那么多，似乎是要把所有的委屈统统流出来、喊出来一般。

"老公，你嫌弃我不？"这是在张宇婷哭过之后说出的第一句话。"老婆，你说什么呢？我怎么会嫌弃你？！""因为我变丑了，我现在是个不折不扣的大胖子……"说到这里张宇婷再次哽咽。"别胡说，我老婆永远都最好看！""你少骗我，你以为我瞎啊？！明明就是胖子！""咱们现在是在哺乳期，胖就胖点呗，过了这阵子就好了啊，到时候马上就瘦下来了。""真的？""真的，你放心，到时候我天天给你做减肥餐，保证你一个月就恢复好身材！"李航笑着劝慰。"可是，你现在都不愿意碰我啦……"此话一出张宇婷又觉得钻心的疼，又开始大声哭泣。"宝宝，宝宝，你别胡思乱想啊，我怎么不想碰你啊？我每天都想得快疯啦！""真的？那你现在就碰！"张宇婷擦了眼泪鼻涕认真地看着李航。"啊？现在？"李航觉得有点力不从心。"你不是快疯了吗？就现在。"张宇婷往床上挪了挪。"那……我来咯。"李航站起身搂住张宇婷，倒向床上那堆衣服小山……

"真的？！哈哈哈哈，笑死我咯！"当张宇婷将自己的战绩向三位闺蜜讲述时，大家笑得足以喷饭。"你这算是'诱奸'吧？"孟清翟调侃着说。"管他的，我就要看看他对我到底还有没有兴趣。""我觉得李航对你还是真不错，真的。"苏锦棠打心眼儿里觉得李航和张宇婷在一起实在是很委屈。"这个我还是知道的，不然我早就休了他了。"张宇婷笑得合不拢嘴。"哎，各位，我有个事情想跟你们说……"正当大家嘻嘻哈哈闹做一团的时候，夏朵朵突然发话了。

"怎么啦朵朵？"苏锦棠关切地问。夏朵朵看了看她，又看了看大家，很娇羞地低下头，她轻声说："我和林穆文那个了……"

（四）

"锦棠，你等等！"孟清翟跟在苏锦棠身后一阵小跑。"你说她是什么居心？"苏锦棠站定，看着孟清翟说。她环抱着自己的胳膊，却依然止不住地发抖，没错，在刚刚听到夏朵朵的八卦后，苏锦棠就有一种从天堂直接被拍入地狱的感觉，可她为了保全一点点颜面和尊严，还是面带微笑地坐着、听着。"我真没想到他在床上那么厉害……而且，我估计是因为太冲动，我们都没来得及戴套套……""哎哟，夏朵朵你个小淫娃，看把你美的。"

张宇婷听得两眼直冒绿光，可苏锦棠的心却在那一刻一片片剥落，碎得捡不起来。"锦棠，你怎么不说话？"当夏朵朵的手自然地放到苏锦棠的膝盖上时，苏锦棠像是被电击了，猛地跳起来，二话不说就往外跑，孟清翟狠狠地白了夏朵朵一眼，紧跟着追了出去。

"这是怎么了？！"张宇婷完全没反应过来，她看着夏朵朵。夏朵朵脸上浮现出一个意外深长的微笑，"我哪儿知道，一惊一乍的……"张宇婷觉得夏朵朵这句话阴阳怪气，她心里有点发毛，索性闭上嘴什么都不再说了。

"锦棠！你冷静一点！"孟清翟追得气喘吁吁，她搞不懂苏锦棠和夏朵朵究竟都是犯了什么病。"你说，她当着我的面说这些是什么目的？！"苏锦棠的声音颤抖。"她能有什么目的？不过就是和往常一样分享八卦呗，你想那么多干什么啊？""不是，她是故意的，故意说给我听的！清翟，你说我对她怎么样？处处体贴，一直把她当小妹妹一样照顾，她怎么能这样对我呢？！""锦棠，你冷静一点，我承认，夏朵朵当着你的面说这些是有些不妥，可是，我想你也应该明白，林穆文现在是和夏朵朵在一起，他们上床那是迟早的事情。而且，你又为什么那么介意呢？"孟清翟的话让苏锦棠不知如何作答。的确，她是毫无资格去介意的，她不过是林穆文的旧爱，而今人家已经开始了新的恋情、新的生活，你苏锦棠在吃什么味儿，伤什么心呢？想到这里，苏锦棠惨然一笑，道："是啊，真真是好笑……"

失魂落魄的苏锦棠独自去咖啡店喝了一杯热咖啡，咖啡因的作用，让她沮丧的心情稍有平复，坐在靠窗的位置，她看着天桥发呆。记得很多很多年前,她和林穆文还是大学里的一对小情侣,走在天桥上时,苏锦棠看着天桥下的咖啡馆发呆,她对林穆文说:"穆文,以后我要过那种天天都能进咖啡馆喝咖啡的生活……"当时的林穆文什么都没说,只是攥了攥苏锦棠的手,或许那时候三十多块钱一杯的咖啡在林穆文眼中已经不是一个平常物,每天花三十多元喝杯咖啡,在林穆文当时的认知中已然是一种奢侈的生活。所以,他选择沉默,他担心自己做不到,所以无法承诺;同样是在那座天桥上,刚刚步入出版集团做实习生的苏锦棠跟着梁建东外出采访,她以同样的姿势趴在天桥边上讲述自己的梦想,那时的梁建东做出了与林穆文截然不同的反应,他笑着拍了拍苏锦棠的头,走下天桥给她办了一张咖啡馆的金卡,当他把卡递给苏锦棠时,梁建东说:"傻丫头,拿着,天天都来喝咖啡吧。"或许正是在那一刻,苏锦棠明确了自己的选择。

时过境迁,现在谁还会用一杯咖啡定义梦想?现在的林穆文自然也能给苏锦棠那样的生活,可苏锦棠在想,这或许正是林穆文与梁建东的不同之处,而她要的,始终是那个自信笃定的男人,想到这里,苏锦棠的心亮堂了起来,她细细地给自己补好妆,走出咖啡馆。她打算买一套内衣,最好是透着那么一点点野性的……

梁建东被苏锦棠一个电话召回了家,一进门他刚想开口问是什么事情这样火急火燎的,便看见莹莹烛火,和桌上的两杯香槟,梁建东当然明白这是苏锦棠的小花招,这个女人哪怕已经迈过三十的门槛,却始终保持着一种浪漫的调调,这也让苏锦棠比同龄的女人看起来更加年轻和风情。梁建东不动声色,悄悄走进卧室，床上躺着略施粉黛的苏锦棠，裸色丝缎内衣勾勒出苏锦棠曼妙的身姿，既优雅又带着那么一丝丝不羁，梁建东什么都不说直接扑倒在苏锦棠的身上，酣畅淋漓……

这是梁建东渴望已久的幸福时刻，更是苏锦棠的一场自救。

拾伍

朋友圈最该被删除的那些人

（一）

当 QQ 已成过去式，当微博也如明日黄花，微信成了都市男女最稀松平常的沟通工具。除了用于聊天、八卦，微信也是一个相对私密的自我展示平台，大家在各自的朋友圈里显摆自认为好的东西，以此彰显自己的格调。在这段时间，张宇婷成了典型的宝宝控，在她的微信上是铺天盖地的宝宝照片；夏朵朵走上了秀恩爱之路，她将自己和林穆文的约会频繁发布；而孟清翟显然维持着自己女强人的形象，永远是转发团队和谐、行业动态以及千古不变的心灵鸡汤；苏锦棠稍有变化，从最初秀时尚转而变成秀生活、秀美食，她孜孜不倦地在微信上发布自己的一日三餐，展示精致的餐桌文化。

在例行下午茶聚会上，大家都不由自主地刷着微信。"哎，宇婷，你真的很够呛耶。"孟清翟说，"你这个微信怎么全部都是你家毛毛的照片啊?""是啊,你看是不是超级萌超级可爱?"张宇婷凑过头看着孟清翟的手机。"你们知不知道现在有几种人是最应该被踢出朋友圈的?"苏锦棠看着手机自言自语。"张宇婷肯定在其中!"孟清翟笑着接话。"我们报社最近就在做这个选题,哪些人应该被踢出朋友圈。""哪些人啊?我觉得孟清翟这种也该被踢出去吧,整天都是转发内容,要么就是心灵鸡汤,又老土又不真实。"夏朵朵噘着嘴说。"喂!夏朵朵小姐,我这是在做自媒体好不啦?我当然要宣传自己的公司业绩、调动员工士气、了解行业动态啊,你以为我们都跟你一样就知道谈恋爱嘎朋友啊?你晓得伐?秀恩爱死得快!""孟清翟!你快点给我呸呸呸!乌鸦嘴呀!"夏朵朵急了。"对不起各位亲,你们都在被踢出的行列哦,哈哈哈哈。"苏锦棠笑着说,"我把这个内容转发出来,你们自己看,什么宝宝控、心灵鸡汤大师、秀恩爱党全部中招!""那你呢?!养生达人!"大家一边看着苏锦棠转发的内容,一边对号入座。"哎,我不算养生达人吧,我又没有转发那些治病、食疗的帖子,我充其量就是秀了秀美食,可目的不在于食物本身啊,我的目的是展现精致的生活。"苏锦棠不服气地说。"你别跟我们说,你去跟你们杂志社的人说吧,反正照她们写的内容来看,苏主编也位列其中哦。"孟清翟调侃着苏锦棠,四人你一句我一句其乐融融。

　　苏锦棠一边喝着咖啡一边偷偷看了看三个闺蜜,有多久没有这样轻松自在地聚在一起了,回想起来,四个人在一起也快十年的光景了。

　　大概还是在十年前吧,苏锦棠最先认识的是夏朵朵。

拾伍　朋友圈最该被删除的那些人

那时候苏锦棠还只是出版集团的一名见习编辑，这个城市还刚刚流行起"鬼饮食"这个词语，主编希望在夏天做一场声势浩大的饮食文化节，每个编辑、记者都领到了任务，苏锦棠就是负责"鬼饮食"这一块。为了能够顺利转正，苏锦棠迫切地希望借助饮食文化节这阵东风，可如何做出亮点做出新意，这让苏锦棠抠破了脑袋。后来，她想到可以用漫画的形式来展现，可主编觉得难度太大，同事们也打赌她一定做不出来，就是在这样骑虎难下时，苏锦棠找到了刚刚出道不久的夏朵朵。

那时的夏朵朵一只脚刚刚迈进插画圈，还是一个名不见经传的小小菜鸟。当苏锦棠向她提出这个合作构想时，夏朵朵几乎是一秒钟就答应了，而且还大方地说可以不向出版集团收取分文稿酬。

两只职场菜鸟一拍即合，在之后的日子里，夏朵朵推出的"鬼饮食"插画在杂志上一经亮相，一炮而红。而苏锦棠也凭借这次的成功合作顺利转正，甚至还成为了一级编辑，变成了杂志社的新星，也就是从那时候起，苏锦棠和夏朵朵理所当然地成了朋友。

而后，在夏朵朵的介绍下，苏锦棠又认识了大大咧咧的设计师张宇婷。那时候，三人常常一起泡酒吧、吃烤串。记得少林路的缪斯开业那天，整条路上人头攒动，要想进店非得有邀请函不可，三个人盛装打扮却被小开挡在了缪斯门外，苏锦棠叼着一根烟蹲在台阶上，欧根纱的裙子也懒洋洋地搭在地上，裙角不知被哪个混蛋踩了一个大大的脚印。"走吧！"苏锦棠正招呼和小开争吵的张宇婷时，被人拉了一把，"给我一根烟好伐？累死老娘咯。"拉住张宇婷的人就是孟清翟。那时候的孟清翟就是一个不折不扣的美人,清瘦白皙,长发披肩,可眼角眉梢却没有美人该有的媚态,活脱脱一个女土匪。那天,她穿着一身黑色皮衣皮裤,画着浓浓的烟熏妆,指甲也涂成了黑色。"好朋克哦!"苏锦棠赞叹。"你很懂行嘛!"孟清翟抽了一口烟斜眼看了看苏锦棠。"怎么不进去玩?今天晚上的主题就是朋克之夜咧。"苏锦棠耸耸肩说:"没有邀请函,进不去。""切,早说嘛,这是我们公司办的,你等等,我进去偷几张工作证出来,你们几个人啊?"孟清翟问。"啊?可以吗?我们一共三个人。"苏锦棠觉得瞬间柳暗花明,连忙拉过张宇婷和夏朵朵。"ok,等着啊。"说完,孟清翟像一尾鱼滑进了夜店,不多一会,她便拿了三个工作证出来。那一夜,四个女人玩得很嗨,大家都喝多了,说了很多肝胆相照的话,自此四个人便牢牢地绑在了一起。

(二)

"老婆,我们公司酒会,要求携家属同去哦。"一回家,李航便迫不及待地告诉张宇婷这个消息。"你那么兴奋干吗?"张宇婷搞不懂李航在激动什么。"我被公司评为季度明星员工啦,到时候我要上台领奖的!""真的啊?有奖金吗?""你看你这个人俗气了吧?不过,嘿嘿,当然有啦。""多少?""好像是5000元吧,现金。""税前还税后?""税后,现场给!""真的?!老公你太厉害咯!"张宇婷喜笑颜开搂着李航送上一个大大的香吻。

"哎哟，看把你乐的，口水弄了我一脸。"李航也很开心地说。"可是，我都还没减肥，我不想出去见人耶，而且我还想陪着宝宝……"张宇婷看了看镜子里自己臃肿的身材，突然感觉很沮丧。"宝宝嘛，不是有妈在带吗？我们又不是去多久，就是一个酒会的时间，至于身材吗，我老婆没有身材也很漂亮呀！""你嘴巴抹了蜜啦？那么会说话？你让我想想吧。"

次日，张宇婷还是给苏锦棠打了一通电话。"酒会啊？去啊，干吗不去？""可是我现在这个样子，丑得不想出门见人……""早让你减肥健身你不听吧，那现在也只能临时抱抱佛脚咯。"苏锦棠邀约上孟清翟和夏朵朵，一同陪张宇婷出门选购衣服。

"你们看这条裙子怎么样？"在专卖店张宇婷感觉自己已经离时尚越来越远了。"请放下，这条裙子摆明了不适合你好不啦？那，拿这件去穿穿看。"孟清翟拽下张宇婷手中那条蕾丝收腰连衣裙，递上了一件设计感很强的蝙蝠袖长衫。"这个好看吗？穿起来不会像飞鼠？"夏朵朵歪着头看着衣服若有所思。"飞鼠？亏你想的出来，笑死人咧。"孟清翟笑得花枝乱颤。从试衣间出来，张宇婷果然变成了一只硕大的飞鼠。"拜托！快点去换下来！清翟，你也是的，有没有一点判断力啊？！"苏锦棠推着张宇婷重新进入试衣间，她觉得眼前的张宇婷，哦不，张飞鼠，那简直就是一场时尚界的灾难。

"算了，我不想去参加酒会了。"从试衣间出来，张宇婷明显很沮丧，"人胖了穿什么都难看……""宇婷，我们先去内衣部，选一件合适的束身衣再说。"还是苏锦棠比较有经验，她挽着张宇婷的胳膊，贴心地拍了拍她的手，孟清翟和夏朵朵紧跟在身后，也不再随意取笑。

"这个束身衣还真是神奇耶，你们觉不觉得我一下瘦了好多好多？屁股也翘了，胸也大了？""哎，你小声一点，文雅一点好不好？"夏朵朵捂着嘴偷笑。"你也过得太粗糙了，居然连束身衣都没穿过，我告诉你哦，在恢复身材阶段最好天天穿，那样效果才好，知道吗？"苏锦棠像教育小孩子一样敲打张宇婷，而此刻的张宇婷更像是一个虚心求教的乖孩子。

买好了束身衣，苏锦棠又带着张宇婷来到了设计师专柜，"这几个品牌都是设计师产品，不同于一般的时装，你可以好好挑挑。"说完，苏锦棠坐在专柜的沙发上，喝着服务员端来的柠檬水。"锦棠你好厉害哦。"夏朵朵坐在苏锦棠身边由衷的赞叹。"看多了自然也就有点心得了，也没什么不得了的，女人最重要的是要知道什么适合自己，你说呢？"苏锦棠似乎话里有话，可夏朵朵也懒得多想，她一门心思等着张宇婷从试衣间出来呢。

"这套不错！"孟清翟看着穿衣镜前恢复自信的张宇婷赞美道。的确，穿着剪裁得当的哈伦裤，搭配设计感十足的大衬衣，张宇婷显得很有气质，也很有气场。"现在我们再去收拾一下你那一头乱糟糟的头发吧。"苏锦棠发号施令，一行人继而转战发艺工作室。在苏锦棠御用发型师的妙手打造下，张宇婷原先那一头乱发变得服帖有型。"你看，剪短一点是不是显得更精神？你还是适合短发。"苏锦棠满意地看着镜子里的张宇婷，她从包里掏出一个首饰袋，"这套金属色系的首饰送给你，搭配你今天这一身正合适。"说完，苏锦棠将项链戴在了张宇婷的脖子上。"不行不行,这可是亚历山大·麦昆的首饰,我不能要!"张宇婷急着想摘,苏锦棠按住她的手,笑了笑说:"好看,戴着,算我送你的生日礼物呗,提前送的。"张宇婷望着苏锦棠,心里感动得一塌糊涂,她只是笑笑,用力捏了捏苏锦棠的手。

精心打扮之后的张宇婷挽着李航的手进入酒会现场,她看着身边那些比自己年轻,比自己身材更好的女孩,心里却是满满的自信。"李工你老婆好漂亮,真有气质。"席间,张宇婷总能听到这样的赞美,她露出合乎时宜的得体微笑,始终陪伴在李航身边。在那一刻,张宇婷淡忘了自己是个不修边幅的哺乳期妇女,淡忘了自己居高不下的体重,淡忘了微信上铺天盖地的宝宝照片,她在酒店大堂自信地拿出手机给自己拍了一张照片,随即发布到朋友圈,这一条信息得到了近百条评论,张宇婷觉得生活有了新的转机。

(三)

看着张宇婷的自拍照,夏朵朵心里五味杂陈。她开始细细翻看自己的微信内容,每天近十条的刷屏信息几乎全是与林穆文相关的:等亲爱的下班去看电影咯;和亲爱的吃法国大餐;亲爱的还没有来,先去喝杯咖啡吧……夏朵朵突然觉得有点害怕,从什么时候开始,自己的生活变成了林穆文?

"穆文,今天我不来接你下班了。"电话里夏朵朵的声音有些犹豫。"哦,怎么了?""没什么,我想在家抓紧时间把插画画了,出版社催得急了。""哦,好的。"说完这些,夏朵朵心里有些空落,她已经很久没有关注自己的生活和工作了,原来,下班之后的夏朵朵总是会逛逛楼下的菜市场,买好当天晚上的食材,顺带还会买一小束鲜花。那时候的她,会在自己的小厨房烹制晚餐,会在夜里点亮台灯静下心来画画,那时候夏朵朵有很多专栏要完成,她离成功曾经那么近。可自从与林穆文交往,夏朵朵的这份进取心没了,她时常拖延交稿时间,导致数个专栏与她解约,她没空做饭插画,一颗心都在林穆文身上。哪怕再忙,她也会下班后准时出现在林穆文的办公室里,美其名曰接他下班,实际上呢?夏朵朵知道,她是因为害怕,她怕一个不留神这个林穆文就不见了,她怕一个闪失,这个林穆文就不爱自己了,可是,现在的自己却是连自己都爱不起来的。

夏朵朵叹了一口气,背着包从单位离开,她像恋爱之前一样,赶公交车回家,在楼下菜市场闲逛,买了新鲜的生菜、玉米、鸡肉、青椒,路过花店时,她花5元钱买下了一小把盛开的栀子花。

夏朵朵穿着白色棉布睡裙,打开收音机,调到音乐频道,听着懒懒的爵士乐,开始制作晚餐:蚝油生菜、干煸辣子鸡、玉米甜羹,独自坐在餐桌前,闻着玻璃瓶中栀子花的清香,品尝着简单而有营养的餐食,夏朵朵的一颗心突然就静了下来,她想,或许没有哪个男人会爱一个不懂生活的女人吧。想到这里,夏朵朵笑了,她将堆在书桌角落的画稿重新拿了出来,是时候重新开始了吧。

林穆文在接到夏朵朵电话之后觉得有些奇怪,这个小女人总是那么患得患失，她与苏锦棠那么不同，林穆文不能说更爱哪一种，可他对夏朵朵是有怜惜之情的。他知道，这个女人之所以这样紧紧不放，无非是因为爱。下班之后，林穆文关上办公室直接前往夏朵朵的家。

打开房门的那一刻，夏朵朵吓了一跳，"你怎么来了？吃饭了吗？"林穆文看见书桌前埋头画画的夏朵朵，这个场景是陌生的，却又是那么有趣，眼前的夏朵朵与平日那么不同，一张素颜显得娇小乖巧，身上那棉布睡裙也是恰恰好，额头上绑着的发带也是一种情致，林穆文被眼前的夏朵朵打动了，他呆呆地竟然忘了说话。"看什么呢？"夏朵朵不笨，她从这个男人眼中看出了喜欢，她拂了拂额前的头发，站起身去厨房给林穆文做饭。"只有我刚吃剩下的了，我给你热热吧。""哦，行。"林穆文走到书桌前，看着画稿上精致的笔触，轻轻用手摸了摸。"晚上我吃的蚝油生菜、干煸辣子鸡和玉米甜羹，你喜欢吗？"夏朵朵在厨房和林穆文说话。"喜欢。"林穆文是真的喜欢，他喜欢的是这样真实的夏朵朵，是生活里有这小小情调的夏朵朵，他走进厨房，轻轻从背后搂住夏朵朵的腰，夏朵朵微微抖了一下，然后继续着手里的动作，这一刻，两人都不再说话，还说什么呢？有什么比此刻更好？

（四）

受到张宇婷刺激的远不止夏朵朵一人，此刻，孟清翟也正在反思自己一成不变的生活。"肖剑,你老实告诉我,我是不是一个无趣的女人?"在新开张的意大利餐厅,肖剑正想把凯撒沙拉送进嘴里,却被孟清翟这一问给哽住了。"没有啊,挺有趣的。""那你说我有趣在哪里?""这个吗……""我就知道你是在糊弄我!"孟清翟瞪大眼睛,将叉子扔在桌上,发出一声脆响,引来隔壁桌的一对情侣不停侧目。

"你又怎么啦?"肖剑对孟清翟时不时地爆发招架不住。"我就是觉得我的生活很无趣。""那你喜欢干什么?"孟清翟被肖剑问懵了。"我喜欢干什么?我喜欢干什么呢?你说。""你连自己喜欢干什么你都不知道啊?看来你还真的很无趣。"孟清翟沮丧地喝着苏打水。"那你喜欢干什么?"她问肖剑。"我喜欢的多了,我喜欢游山玩水,喜欢钓鱼,喜欢做模型,喜欢玩游戏……""你喜欢钓鱼?!这我怎么不知道?钓鱼?!你是老头子啊?"孟清翟吃惊于肖剑的这些兴趣爱好,"反正你也不会陪我去钓鱼,我也就懒得告诉你啦。"肖剑无奈地说。"钓鱼有什么好玩的?""你试试看就知道啦,要不我们明天去钓鱼吧?"肖剑冲着孟清翟眨眨眼。"我不要!"孟清翟坚决地打消了肖剑的想法,她情愿自己是个无趣的人,也绝对不要去田间地头坐着钓鱼。

吃过饭,两人手牵着手逛街,在街道转角处,孟清翟突然停了下来,"你看那家店!"她手指着街对面一间小小的玩具店,橱窗里陈列着很多公仔。"我们过去看看!"没等肖剑说好,孟清翟就冲过了街。"多啦A梦耶!好可爱哦!"在玩具店里孟清翟像个小女孩一样兴奋快乐,她一会捧着音乐盒看个不停,一会

拾伍　朋友圈最该被删除的那些人

抱着毛绒玩具不撒手。"你喜欢这些啊？真幼稚。"肖剑笑着调侃她。"要你管！"孟清翟顾不得和肖剑顶嘴，在玩具店里东翻翻西看看。"嘿！过来！"孟清翟大声招呼肖剑，她站在首饰柜前，眼睛直直地看着一条项链，那是一条假珍珠链子，坠子是一个水钻粘贴的机器猫，"好不好看？""这个吗，你喜欢就买呗。"肖剑撇撇嘴，对于这样的小玩意儿他没什么感觉，况且这样廉价的饰品是和孟清翟的气质完全不匹配，那是女学生才戴的小装饰。听完肖剑的话，孟清翟的眼神明显黯淡了，她恢复到往日的样子说："算了吧，假得厉害，完全不是我的范儿。"正说着，孟清翟的电话响了，她走到门外接电话，肖剑望向街道上的孟清翟，风吹起了她的长发，她对着电话那头的人指手画脚，应该是公司的人打来的。

　　回到家，孟清翟打开电脑开始看方案，肖剑悄悄走到她身后，将一条项链挂在了孟清翟的脖子上，正是那条珍珠项链，贴满水钻的机器猫在孟清翟的锁骨间晃荡，孟清翟惊了一下，停住手里的工作，桌上的小镜子里是她有些错愕的脸，以及与她怎么都不太相配的项链。"干吗？"孟清翟嗲着声音问。"送给你的。""假的耶。""可你喜欢啊。"孟清翟突然就想哭，她轻轻抚摸着那个吊坠，"给我拍张照！"她拿起手机递给肖剑，随后她将那张自己戴着项链的照片发到了朋友圈，她想写点什么，可觉得写什么都很多余，索性就这样直接发了。随后很多人都开始评论，有人问她这是不是哪个大牌的限量版，有人问她是不是喝醉了，有人问她是不是秀锁骨……孟清翟始终只是笑一笑，他们哪里知道，她秀的是别样的生活和不一样的自己。

盛女时代

其实，女人就是这样，有时候很固执，有时候又那么容易被改变。三十岁的女人更是如此。她们的生活充满着各种变数，今天的张宇婷或许找到了自信，可也许明天，她将重新回归到邋遢女人的边缘；今天的夏朵朵或许明白了爱情不是一种侵略和占有，可明天，也许她依然会心生猜忌；今天的孟清翟或许能够坦然面对不一样的自己，可明天，也许她依然是那个风风火火，只懂工作不懂生活的女强人；今天的苏锦棠或许是那个最智慧最得意的灵魂导师，可明天，也许她也会犯糊涂……这一切，谁都说不一定。

拾陆

三十岁的女人都在闹离婚

（一）

据某个好事之徒在网络上张贴的一个调查报告显示：三十岁之后的女人更容易离婚。"你们说这个有没有道理？"张宇婷一手抱着娃一手拿着手机和几个闺蜜聊微信。"哎，积点德好不啦？人家夏朵朵可是还没结婚呢。"孟清翟回复。"就是！不要诅咒我哦！清翟，你不是也没结婚吗？"夏朵朵突然意识到。"是啊，可我才不在乎呢，说不定我还不结婚呢。"孟清翟拿着手机自说自话。"你不结婚？那肖剑愿意啊？"苏锦棠边写小说边问。"管他的！我先走了啊，要去谈判咯！""哎哎哎，孟清翟，你不要只晓得赚钱！婚姻是很神圣的！"夏朵朵揪住最后的机会冲着手机叫唤。当然，孟清翟不会回复，她早就坐上战车，又要去战场厮杀了。"锦棠、宇婷，你们两个已婚的要不要说说看，为什么三十岁之后的女人更容易离婚？"显然，夏朵朵对这个问题很感兴趣,她希望通过已婚人士的前车之鉴,来设定自己更加完美的婚姻生活。

"我觉得主要还是因为男人!"张宇婷率先发话,"你们想啊,三十岁的女人再怎么保养也不能和二十岁的小女孩比,男人在这一点上是专一的,不管是少不更事还是七老八十,他们始终喜欢二十岁的!"噼里啪啦说完这番话,张宇婷突然觉得自己话太多。"当然,像锦棠这种优质女人除外啊。"显然,张宇婷找补的这句话更是多余。"就是就是。"夏朵朵帮忙找补,一时间,八卦群里谁都不再出声。半晌,还是苏锦棠自己来解围,"其实也不能全怪男人,我觉得三十岁之后的女人如果被离婚,那一定是有自己的问题。""锦棠,你不能胳膊肘往外拐啊,女人都能有什么问题?只要不是红杏出墙,再说了,就算红杏出墙,那八成也是被男人逼的。"张宇婷在这一类问题上是不折不扣的女权主义者。"反正我觉得一个巴掌拍不响。"苏锦棠以这句话作为今天聊天的结束语,她觉得这场对话很无聊,双方根本没有站在同一个级别嘛,索性关了手机,继续写作。

在微信八卦群里只剩下张宇婷和夏朵朵。"宇婷,我觉得吧,如果你和李航闹离婚,一定是因为你的问题,嘿嘿,拜拜!"冷不丁,夏朵朵留下这句话后也不再发声,张宇婷没处撒气,只能在群里自说自话地将这三个女人挨个骂了一遍。张宇婷心想,婚姻不就是过日子么?何必整得跟学术讨论一样?她不喜欢苏锦棠将生活过得那么精细,她觉得越是精细的越是脆弱。

"各位亲,今天晚上可是世界杯开幕赛,咱们聚聚?"快下班时,孟清翟在微信上招呼,"咱们晚饭之后到店里看球呗,我让厨师准备好丰盛宵夜怎么样？欢迎携带家属啊！""靠，我来不了啊，我得奶孩子！！"张宇婷愤愤地说。"本来也就没考虑你哈，奶妈，您还是安安心心挤奶吧！"听完孟清翟的微信语音，张宇婷气得将手机直接砸到李航的后背上。"哎哟！疼死我啦！你干吗啊？！""就是因为你！我都快被开除出朋友圈了！！"李航捡起手机，送到老婆身边，不忘宽慰："老婆乖，我们现在是特殊时期，晚上我陪老婆看世界杯！我给老婆做宵夜！""就我们俩人看有什么意思？！"张宇婷还在闹别扭。"老婆有我还不够啊？"李航适时地撒了一把娇。"去你的。"张宇婷很受用，娇嗔着将李航推开，"快点去买宵夜！""得令！"李航笑着跑出门去。

（二）

深夜，小龙虾店的大堂里依然人声鼎沸，食客们一边吃着美食一边等待世界杯的首场比赛，几个朋友也陆续到店。"锦棠姐，二楼包间。"肖剑招呼最先到的苏锦棠。"梁建东没来？"孟清翟在包间里布菜，抬眼看到素颜出街的苏锦棠。"他出差去了。""哦，你们集团最近够忙的呀，这梁建东出差频率屡攀新高吧？""谁知道呢？"苏锦棠漫不经心地回答，顺手拿了一只小龙虾过嘴瘾。"就只有你们两个？"一进门夏朵朵就把爪子伸到了餐桌上。"你们家林医生呢？"孟清翟问。"他明天有个手术，晚上要早点休息，我就没带他来。""哎哟，看来大家都是说好了不带家属的啊,那好,肖剑,你就在楼下招呼客人吧,别上来了啊!"孟清翟扯着嗓门叫唤。"好!"楼下传来肖剑痛快的回复,看来这个大男人也不想陪着三个伪球迷看球赛啊。

"哎,你们说现在张宇婷同学是不是正在家里咆哮啊?"孟清翟最喜欢火上浇油。"我给她打个电话,慰问慰问。"夏朵朵连忙充当起执行者,"喂,奶妈,你还没睡啊?"电话那头传来张宇婷清醒的声音,"小蹄子!我告诉你,老娘我正在享受私人定制式的足球之夜!""按免提!"苏锦棠在旁边说。"我按免提了哦。"夏朵朵随即将手机调成免提模式。"奶妈,你还不睡觉啊?"苏锦棠问。"哼,睡什么睡?我正在享受私人定制式的足球宵夜。""你又欺负你们家李航了吧?"孟清翟直截了当地说。"我哪有欺负他?你们问问他是不是心甘情愿的。""李航,你是有苦说不出吧?"苏锦棠笑着问。"没有没有,我向毛主席保证没有!我对老婆那可是一颗红心!""酸死了酸死了,你就活该被张宇婷这个活土匪压迫吧!"夏朵朵捂着嘴边笑边说。"哼,老公你退下吧。"张宇婷对李航的话很满意。"得令!大王叫我去巡山咯!"也不知道李航退到哪里去了,孟清翟说:"哎,张宇婷,你把你们家李航折磨出神经病啦?好吓人的。""去你的,怎么着?你们是不是想我啦?哎,有什么事儿微信聊啊,我先吃点东西去,拜拜。"说完,张宇婷挂断了电话。

夏朵朵拿着电话,自言自语地说:"我觉得宇婷真幸福。"苏锦棠和孟清翟对看了一眼,都没言语。夏朵朵接着问:"锦棠,你说,像宇婷这样的婚姻应该不会离婚吧?""朵朵,你瞎说什么呢?什么离不离婚的。"孟清翟觉得夏朵朵有点发神经了,夏

拾陆 三十岁的女人都在闹离婚

朵朵噘着嘴说:"不是说三十岁之后的女人容易离婚吗?""朵朵,你放心,你要是和林穆文结婚了,一定白头偕老。"苏锦棠笑着说。"真的?""真的。"

"可我还是想知道为什么三十岁之后的女人更容易离婚。"夏朵朵还真是求知若渴。"因为男人可以接受你在二十岁的时候犯错,却不能接受你在三十岁的时候继续犯错。"苏锦棠这句话说的有些莫名其妙,她看了看孟清翟和夏朵朵,继续说,"其实很多在三十岁之后离婚的人,并非因为什么惊天动地的事情,大多是因为鸡毛蒜皮的小事而离婚,而因为这些离婚的女人往往是不够聪明的。"孟清翟和夏朵朵听得专注,甚至忘记了剥虾,"聪明的女人懂得与时俱进,只有笨女人才会几十年如一日地埋怨男人变了心,你们要知道,当你是个二十出头的小姑娘时,就算你任性不懂事性格乖张,男人也会觉得这些统统不是事儿,他们甚至会觉得这是可爱有性格。可当你结婚了,步入三十岁之后你还是那样任性不懂事性格乖张,男人就不会觉得这是可爱,而只会觉得这是麻烦……""那照你这么说,还是男人变了啊。"夏朵朵问。"如果你要这么理解也可以,但我觉得男人的变是与时俱进,而女人的不变却是最大的愚蠢。""那你的意思是不看好张宇婷的婚姻?她可是从一开始到现在就没怎么变过的。"孟清翟试探着说。苏锦棠笑了笑,"我们看到的张宇婷是没变,可在李航看来,张宇婷却是翻天覆地的变化也未可知啊。""我觉得也是,原来宇婷虽然也很霸道,但她经常因为霸道而和李航争执,现在他们几乎不怎么吵架了耶。"夏朵朵点头附和。

在张宇婷的家里,小两口正依偎在沙发上看世界杯开幕式呢，李航盯着电视屏幕手里剥着盐水煮毛豆，剥完一颗喂给张宇婷一颗。"你也吃。""你先吃，你不是老早就说想吃毛豆了吗？"两人有一搭无一搭的说话，空气中有淡淡的奶粉味儿和栀子花的清香，张宇婷就势将头枕在李航的肩头，那一刻，她觉得自己很幸福。

（三）

骏黑的走廊，声控灯好像坏了，肖剑牵着孟清翟的手走得小心翼翼。"谁啊！"肖剑突然一声大吼，吓得孟清翟一哆嗦，下意识地惊叫一声。"姐！是我！"从角落处站起来一个人。"谁是你姐？！"肖剑护在孟清翟身前。"孟姐姐，我是甜甜。""甜甜？！"孟清翟吃惊地走上前去，"真是你！大半夜的你怎么跑到这儿来了？"孟清翟示意肖剑打开家门，在亮光中，肖剑总算看清了这位不速之客。"你怎么穿着睡衣就出来了？出什么事啦？"孟清翟预感有事发生，拉着甜甜走进客厅。"他要跟我离婚！"

甜甜，是孟清翟的小表妹，今年三十一岁，结婚也快五年了。"出什么事儿了？怎么就说到离婚了呢？"孟清翟从肖剑手中接过一杯热牛奶递给甜甜，并用眼神示意肖剑回避，肖剑耸耸肩膀，走进卧室关上了房门。

甜甜将牛奶放到茶几上，突然哭了起来："他外面有人了！""什么？！"孟清翟火冒三丈。"他被外派到重庆办事处去了,昨天晚上回来他主动跟我说,说要跟我离婚,财产他一样都不要,可就要跟我离婚……孟姐姐,你说我该怎么办啊?我不想离婚……""他现在人在哪儿?""在家吧,你不要去找他……""你别管!肖剑,你出来!"孟清翟穿上外套,"你帮我照顾一下甜甜,我出去一趟。""这么晚了你到哪儿去?你一个人出去我也不放心啊。"肖剑对孟清翟的行为很不赞同。"你少管,看好甜甜就行了!"孟清翟不容肖剑质疑,拿上车钥匙就出了门。

"吴川!开门!"孟清翟在走廊上使劲儿砸门,不多时,穿着睡衣,睡眼惺忪的吴川打开了房门。"清翟?你来干什么?!""我还想问你想干什么呢!"孟清翟不请自入,直端端走进客厅,一屁股坐在沙发上。

"你是因为甜甜吧?"吴川有些无奈地说。"你还挺直接啊,你为什么要和甜甜离婚?""我想她大概已经跟你说了吧,我爱上别人了……""好你个吴川,你还真敢说啊。""我没什么不敢说的。"吴川索性坐了下来。"你在外面找小三,回来要跟原配离婚,你还觉得有理了?!"吴川望向孟清翟,半晌,他说:"随你怎么说吧,就算都是我的错吧,把所有脏水都泼给我吧,我真的无所谓,所有的钱我都不要,都留给甜甜,我可以净身出户……"吴川的语气平缓忧伤,孟清翟无法相信这是一个无赖该有的态度。"吴川,你和甜甜在一起那么久了,谈恋爱5年,结婚5年,你不能说散就散了啊……""清翟姐,本来我什么都不想说的,可我跟甜甜在一起是你介绍的,我们婚礼的主持人都是你,清翟姐,我真的是受够了!"孟清翟很少看到一个男人在自己面前痛哭流涕,当吴川从哽咽到放声大哭之后,孟清翟觉得这个男人实在很委屈。

"结婚这么多年,我们的夫妻生活数都数得出来……"吴川的话匣子打开了,吐露出来的故事让孟清翟惊讶,吴川说,从结婚的那一刻开始甜甜就像变了一个人。"原来她也不爱做家务,可要是我招呼一声,还能喊得动她。可结婚之后,她没做过一次家务,所有事情都是我做,如果我出差,脏的碗筷堆在水槽生霉了她都不会管,这些也都算了,每次我想和她那个,她总是找借口找理由推脱,后来单位外派我去重庆分公司,我这一去快三年,她没来看过我一次。每次我回家,十次有九次她都不在……""她干吗去了?"孟清翟忍不住问。"打麻将。"吴川无奈地摇摇头,"昨天我从重庆回来,她又不在,其实我也习惯了,可是她一回来就开始翻我手机、查我邮箱,然后就发现我在重庆认识了一个女孩……清翟姐,我真的过够了这种生活了,我承认,我是出轨了,可是……""别说了。"孟清翟打断了吴川的话,她站起来说:"吴川,老话都说劝和不劝离,可我实在不知道该说什么,但是我希望你想清楚,不管是什么结果,都一定要想清楚再去做,我先走了。"

一路上,孟清翟想了很多,也许,我们认识的彼此都是多面的,有的人在朋友面前是豪爽耿直可爱的,可或许,当她们扭过身面对自己的爱人、家人时,会换上另一副嘴脸,变得面目全非……孟清翟想,这些或许都还谈不上虚伪,因为这虚伪却也是一种最赤裸的真实。

（四）

"那他们俩真的离啦？"张宇婷八卦地问。"我哪儿知道，不过我估计八九不离十吧。"在下午茶聚会上，孟清翟分享了这个关于离婚的故事，这让几个女人都陷入了自己的思考。夏朵朵问："你们说到底是男的错还是女的错？"苏锦棠说："这哪儿是 1+1=2 这么简单啊？我说啊，两个人都有错。""可我觉得男的出轨还是更严重吧。"孟清翟显然更向着自己的表妹，张宇婷却说："可这男的出轨怎么感觉像是被这女的逼的啊？"一时间大家都不说话了。的确，一个巴掌拍不响，一段婚姻何以为继，光靠任何一方努力都于事无补。

一路想着甜甜离婚的故事，扰乱了苏锦棠原本明快的心情。都说女人是有第六感的，苏锦棠在这个狗血的故事中抓取的关键词是——出差。

"回来啦？"一进家门，梁建东就热情地招呼苏锦棠。"我还以为你要先去报社呢。""想你了，就直接回家了。"说完，梁建东抱了抱苏锦棠，"小说写得怎么样了？""就那样呗，估计这个月就能交稿了。""神速啊！"梁建东跷着二郎腿坐在沙发上看报纸，"你们今天又是女人聚会？""啊，甜甜跟吴川可能要离婚了。""就是清翟的表妹？""是啊。""因为什么呀？""据说好像是因为男的有外遇了……"说这话的时候苏锦棠是有些试探的，她也说不清楚为什么。"哦……"梁建东不再言语。

晚饭后，苏锦棠让梁建东去洗澡，自己照例开始洗衣服。此时，她手里拿着梁建东的手机，苏锦棠在做心理斗争，只是很快，情感战胜了理智。苏锦棠悄悄翻查梁建东的手机短信、QQ邮箱、通话记录、微信内容、微博私信……似乎一切都很正常，唯独有个136的陌生号码呼叫和呼入了数次，苏锦棠默默记下这个号码，将手机原封不动地放在鞋柜上。

"锦棠，你是不是有点杯弓蛇影啊？"听完苏锦棠的讲述，孟清翟觉得苏锦棠病得不轻。"你说我要不要打一下那个电话？""你觉得有这个必要么？""可是这个号码呼入呼叫次数都很多，那应该就是熟人，可既然是熟人为什么不存呼叫人信息呢？你不觉得很奇怪么？""我觉得没什么奇怪的啊，每个人习惯不同，而且也可能只是一个项目上的合作者，梁建东觉得没必要存下来，总之，我觉得是你太疑神疑鬼了！""是吗？"苏锦棠半信半疑，她觉得孟清翟的话有道理，可为什么心里却始终有些疑问无法解开呢？

苏锦棠摇了摇头，招呼服务生埋单，"给我发票。""请您到吧台处领取。"苏锦棠让孟清翟先走，自己到吧台去领发票。吧台上有一架仿古电话机，苏锦棠看了半天，突然问："这电话能用么？""可以的。"苏锦棠默默地在电话机上拨出136的号码，她紧紧攥着电话听筒，拨通了，电话那头传来语音等候：上扬传媒做中国最好的传媒市场……苏锦棠果断地挂了电话，她的一颗心平稳了，整个人都高兴起来了。孟清翟说的没错，不过是一个可能和报社有业务合作的单位，苏锦棠笑着摇了摇头，她觉得自己真是作下病了，是什么时候开始对自己、对梁建东、对这段婚姻开始失去信心的呢？苏锦棠深深呼出一口气。

当苏锦棠迈出咖啡馆的大门，正兴高采烈地转向左手边的精品店时，咖啡馆吧台的电话响了起来，"喂，您好，请问找哪位？""刚才是谁给我打电话？""对不起，我们这里是ZOO咖啡厅……""哦，谢谢。"电话里传出的是一个女人的声音，清脆甜美。

（五）

"建东，我今天收到了一个从ZOO咖啡厅打来的电话……"梁建东在办公室，他的眉头皱了皱说："嗯，我知道了，要不你还是考虑换个号码吧。""嗯！"梁建东挂上电话，他盯着办公桌上自己和苏锦棠的合照，玻璃上印出梁建东阴云密布的脸。

苏锦棠今天心情很好，她破天荒头一回去逛了菜市场，"建东，晚上在家吃饭吧，我做了饭。"电话里，苏锦棠的声音轻快，梁建东觉得太阳从西边出来了，这个苏锦棠从结婚至今，虽说做得一手好菜，可下厨的次数是数都数得出来的，今天是怎么了？梁建东想快点回家，他在路边花店买了一束含苞的钻石玫瑰。

餐桌上，鱼头豆腐汤、水晶虾仁、生炒芥兰、水煮牛肉，都是梁建东爱吃的菜，他尝了一口汤，"真鲜！锦棠，你手艺见长啊！"苏锦棠笑了笑，将玫瑰插到绿釉土陶罐里，坐了下来。"建东，我敬你一杯。"说完，苏锦棠端起早就醒好了的葡萄酒，"为什么？""感谢你给我一个家。""锦棠，你这话就严重了，你也给了我一个家啊……""干杯!"苏锦棠一饮而尽,梁建东看着苏锦棠脸颊上慢慢泛起的桃红,他甚至有些动情,有些后悔,他也将杯中酒一饮而尽。

夜深了,苏锦棠还在电脑前写作,她点了一根烟走到阳台,鬼使神差的,她突然又想拨打一次那个电话号码,真的毫无理由,如果真要说个原因,可能是苏锦棠想再一次快乐,而这快乐需要一次又一次的笃定。于是,苏锦棠拿起家里的座机拨通了这个号码,"您所呼叫的号码是空号……"怎么可能?苏锦棠又拨打了一次,结果依然是"您所呼叫的号码是空号……"她呆呆地挂断电话,蜷在沙发的一个角落,苏锦棠一瞬间就丢失了快乐,那电话号码瞬息的变化让苏锦棠心中疑云密布,她一点都不怀疑自己打错了电话,苏锦棠始终都相信自己的第六感,她觉得梁建东一定有事瞒着自己。

"清翟,你有没有听说过一个叫上扬文化传媒的公司啊?"电话里苏锦棠的声音和平时并无两样。孟清翟说:"没听说过,怎么了?""哦,我有个朋友让我帮忙打听一下,可能是想到那儿上班吧。""那我帮你打听一下呗,是本市的么?""不是,是西安的。""西安?那么大老远的啊?锦棠,你是不是有事瞒着我啊?""别瞎猜了,真是朋友帮忙,你快帮我打听着吧,挂了啊。"苏锦棠挂断电话,她有些失魂落魄。

下午,孟清翟打来电话。"我托西安的朋友打听了一下,是有这么一个文化传媒公司,规模不大,也就是这一两年办起来的,不过势头倒还不错,你哪个朋友想找工作啊?到我们公司来不就完了吗?""嗨,也不是一个特别熟的朋友,何必弄到你那儿去给你添麻烦呢……清翟，你有那个公司的电话么？""电话？没有，朋友给了我一个网址，你要看什么消息到公司网站上看吧，哎，锦棠，我怎么觉得你有问题呢？""有什么问题啊？真是疑神疑鬼的，你把网址发给我，我有事儿先挂了啊。""哎……"没等孟清翟说完，苏锦棠那边早已挂了电话，孟清翟心里疑窦丛生，凭她对苏锦棠的了解，这个女人一定有事儿！索性，孟清翟也打开了上扬公司的网站，"肖剑！你过来一下。你看看这个网站有什么问题。"孟清翟实在看不出这家文化传媒公司有什么猫腻。"从网站内容上看很正常嘛，怎么了？"肖剑一头雾水地问。"没什么？你真看不出什么奇怪？""看不出来了！真是的，有什么话就直说好不好，整得跟地下工作者搞情报一样。"说完，肖剑悻悻地走回自己的办公室。

与此同时，苏锦棠也点开了上扬文化传媒公司的网站，她像一只机敏的猎犬细细寻觅着蛛丝马迹，可光从页面上，还真找不出什么异样。苏锦棠当然不会就此善罢甘休，她点开公司团队建设那一栏，页面上出现了很多照片，当然大部分照片都是领导讲话、外出考察的内容，可苏锦棠在潜意识里感觉，秘密或许就在这些照片之中。

（六）

夜里9:00，梁建东陪完从浙江来考察学习的同行，醉醺醺地回到家。一路上，他有些忐忑，今天下午在接到接待任务后，他给苏锦棠打了一个电话,电话里苏锦棠的声音怪怪的,有点有气无力,也有点心不在焉,换作平时,苏锦棠一定会叮嘱梁建东少喝酒,最好别喝酒。可今天,她什么都没说,懒懒地挂断了电话。"我回来啦……"一进门,梁建东就主动打了声招呼,可静静的房间里没人回应,梁建东放下公文包,诧异地环顾四周,家里的灯都亮着,却不见苏锦棠的人影,"您所拨打的电话已关机……"梁建东觉得奇怪,苏锦棠向来是不会关机的,可今天是怎么了?梁建东心里突然就涌起了一股不太好的预感。

梁建东坐在沙发上想了想,还是决定给孟清翟打个电话。"清翟,锦棠和你在一起么?""没有啊?怎么啦?!""她不在家,手机也关机了……""是不是去逛街去了,手机没电啦?""可能吧,清翟,她没找过你吧?""啊?找是找过,可都是别的事情啦。""什么事?""就是找我打听一家公司,貌似她有个朋友想去那里上班。""什么公司?""叫上扬文化传媒,在西安的一家公司,我问她是哪个朋友,她只说是不太熟的,怎么啦?那个公司有问题啊?""哦,这个我不太清楚,没听说过,那谢谢你哦,清翟,如果她打电话给你,请你务必转告我,再见。"孟清翟拿着电话,皱着眉头,她相信苏锦棠和梁建东一定有事儿,不由自主的,她拨打了一次苏锦棠的手机。"您所拨打的用户已关机……"还是那句不阴不阳的回复,苏锦棠究竟去哪儿了呢?

西安的夜晚虽算不得灯火通明,却也有着自己别样的情致。走在街头巷尾,拉面、拨鱼儿、羊肉泡馍的浓重气味毫无顾忌地往人的鼻子里钻,苏锦棠一整天没吃东西了,但她一点都不饿,站在一家小卖部门口，苏锦棠买了一支玻璃瓶装的冰冻冰峰，对着瓶嘴一饮而尽，悄悄打一个嗝，胃因为冰凉的刺激而猛烈收缩，这让苏锦棠感觉有点恶心。她狠狠咽了咽口水，压住那一股反胃，可胃里的酸水因为冰峰的刺激显得更为凶猛，苏锦棠实在忍不住了，在街角一棵梧桐树下呕吐，她掏出纸巾擦拭嘴角，路过的人时不时地侧目，或许他们会想，这是一个怎样的女人，在深夜的街头呕吐，她是喝醉了还是怀孕了？是高兴还是悲伤？又或许，他们什么都不会想，在深夜的街头，一个陌生的女人，抱着一颗梧桐树呕吐，她并不年轻了，苍白的面容也缺失了一丝美好，就连她穿的米色麻布对襟布衫，和那条碎花绵绸半身裙，也在夜色下显得晦暗，难以引人遐想……买了一个白面馍馍，苏锦棠小口地咬着，她希望面粉里的碱能在自己多酸的胃里发生中和反应，虽然她一点都不饿。

手里拿着啃了一半的白面馍馍，苏锦棠漫无目的地走在西安的街头，她忘记了这是第几次自己离家出走，应该为数不多，只是她懒得回忆，每一次的回忆就如同撕开已经结痂的伤口，势必鲜血淋漓骨肉模糊。当她决定前往西安时，她事先从自动取款机里取出了一些现金，这可以避免梁建东通过刷卡记录找到自己，同时，从飞机上下来，苏锦棠就决意不再打开手机，管他是人间蒸发也好，彻底失联也罢，苏锦棠只想等一切水落石出。

"建东，锦棠还没有消息么？"半夜，孟清翟实在忍不住，还是拨通了苏锦棠家里的电话。"没有……""要不要报警啊？！"孟清翟急了，她的脑袋里闪现出诸如变态杀手、绑架勒索的恐怖片桥段。"我会处理的，先挂了。"电话里的梁建东异常冷静，这让孟清翟觉得有些不能接受。"哎，你说梁建东怎么能这么冷静啊？！"挂上电话后，孟清翟没好气地问肖剑。"这是男人和女人的不同呗。""不对，我问你啊，如果我失踪了，你会怎么样？""找呗！""对啊，可梁建东为什么不找呢？""你怎么知道人家没去找？""因为他一直在家！我刚才打的是锦棠家里的座机！还有，他最后说他会处理的，你不觉得这句话很奇怪么？""这有什么奇怪的？""怎么不奇怪？一般人都会说我再继续找找，或者我会想办法的，可他却说的是我会处理的，哎，你想想，什么情况下才会说处理？""杀人之后？！"肖剑开玩笑地说。"去你的！不过，你说对了一小半。""说对了什么？""梁建东一定知道苏锦棠去了哪里！""你怎么知道？！""因为只有知道了真相之后才会去善后啊……""哇塞，老婆，你可以去当福尔摩斯啦！""去去去，谁是你老婆！"孟清翟笑骂着将肖剑推开，显然，她知道肖剑是再一次提醒自己结婚的事情，可明显不是时候，孟清翟一颗心全挂在苏锦棠的身上，她料想苏锦棠没出意外，可锦棠究竟去哪儿了，去干什么了，究竟发生了什么天大的事情？孟清翟始终想不明白。

（七）

一夜无眠，苏锦棠在宾馆房间里一直坐到天亮，期间，她抽了整整三包烟，啃完了那半个白面馍馍，喝了四杯水。很多人一定猜想，苏锦棠的这一夜是何等难熬，兴许她是以泪洗面，就着咸涩的泪水勉强吃完了白馍,可事实上,这一夜的苏锦棠很平静,她甚至都没想过自己那些糟心事儿,她像一个背着家长出门远足的大孩子,在廉价的小旅社安营扎寨,哪怕是吃着最便宜的食物,也觉得别有滋味。哪怕只是望向窗外,看着这个陌生城市在夜幕笼罩下不断变换的色彩,也觉得有趣;哪怕只是趴在阳台围栏上抽完一根烟,也让苏锦棠觉得满足。当东方出现鱼肚白时,苏锦棠笑了笑,现实迟早是要来到的。

上扬文化传媒公司是在一栋甲级写字楼的17层,走进写字楼大厅,苏锦棠在前台进行了登记,拿着访客卡进入电梯间。上班的人很多,电梯里挤满了人,苏锦棠站在靠里的位置,她显得很特别,一件宝蓝色桑蚕丝刺绣布褂,一条橘色丝绸哈伦裤,一双宝蓝色细高跟红底鞋,脖子上戴着三四条粗细长短不同的珠串,分别是南红、蜜蜡、象牙、紫檀,颜色缤纷却一点都不张扬,这样的着装是与平日里的上班族大不一样的,苏锦棠感觉到了周遭的瞩目。她喜欢这样的凝视,她知道,那些眼神里是羡慕是欣赏是嫉妒,想到这里,苏锦棠低下头,忍不住抿着正红色的嘴唇微微一笑。

"你好,请问找哪位?"到了上扬公司,苏锦棠往前台服务小姐面前一站,她便看到了那个年轻女孩眼中的惊愕,"我找卓小雅。"

在写字楼一层的咖啡厅,穿着黑色职业装,戴着工牌的卓小雅坐在苏锦棠对面。"诧异吗?"苏锦棠率先说话。"不。"卓小雅笑着摇了摇头。"那怕吗?"苏锦棠接着说。"不怕。"卓小雅始终平静。"为什么不怕?""因为迟早有这么一天,既然知道迟早要来，怕也没用。""你还记得你来西安之前是怎么跟我承诺的么？""记得。""我觉得你忘了。"苏锦棠笑着喝了一口咖啡，她的脑子里闪现过自己将咖啡泼到卓小雅脸上的一幕，她想象着卓小雅满面咖啡的狼狈，可这样的画面并没能让苏锦棠感觉快慰，于是，她打消了这样的念头。

"锦棠姐，有什么话你就直说吧。""亏你还能叫我一声姐姐……好，你老实告诉我，你们在一起多久了？"抛开那些斗嘴的这一场对话始终是要逼近最不想面对的真相内核。"从你流产之后……"卓小雅的回答是苏锦棠始料不及的，她以为这段死灰复燃的恋情不过数周时间，最多也不会超过两月，可她万万没想到，他们竟然已经开始了近半年，而且是在自己小产之后……

苏锦棠的手不由自主地捏紧，她有挥拳过去的冲动。"你对得起我吗？"半晌，苏锦棠说出了这么一句话，恨恨的，却也满是委屈的。"锦棠姐……"苏锦棠举起手制止卓小雅，"别叫我姐……"卓小雅深深吸了一口气说："他来找我的时候状态很糟……"在卓小雅的描述里，半年前的梁建东痛失爱子，他到西安出差偶然接触到卓小雅所在的公司，自然地，两人再度相遇。"我并没有想过要和建东重新在一起，我只是作为朋友安慰他……""作为朋友？安慰？是直接安慰到床上了吗？"苏锦棠依然笑着，可这笑冷得让人发抖。"不是你想的那样。""何必解释呢？你们难道没有上床？！"苏锦棠忍无可忍了，她讨厌此刻惺惺作态的卓小雅。"上了。"卓小雅犹豫片刻后坦然回答。"不，要，脸！"苏锦棠紧紧地咬着牙。"你难道就一点错都没有么？"卓小雅的脸红一阵白一阵，她身体前倾，双手扶着咖啡桌，以此控制住身体的轻微颤抖。"我有什么错？错在放了你这只中山狼？""你是故意流产的！"卓小雅低声吼了出来，这一声震傻了苏锦棠，她错愕地瞪大眼睛，直直地盯着卓小雅，"你说什么？！""你听见了，别再问我！"卓小雅压着嗓门说话，却字字有力，苏锦棠的身体整个松软了下来，她倒向椅背，像一架被剪断了身子的木偶，"谁说的？"苏锦棠问。卓小雅看着苏锦棠，默默地说："原来是真的……你，你太残忍了……"苏锦棠猛地从沙发上坐起来，她用力地拉着卓小雅的一只手说："不是那样的！"卓小雅将左手从苏锦棠手中拽出来，她摇了摇头说："不用向我解释，真的，我不需要知道……"说完，卓小雅站起身，扭头离开。在电梯里，卓小雅对着镜子整理了一下衣服和头发，她回想起数月前梁建东在酒吧喝的酩酊大醉后，哭着对自己说的话：是她节食减肥，才害死了我的孩子……我恨她……这辈子，我永远都不会原谅她……

拾柒

女人三十豆腐渣

（一）

　　如果有什么事情能被冠以风驰电掣这个形容词的话，苏锦棠和梁建东的离婚事件就是其中之一。从西安回来，苏锦棠率先联系了杨律师，拟订了一份公平合理的离婚协议，随后杨律师约见了梁建东，梁建东在看完离婚协议之后，痛快地签了字。这期间，苏锦棠和梁建东始终未曾见面，直到手续齐备之后，两人在民政局门口才首次碰头。

　　"他什么都没说？"孟清翟最近时常往苏锦棠家里跑，她坐在沙发上盯着苏锦棠问。"办完手续，他说让我好好照顾自己……"苏锦棠觉得奇怪，自己对去民政局那天的记忆有些模糊，很多细节她都不太记得了，却清楚地记得梁建东在最后拥抱了自己一下，并语重心长地说了那样一句看似情深义重，却实在不痛不痒的话。"好了好了，别想了，离了就离了呗。"孟清翟害怕看到苏锦棠恍惚出神的样子,这比痛哭流涕的苏锦棠更可怕。"没事儿,就算是回忆,也不觉得难过,真的。"苏锦棠虽是在回答孟清翟,却更像是自说自话。

　　对于苏锦棠的离婚,几个朋友都心照不宣地三缄其口,只是会频繁地来探望。张宇婷抱着孩子给苏锦棠带来煲好的乌鸡汤,"你多少还是喝一点好不好?我天远地远给你送过来一趟也不容易,快点!"说着,张宇婷便跑到厨房去拿碗筷,给苏锦棠盛出一碗热汤。"你也陪着我喝点吧。"苏锦棠说。"行!"张宇婷不客气地给自己也盛了一碗。"锦棠,你打算什么时候上班啊?"自从离婚之后,苏锦棠已经快一个月不曾在单位露面了。"我不想上班了……""别啊,你这儿刚离婚,又打算辞职,你从哪儿赚钱啊?"张宇婷心直口快,可话一出口便感觉有些过了,立即住了嘴。"不知道,我还有点积蓄,而且,小龙虾店不是还有股份么?呵呵……"苏锦棠笑着说。"别嬉皮笑脸的。"张宇婷怜惜地说,声音都忍不住哽咽起来,她觉得苏锦棠真是不容易。张宇婷说:"锦棠,反正不管你做什么决定我都支持你,有什么需要我帮忙的,你尽管开口,我有钱出钱有力出力!"说完,张宇婷自己倒先哭了起来。"哭什么?我这不是好好的么?又没死!""快点呸呸呸!"张宇婷吓了一跳,她定定地看着苏锦棠,试图从她平静的脸上看出一些暗流涌动。"锦棠,你可不能想不开啊……"张宇婷说。"说什么呢?越说越离谱了,不就是离个婚么?我还不至于啊,行啦行啦,你快带毛毛回家吧!"苏锦棠笑着将张宇婷往门口推。"那我明天再来看你啊!"张宇婷边走边说。

　　送走了张宇婷,苏锦棠将张宇婷喝得干干净净的汤碗放进水槽，顺手将自己那碗纹丝未动的汤倒进锅里，点燃火要将汤熬开，这还是梁建东教苏锦棠的。原来，梁建东总是爱给苏锦棠熬汤，他说：记得每次都先把汤熬开了再保存，不然容易坏。苏锦棠的心里突然就像被扎了一下，她打开水龙头，冰冷的水冲刷着手臂，这让她稍微冷静了一些，苏锦棠大口地深呼吸，突然门铃响了。

夏朵朵提着果篮和鲜花来探望。"天哪，我家里已经堆不下了。"苏锦棠笑着接过果篮，"这花儿真好看，叫什么名字？"将夏朵朵送来的鲜花插进花瓶时，苏锦棠仔细地看着那一丛丛嫩绿枝叶间冒出的蓝紫色小花朵问。夏朵朵回答道："老板说叫傲梅，能插好长时间呢。""好别致的名字，谢谢你啊！朵朵。"苏锦棠抱着花瓶放到茶几上。"锦棠，你最近怎么样？""你们天天都来看我，还问我最近怎么样？"苏锦棠还是那样机敏，这倒反而让夏朵朵无法接话。"你和穆文怎么样了？"为了打破尴尬，苏锦棠挑起话头。"还不是老样子，平日里好是好，可他始终不提结婚的话……"夏朵朵皱着眉头说。"要不要我帮你问问？""啊？好吗？会不会太麻烦你？""我们之间还需要说这样客气的话？""可……你都遇到这么大的事儿了，还要帮我操心……"夏朵朵实在觉得过意不去。"你不是也在为我操心么？又是送水果又是送鲜花的！"苏锦棠坐到夏朵朵身边，轻轻搂了搂她的肩膀，说："朋友之间不就是应该互相支持么？""嗯，锦棠，你要快点好起来，争取尽快开启第二春！"夏朵朵很认真地说。"什么第二春啊？你不知道啊？三十岁离过婚的女人就是豆腐渣啦。"苏锦棠自我调侃，可此话一出，却是连自己都吓了一跳，迈过三十，离过婚，这女人当真就不再值钱了么？哪怕你有好的品位，好的情致，终究是敌不过一句豆腐渣么？苏锦棠真的有些怕了。

（二）

要想从一段感情中彻底解放出来，最好的方式是重新开始一段新感情。苏锦棠对这句话深信不疑，在她结婚前的岁月中，似乎从未有过感情的空窗期，苏锦棠的身边向来不乏追求者，她一次次分手一次次恋爱，从未感受过痛彻心扉，更从未体味过求而不得。如今，苏锦棠阔别了一段十多年的婚姻，重新恢复单身，她比任何时候都更渴望爱情，她相信只有新的爱情能将她从深夜不寐中彻底解救出来。

重出江湖的苏锦棠告诉各位好友，可以给自己介绍男朋友了，从那一刻开始，大家便摩拳擦掌，恨不得将身边所有钻石王老五悉数奉上。

"你跟对方说清楚我的情况没有啊？"在咖啡厅，孟清翟正兴高采烈地告诉苏锦棠最新战况，"哎哟，我才刚拿出你的照片，他就控制不住地提出见面咧。""哪有那么夸张，他都不问我的基本情况？""我问他咧，要不要了解苏锦棠小姐的资本资料啊，人家说咧，什么都可以接受，简直就是一个花痴哦！""我怎么觉得那么不靠谱啊？""怎么不靠谱啦？38岁，未婚，在滨江路有独栋别墅，典型的钻石王老五吗！""那人家条件那么好，怎么能看上我？他是不是谢顶大肚腩啊？！""我呸呸呸！苏锦棠你有点口德好不啦？人我是我见过的，身材嘛还不错耶，人家是天天要去健身的好不啦？""那，我就去见见？""当然要见的啦！你快点回去打扮打扮！""我就穿这身不行么？"孟清翟看了看眼前的苏锦棠，清汤挂面的耶稣头，廓形浅色牛仔衬衣，卷边细条纹短裤，外搭一双白色帆布鞋后，使劲摇了摇头，"太素净咧！快点回去给老娘浓墨重彩起来！"说完，孟清翟招呼服务生埋单，几乎是押着苏锦棠回了家。

　　晚上7:00，精心打扮之后的苏锦棠出现在假日酒店的大堂，她不慌不忙地在酒店洗手间里补妆，镜子中的自己，穿了一条藕荷色中袖一字领连身裙，露出了她凛冽的锁骨，颈间仅配一条小颗钻石的项链，不张扬却也不寒酸，裙子到位的裁剪衬出她极好的腰身，一双裸色细高跟红底鞋，更是让她显得高挑修长。苏锦棠笑着摇了摇头，她觉得自己有点用力过猛了，什么时候开始竟然要为了取悦男人而这般修饰自己。看了看表，离约定的7:00已经过了10分钟，这是她故意的，为了避免独自等待的尴尬，现在，苏锦棠轻轻吐出一口气，准备"迎战"。

　　靠窗的位置，已经有一位男士在等待了，苏锦棠一眼认出那便是今夜的男主角——刘山河。"不好意思，我来晚了。"苏锦棠落落大方地出现在桌边，这让刘山河眼前一亮，"没事儿没事儿，快坐。"刘山河有些紧张，他起身给苏锦棠拉开椅子时，碰得桌上的刀叉乒乓作响，他连忙说："不好意思啊。"苏锦棠笑着摇摇头，心中瞬间笃定安稳了，她知道，这个男人不是她的对手，而今夜，她苏锦棠自然是要高高在上的。

"苏小姐是从事什么工作的？"菜陆续上桌，刘山河主动挑起话头。"我在杂志社工作。""哦，做记者？""主编。"说完，苏锦棠略抬起杏眼瞟了刘山河一眼，果然，这个男人脸上写满了惊讶、佩服、欣赏和满足。"那，刘先生是做什么工作的呢？"轻轻品一口鹅肝酱，苏锦棠问。"我做生意，房地产生意。"明明是大买卖，在苏锦棠面前，刘山河却怎么都找不到自信，苏锦棠平静地说："哦，那是大生意。"刘山河却谦虚地说："比不得你们有文化。"苏锦棠又笑了笑，她感觉有些喜欢这个男人了。"苏小姐条件这么好，怎么会没有男朋友？"刘山河终于还是问出了自己心中的疑惑，苏锦棠停住了刀叉，抬起头看着刘山河，"我刚刚离婚。"这个男人脸上藏不住任何心事，苏锦棠透过刘山河迅速变冷的失望表情，已经预感到这将是一场不欢而散的宴席。她抿嘴笑了笑说："谢谢你的晚餐，我还有点事儿，就先告辞了。"说完，不等刘山河做出回应，苏锦棠便起身离开了。高跟鞋踩在木地板上发出清脆的声音，苏锦棠挺直脊背，尽量让自己的背影看起来无懈可击，她知道那个男人定不会起身来追，他要的是一个毫无婚史的简单女子，而苏锦棠已经被拒之门外了。

（三）

自从经历了那一次的尴尬，苏锦棠要求女友们必须率先将自己的个人情况全数告知对方，否则一律免谈。苏锦棠以为这仅仅只是一个形式的变化，没想到，来应战者的数量却急速下滑。"怎么样，被我说中了吧，离过婚的人就是豆腐渣咯。"在大学路上一家新开的酒吧里，苏锦棠显然喝得有点过量。"那是这些臭男人不懂欣赏！"孟清翟将那杯长岛冰茶从苏锦棠手中夺下。"错！这些男人都是聪明人，也是有钱人，他们干吗要找一个离过婚的老女人呢？有大把年轻貌美的小姑娘等着他们去征服啊……"苏锦棠歪歪倒倒地趴在吧台上说。夏朵朵拉了拉孟清翟的胳膊说："清翟，我们还是把锦棠送回家吧。"

苏锦棠不记得自己是怎么回的家，她睁开眼睛时已经是凌晨3:30了，餐桌上是一壶新泡的甘菊茶，苏锦棠料想是朋友帮忙冲泡的，她起身咕咚咕咚喝了两大杯，这才觉得脑子清醒了一些。苏锦棠点了一支烟，趴在阳台上吹风，此时，她很想说话，随便说点什么都好，可身边却空无一人，她反复翻看着手机里的通讯录，没人可以在凌晨3:30陪自己聊聊天，原来还有一个林穆文。而今，这个男人也有了需要自己陪伴的女人，苏锦棠想到这里，突然觉得自己无比的委屈，她缩在阳台角落的蒲团上哽咽了起来，烟灰落了一身，又被风吹得七零八落，苏锦棠觉得自己像是被这个城市抛弃的一只甲虫，在一个不为人知的角落独自腐烂……

次日中午，苏锦棠还在家里蒙头大睡，张宇婷打来电话，"你不会还在睡觉吧？""昨天喝多了，怎么了，有事儿？"苏锦棠的声音很不新鲜。"晚上有个单身联谊会啊，你得来。""不去不去，我还没从前两天的相亲伤痛中恢复过来呢……"苏锦棠皱着眉头拒绝。"少来啦，这次比上次靠谱多了！是李航他们公司组织的联席会，要求我们都要带单身朋友出席，还得登记单身朋友的详细资料,我可是按照你的指示,把你的真实资料都如实填写了啊,不会再出现乌龙事件啦,你放心吧!""哎呀,我不想去……""必须来!一会李航来接你啊!"不等苏锦棠继续拒绝,张宇婷已经果断挂了电话。

苏锦棠磨磨蹭蹭地从床上爬起来,冲了个澡,她无心为了今夜的单身联谊会精心梳妆,可为了不驳朋友的面子,苏锦棠勉强化了一个淡妆,随手在衣橱里找了一件墨绿色绵绸连衣裙套在身上便出了门。一上车,李航便忍不住皱了皱眉头,他看着身旁的苏锦棠,心里有些不高兴,这个苏锦棠也真是的,就这么不修边幅地去参加自己公司的联谊会,摆明了是不在乎不重视嘛。想到这里,李航也就懒得和苏锦棠说话,这让苏锦棠觉得奇怪,还以为是李航和张宇婷吵了架心情不好呢。

"你们家李航怎么了?"一下车,苏锦棠连忙问张宇婷。"没怎么啊?"张宇婷被问得莫名其妙,不过当她看见苏锦棠这漫不经心的一身装扮时,张宇婷心里已经有了答案,她也有些不悦,但既来之则安之。张宇婷心想,如果你苏锦棠自己都不着急,那我何必上赶着替你着急呢?

联谊会很无聊,苏锦棠无聊地端着一杯香槟和一叠小点心坐在沙发区发呆,会场上出挑的男人实在太少,这些混IT圈的男人大多早早地谢顶,戴着深度眼镜,腆着大大的肚子,穿着比实际年龄老出很多的衣衫,这让苏锦棠觉得悲哀。她细细打量会场上为数不多的女宾,大多是和自己一样三十上下的,眼角眉梢多少透露着失望和无奈,她们三三两两站在会场的各个角落,按捺着脾气和身边这些男人对话、搭讪,看到这里,苏锦棠放下酒杯和餐盘，连招呼都不打就径直离开会场回了家，她觉得自己受到了不小的侮辱。

因为这场滑稽的联谊会，苏锦棠和张宇婷之间生出了芥蒂，而说媒相亲的活动也便冷了下来，不论是张宇婷还是孟清翟，亦或夏朵朵，她们心中都明白，苏锦棠正处于一个高不成低不就的尴尬阶段，可谁也无法明说。

（四）

最近，苏锦棠很少和朋友聚会，她以写小说为由，婉拒了很多次下午茶的邀约，她害怕和朋友见面，害怕一而再再而三说起自己失败的相亲，害怕不断地计划那未可知的见面，这一切都在颠覆着苏锦棠的自信心。

一日，苏锦棠正快马加鞭地写着小说，吴川打来了一通电话。"锦棠姐，忙不？""还行，你怎么想起给我打电话了？"苏锦棠觉得奇怪。"有个项目想和你合作。"吴川告诉苏锦棠，自己正在做一个关于生态旅游的项目，希望苏锦堂加盟并负责品牌策划和市场营销这一块。"锦棠姐，我现在着急要组织一个专家团去当地考察，如果你有兴趣的话，我就把你的资料报给甲方。""嗯，那行吧。"苏锦棠想了想，爽快地答应了。

一周后，以苏锦棠在内的4人专家团来到了西藏林芝县。虽然是夏天，可林芝依然有些凉，苏锦堂紧了紧外套，坐进了客户派来的白色雷克萨斯越野车里。一路上，苏锦棠对同行的几个

拾柒 女人三十豆腐渣

人有了进一步了解，这个4人专家团，三男一女，除了带队的吴川，另外两人可是老资格的专家，二人都就职于林业局，江平是高原畜牧养殖博士，周宣是生态旅游规划博士，二人年龄都略长于苏锦棠，自然也就对她照顾有加。

专家团队下榻于林芝县最好的一家旅社，住宿条件一般，幸而房间还算干净宽敞。放下行李，大家在吴川的房间开碰头会，苏锦棠一路疲惫，有些高原反应，头疼得厉害。"我这儿有红景天和芬必得，你要不要吃一点？"看着苏锦棠一个劲按太阳穴，周宣从包里掏出药盒递给她，苏锦棠接过药，正想用可乐下药，却被周宣喝住了，"哎，不行！你等等，我给你烧点开水。"说完，周宣拿下苏锦棠手中的可乐瓶，二话不说便去烧水。碰头会开了大约半个小时，服下药的苏锦棠眼皮开始打架，大家体贴地快速结束了会议，苏锦棠没顾得洗澡便回房倒头睡下了。

这一觉苏锦棠睡得很沉很香，清晨7:00，没等闹钟响，苏锦棠便睁开眼睛，阳光已经从窗户缝隙探进了头。苏锦棠觉得精神好多了，头也不疼了，冲了一个热水澡，对着镜子细细上妆。

刚刚收拾完，门铃响了起来，透过门镜，苏锦棠看到了门外的周宣。"一起去吃早餐吧。"周宣笑着对她说。苏锦棠点点头，顺手从行李箱里拿出一条围巾，缠在脖子上便和周宣下楼吃饭。电梯里，周宣细细地看着身旁的这个女人，牛仔衬衣外套着一件松松垮垮的棒针毛衣，做旧的牛仔裤随意地卷着裤边，一双咖啡色马丁靴显得帅气硬朗，而蓝色扎染围巾却又有着那么一丝柔软，苏锦棠脸上若有若无的妆容很自然，杏红色的腮红透着一股子好气色，周宣觉得这个女人很好看，这好看中又有着那么一点神秘和有趣。苏锦棠当然知道身旁的男人在看自己，这个男人长相一般、身材一般，就算落在人堆里，都很难将其准确找出来，可就是这样一个男人，身上却散发着一种少见的亲切，这让苏锦棠觉得温暖和舒服。所以，她下意识挺直了腰背，抬了抬下巴，让自己看起来更有活力。

历时7天的考察很快接近了尾声，在返程的飞机上周宣坐在苏锦棠的身边。两人有一搭无一搭的说话，期间，周宣体贴地帮苏锦棠要了咖啡和咖喱饭，苏锦棠笑着接纳这个男人为自己的服务，那曾经丢失的自信似乎又慢慢聚拢到一起。"一会你先生会来接你么？"周宣很自然地问，没有一点窥探的意思。"我离婚了。"苏锦棠回答。"哦，是这样。"半晌，周宣说："那……我送你吧。"苏锦棠抬眼看了看他，不置可否。

（五）

西藏林芝的项目没谈成，可苏锦棠一点都不在意，因为她收获了一个周宣。其实，对于周宣，苏锦棠远没有把握说已是囊中之物，他们之间的交往更像是朋友之外，恋人之下的第三类感情，或许正因为如此，苏锦棠总是不愿主动问及周宣的个人情况，她觉得那样显得自己太过主动，反而会失了现在的先机。

一日，周宣又约苏锦棠吃饭，二人约在一家新开张的火锅店见面。吃火锅不是苏锦棠的爱好，那喧闹的场所缺少罗曼蒂克的因子，那火爆油腻的吃食难以让人保有优雅的姿态，可周宣总喜欢选择这样大众的餐厅，这让苏锦棠略感不适，可因为两人并未明确关系，故而，苏锦棠也只能忍耐。饭桌上，周宣点了一瓶冰镇啤酒，给苏锦棠也倒了一杯，二人谈论的话题也是各自单位的趣事和行业的动态，苏锦棠有些迟疑，这样的场景，这样的对话，实在不像是暗生情愫的男女该有的，可若说没有情愫，却为何屡屡见面呢？想着想着，苏锦棠开始走神，她心里有些烦躁，心想，这样的不清不楚究竟要到什么时候才能大白天下？"锦棠？想什么呢？"周宣碰了碰发呆的苏锦棠。"哦，没事儿，晚上我请你喝咖啡吧。"苏锦棠几乎是脱口而出。周宣笑着说："大晚上喝咖啡？不怕睡不着觉？""那算了。"苏锦棠有些不快更有些尴尬，一个女人对一个男人发出这样的邀请，明眼人都该知道醉翁之意不在酒，这个周宣是真糊涂还是装糊涂？"生气了？"周宣问。"我生什么气？"苏锦棠顶了一句。"呵呵。"周宣笑了笑不再说话。

　　这一次见面，让苏锦棠觉得有些憋屈。之后，她故意婉拒了几次周宣的邀约，苏锦棠心想，如若周宣对自己有意就该发起攻势了，如若无意，面对自己的忽冷忽热，他也该自动消失了吧。

　　就这样，周宣沉寂了一周左右的时间，这期间苏锦棠日日过得如坐针毡，最初的几天，苏锦棠像是患上强迫症一般非得把手机捏在手里才能安心，她不相信周宣会不联系自己，她不相信这个男人对自己毫无意思。可随着时间一天天过，周宣始终未曾露面，这让苏锦棠的一颗骄傲的心，重重跌在地面，碎的连渣都捡不起来，她在心里笑话自己：苏锦棠，你也有自作多情的时候啊。

　　这个世界就是这样喜欢和你开玩笑，当你准备放弃一样东西的时候，它往往会出人意料地出现在你的生活里，扰乱你所有的计划。当苏锦棠想把周宣从自己的通讯录里删除时，他却突然出现了。

"锦棠，我在你家楼下。"苏锦棠记得，那是一个下雨的夜晚，她穿着睡衣正在看恐怖片，突然电话响了，吓得她一身冷汗。跑下楼时，她看见站在雨里的周宣，"你怎么不打伞？"苏锦棠吓得只能说出这样一句有失风雅的话。"我想你。"周宣答非所问。他用力地将苏锦棠娇小的身体拥入怀中，苏锦棠的伞跌在了地上，她来不及去捡，就这样被周宣紧紧地抱着，她抬起头静静地看着这个男人平淡无奇的脸，心里却涌起一种踏实的满足感，周宣低下头，狠狠吻上苏锦棠的嘴唇，混着雨水的滋味，苏锦棠迷醉在这突如其来的爱情之中。

那一夜，周宣住在了苏锦棠的家里。

躺在床上，看着沉睡的周宣，苏锦棠觉得这一切像是电影一般不真实，这间房，自从梁建东离开之后，还是第一次有男人进来，空气中似乎都多了一股雄性荷尔蒙的气息，这味道甜甜的，苏锦堂怎么闻都闻不够。

（六）

重新回归到姐妹淘聚会上的苏锦棠，整个人重新散发出自信的魅力和活力。这让朋友们感觉诧异，而她，则刻意向朋友隐瞒了新恋情，她想再等等，等到瓜熟蒂落，八字有了一撇再向好友

拾柒　女人三十豆腐渣

们宣布。苏锦棠觉得，自尊来之不易，她不能冒任何风险。

"晚上一起吃晚饭哦。"下午茶聚会即将结束时，夏朵朵向在座的姐妹们发出了邀请，"我知道有一家新开的川菜馆，环境一级棒，我定了位置了哈，都得去！"张宇婷说："知道你们家林医生出差，你没人陪！不然你才不会那么大方呢。"夏朵朵不服气地说："说的我好像平日很抠门一样。""那我让肖剑晚上不等我吃饭了哦。"孟清翟说着就给肖剑打电话。"那个，我晚上去不了。"苏锦棠突然发话，大家都抬起头怔怔地望着她，张宇婷脱口而出："你有什么事情啊？""不行啊，必须去！"夏朵朵也不依不饶。孟清翟索性挂了电话，说："哎，锦棠，你最近是不是有什么情况啊？"苏锦棠忙说："我晚上真的有事，出版社的编辑过来了，我们要讨论出版的事情……""真的？"孟清翟有些不信。"哎哟，我骗你们干什么，这是早就约好的，谁让朵朵突然提议啊。"夏朵朵耸耸肩膀说："那好吧，事业为重，下次我提前邀请大家咯！"苏锦棠笑着作势要亲亲夏朵朵的脸，并说："谢谢亲爱的善解人意，下次我请客啊，我先走咯！"说完拎着包便跑了，留下一个被强吻的夏朵朵，"哎哟，好吓人，这个苏锦棠转性了！"

不用猜，苏锦棠当然是撒了一个谎，她晚上和周宣约好去吃日本料理。

喝了几杯清酒，苏锦棠觉得有些微醺，她仗着酒劲，用筷子敲了敲周宣的手背，"哎，我们是在谈恋爱吗？"虽然，那一夜周宣冒雨来找苏锦棠时的确说过一句"我想你。"继而二人也酣畅淋漓的爱了一把，可从那以后，二人便再也没说过什么越界的话，一切似乎又回归到最初的第三类情感上。今天，苏锦棠是有心也是无意，她原本没打算在这样的环境下吐露心声，也没打算，就在今日要问个究竟，可酒劲一上来，苏锦棠觉得有点管不住自己的嘴，话就这么赶趟似的吐了出来。

"锦棠，你喝多了。"周宣的这句答非所问，让苏锦棠的酒醒了一半。年过三十的苏锦棠，已然不是二十出头情窦初开的小女孩，她听得出周宣这句话的躲闪和退却。"我没喝多，清醒着呢。"苏锦棠正色道，"我在等你回答呢。"面对苏锦棠的步步相逼，周宣有些无奈，他沉默了半晌，将杯中的清酒一饮而尽。

长这么大，苏锦棠还是第一次用水泼人，她觉得，这个举动远没有电影里看来的那么解气，反而让她觉得尴尬。

就在刚才，在那家苏锦棠常去的寿司店，她将一杯热腾腾的大麦茶泼到了周宣脸上。因为用力过猛，茶水溅到了自己的手臂上，有轻微灼烧的感觉，可她顾不得那么多，放下杯子，苏锦棠以最快的速度逃离了现场，看来以后那间寿司店也是去不得了。想到这里，苏锦棠惊讶于自己知道周宣是个有家室的人之后，还有心情调侃，她坐在自家小区楼下的凉亭里，从包里掏出一根烟，狠狠抽了一口之后，心里反倒静下来。"锦棠，我以为我们只是知己……""知己？你什么意思？""就是，在婚姻之外，也能有一个惺惺相惜的伴侣……""婚姻之外？你把话说清楚！""我已经结婚了……"真的很荒诞，哪怕是一个相貌一般、身材一般的男人，依然可以在感情的世界里无所顾忌地放纵、自私。其实，他们和那些脑残高富帅没有差别，只是他们不高不富不帅……

苏锦棠又一次回想起周宣的那番话，她猛地笑了起来，又突然被烟呛得直咳嗽，她自言自语地说："工科男的思维还真是奇葩啊，这是猴子派来耍我的逗比吗？！"

（七）

如果说苏锦棠曾经是一个细嫩的果子，在经历了离婚、相亲、恋爱这一系列生活的磨难之后，这枚果子也渐渐被磨成了坚硬的果核。她看起来不再那么柔软、甜蜜，那些因为生活留下的沟壑，让她显得坚硬，而正是这样的坚硬，成为了苏锦棠在以后的日子里赖以生存的根基。她渐渐明白，当青春不在，容颜易老，女人不得不面对做豆腐渣的现实。可哪怕是豆腐渣，苏锦棠觉得，自己也要做最与众不同的那一个。

苏锦棠的新书终于出版了。为此，她专程飞到北京和出版社的编辑一起讨论市场推广方案。"苏老师，我们可以先定下来几个做签售的城市。"出版社那个胖乎乎的责任编辑小白说。"我自己的城市肯定是要做的，其他的，我还真没有概念，你建议做哪几个城市呢？"小白说："北京、上海、南京，这三个城市肯定要做，另外，我觉得西安、杭州这两个城市也不错，而且我们出版社和这两个城市的书店关系很好，推广会比较好做。""哦，西安啊……"苏锦棠略有迟疑。"苏老师，您怎么了？""没事儿，那就这么定吧。"

为了表达对朋友的鼎力支持，孟清翟的公司全盘接下了苏锦棠签售会的现场布置。"清翟，其实你不用专门飞到西安来的。"坐在书店贵宾休息室，苏锦棠拉着孟清翟的手说。"你跟我还客气啥？你到西安签售，怎么好身边没有自己人的？"孟清翟果然最了解苏锦棠，这个城市有苏锦棠害怕的人，那个将其彻底打败的卓小雅。

签售会开始了，众多的书迷已经排起了长龙，苏锦棠的心略微安稳了一些。她想，就算卓小雅来现场，自己也是不丢人的，想到这里，苏锦棠自信地笑了笑，热情地和书迷们互动。"锦棠姐，祝贺你！"苏锦棠正准备微笑时，看见了眼前的卓小雅。

"你来干什么？"孟清翟率先冲了过来，她恶狠狠地看着卓小雅。"来祝贺锦棠姐姐啊。"苏锦棠静静地看着卓小雅，她甚至不能从这个年轻女孩脸上看出喜怒哀乐，始终挂在卓小雅脸上的浅笑，让苏锦棠觉得心烦意乱，她曾无数次去猜测、分析，那一抹浅笑背后是何种深意，可苏锦棠看不透。

"清翟，算了。"苏锦棠轻声制止孟清翟，并顺手接过卓小雅递过来的书，苏锦棠在扉页上写道：赠小雅，愿心安。卓小雅看了看，说声谢谢，拿起书正要离开时，却突然扭过头冲着苏锦棠说："锦棠姐姐，忘了告诉你，我怀孕了……"说完，卓小雅翩然离去。"这是多不要脸的一个贱人啊！"孟清翟压低嗓门说，恨不得冲上去给她一记耳光。而此刻，苏锦棠紧紧拉着孟清翟的手，她脸上依然挂着商务的微笑，嘴唇一开一合间吐露的却是："清翟，我好难过……"

夜深了，孟清翟和苏锦棠坐在酒店房间里，出版社贴心地为苏锦棠安排了有阳台的房间。她走到阳台抽烟，顺手扔了一根给孟清翟,"来,陪我抽一根。"孟清翟点燃香烟,在袅袅烟雾中,看见不远处苏锦棠似笑非笑的容颜,孟清翟觉得心里黯然。她听见苏锦棠说:"是不是三十岁的女人注定是拼不过二十岁的?如果时间能够倒流,我是否会这样放手自己的婚姻?如果能够让我重新选一次,我是否还会执拗地选择我更爱的那一个?如果还有一次机会,我是否会拼尽全力保住我的孩子……可是,清翟,这世界上哪有那么多如果呢……"

拾捌

人过三十，有人恨嫁有人逃婚

（一）

women大概都比男人更渴望婚姻。所以，如今的社会，女人结婚的年龄越来越早。当然，不论在何时何地，总有那么一小撮人是不随大流的。她们特立独行，我行我素，将大众审美视为洪水猛兽，将世俗标准视为道德束缚，这样一小撮人，被我们称之为剩女。在剩女还年轻的时候，往往恨嫁的比例较大，因为她们一门心思沉浸在缠绵悱恻的韩剧中，无时无刻不与长腿欧巴和都教授神交恋爱。显然，她们是渴望爱情、渴望婚姻的，只是，命比纸薄，心比天高，明明只长了一张路人甲的脸，却始终做着千颂伊的梦。

然而，当剩女的年龄超过三十，我们会发现一个有趣的现象，想结婚的和不想结婚的比例开始呈现势均力敌的态势。究其原因，我们不难明白，当一个女人已经足够成熟，当她们在经济上足够独立,能够自己买房买车、自己做饭扫地、自己换灯泡、通下水道时,男人变成了可有可无的点缀,有合适的就在一起,没有合适的也绝不将就。哪怕目前是合适的,也未必一定要结婚,一纸婚书实在太过缺乏吸引力了。而夏朵朵和孟清翟就是这样的两位剩女。

"你们说我到底什么时候才能结婚啊!"自从和林穆文正式交往之后,这句话几乎成了夏朵朵每一次和姐妹们见面上的问候语,它等同于:你好、吃了吗?而孟清翟则是恰恰相反。"清翟,你到底什么时候才答应和肖剑结婚啊?!"这句话是姐妹们每次不落、恒久不变的疑问。"你就是饱汉不知饿汉饥!"每当这时,夏朵朵小姐必是那个最先红了眼的人,她恶狠狠地看着孟清翟,那感觉像是要把这个身在福中不知福的恶女挫骨扬灰。

每每这时,孟清翟总是懒洋洋地说:"那你嫁给他得了,反正你们俩都是结婚狂。""谁让他不是我们家林医生呢……"夏朵朵一脸幽怨,她觉得这是老天和她开的一个玩笑。

在一个艳阳高照的下午,四个女人聚在苏锦棠的家享受下午茶时光。刚刚结束了签售之旅的苏锦棠心情很好,她给姐妹们带了各个城市的特产作为伴手礼,大家吃着北京的豌豆黄、芸豆糕,喝着上海带来的猫屎咖啡,就着西安的红枣,以及从昆明托运回来的新鲜热带水果。夏朵朵咬了一口豌豆黄说:"锦棠,你说,为啥林穆文总是不提结婚的事儿?""这我哪儿知道?""你跟他不是老同学么?""老同学归老同学,可这结婚的事儿谁会时不时挂在嘴边上啊。""你帮我问问呗。"不出所料,夏朵朵终于还是说出了口,其实,夏朵朵小姐老早就想让苏锦棠出面帮忙撮合了，但是她心里又有一点犹豫，苏锦棠和林穆文那段不短的过往，是夏朵朵心中始终迈不过去的坎儿。就算如今林穆文在自己身边，一周里也总有个三天都躺在一张床上，可夏朵朵心里不踏实，她隐约觉得在林穆文心中始终未曾淡忘苏锦棠，他只是求而不得罢了。

苏锦棠看了夏朵朵一眼，这个请求不能算意外，可苏锦棠在经历了那么许多情感变故之后，她的心变得懒洋洋的，她不想再去趟感情的这摊浑水。"朵朵，我觉得这种事情最好还是你们当事人自己去谈比较好。"苏锦棠喝了一口咖啡，貌似不经心地说。"我也觉得，结婚是自己的事儿。"张宇婷适时地附和。夏朵朵急了，她说："我要是自己还有辙我肯定自己搞定了啊，可每次我把话题往结婚上绕，他就不说话了，我越着急他越来气，到最后就只能是吵架，再这样下去别说结婚了，估计我们都快分手了！你们就舍得这样眼睁睁看着我成为孤家寡人啊？！""不至于吧？"张宇婷睁大眼睛说。"你们还别说，这还真有可能。"沉默了半天的孟清翟终于开口说话了，"我和肖剑现在就是这样，他动不动就变着法儿地提结婚，刚一开始，我还只是岔开他的话题，可时间长了，我哪儿有那样的好性子呀，要么就直接打断他，要么就当做没听到，我们现在因为这个吵架的频率屡攀新高咧，我现在都不想回家咧……""你们听到了吧？！这么强悍的孟清翟都会遭遇情变，更何况我这样的一介弱质女流了……"孟清翟拍了夏朵朵一巴掌说："哎哎哎，嘴巴积点德好不啦？谁遭遇情变啦？我们只是小小的吵架好不啦？还弱质女流呢，我看你真够弱智的！"

"锦棠,求求你了,只有你能撬开林穆文的嘴巴了!拜托拜托!"夏朵朵无比殷勤地拉着苏锦棠的胳膊。张宇婷笑着说:"撬开?!哎哟,朵朵,你说话好吓人,怎么感觉是让你们家林医生进渣滓洞,不就是结个婚吗?整的跟满清十大酷刑一样。""你少管!锦棠,好不好嘛?"夏朵朵白了张宇婷一眼,继续对苏锦棠进行软磨硬泡。苏锦棠无奈地看了看孟清翟和张宇婷,这两人显然也是没了主意。"那,我找个时间去问问吧。""谢谢锦棠!你最好咯!要不,就今天吧?""啊?这也太急了吧?"苏锦棠瞪大了眼睛。"当然急啦,我这一颗恨嫁的心啊,已经等了太久太久了,不信你摸摸,它是不是跳得怦怦怦的……"夏朵朵顺势就拉过苏锦棠的手压在自己胸口。苏锦棠笑着说:"胸真大!""去死!"夏朵朵丢开苏锦棠的手,冲她做了一个鬼脸。

(二)

下午茶结束,送走了三个闺蜜,苏锦棠慵懒地蜷在沙发上,她想着夏朵朵临出门时还依依不舍地拉着她的手说:"锦棠,记得给林穆文打电话哦。"这让苏锦棠觉得又好笑又好气。当初,夏朵朵与林穆文在一起时,对自己是如何千防万防,别说是打电话了,就连在饭桌上多说两句,也势必会遭到夏朵朵的眼神提醒。而今,却又鼓动着自己要去和林穆文联系,女人呐,说她没有原则,却又是最有原则的,这原则是建立在无原则的基础上的,只要是对自己有利的,那便可以翻手为云覆手为雨,反正怎么说都是有道理的。

苏锦棠心里有点乱,对于主动和林穆文联系这件事,她心里没底。"清翟,你说我要不要给林穆文打电话啊?"苏锦棠向孟清翟求助。"你都答应了,只能打啊。""可是……""锦棠,其实我觉得你不用这么犹豫不决,不就是一个电话吗?说的也是夏朵朵和林穆文的事情,你只需要把事情说清楚,问问他的意思就可以了啊。""也是,我可能是有点庸人自扰了。""你在自扰什么?""没什么……""锦棠,你只需要明确一点,现在林穆文是夏朵朵的男朋友,而你,是夏朵朵的闺蜜,这样就够了。"聪明如孟清翟,苏锦棠的忧郁通通被她看在眼里,她当然知道林穆文心中必定还有着苏锦棠,这通电话,对苏锦棠而言是一个考验。

喝了一杯茶,洗了一堆衣服,苏锦棠给林穆文发了一条信息:有空的时候给我回个电话。两分钟后,林穆文的电话来了。

"锦棠……"林穆文的声音还是那样平静,两个字里,却又是说不出来的一股子柔情。"这么快就回电话啦。"苏锦棠故作轻松地笑着说。"我们很久没有联系了……"林穆文有些答非所问。"我一直忙着新书签售的事情,所以……""锦棠,我想来看看你。"林穆文的话打乱了苏锦棠的阵脚,她没想要林穆文过来,"是这样的,今天下午朵朵在我家……""哦,是因为朵朵啊,我还以为……没什么,你说吧。"林穆文有些失望,他以为离了婚的苏锦棠,在消失了这么长时间之后,始终是想念自己的,看来是自己表错了情、会错了意。

"朵朵特别想结婚。"苏锦棠觉得自己说的话很蠢,可她却找不到更为合适的词语。"嗯,是的。""那你怎么想的?"电

拾捌 人过三十，有人恨嫁有人逃婚

话那头，林穆文沉默着，他不知道应该如何回答，倘若换成别人来问，他可能会找到合适的理由和说辞，可偏偏是苏锦棠在问。"喂，你还在吗？"苏锦棠在经过这段沉默之后忍不住问。"在……""你不想结婚？""也不是。""那干吗不结？你和朵朵都老大不小了，交往也有一段时间了啊。""锦棠，你觉得婚姻是什么？""你什么意思？""你觉得婚姻就是一切的终点么？两个人只要结了婚就一定会幸福么？"苏锦棠冷冷地笑道："哈，当然不是，我和梁建东不就是最好的反面教材么？""锦棠，你别误会，我不是在说你……"林穆文一时有些慌乱。"说不说我都无所谓，我只是帮夏朵朵问问你，如果你没想好，大可以开诚布公地告诉她，就这样吧，我先挂了。"说完，苏锦棠不等林穆文回话就挂断了电话。

挂了电话之后，苏锦棠又开始觉得自己好笑，这脾气发的有些莫名其妙，可她也说不清为什么，在这个林穆文面前，自己总是这样肆无忌惮地表达情绪，十年前是如此，十年后依然是如此。

林穆文拿着电话出神，他当然感觉的出来苏锦棠的那股子无名火，可林穆文一点都不生气，反而是有些高兴的，这才是他认识的那个苏锦棠，那个始终在自己面前毫无遮掩、肆无忌惮的女人。可是，猛地，夏朵朵的样子闪现在林穆文的脑海，他不自觉地皱了皱眉头。

夏朵朵从苏锦棠家里出来后就始终心神不宁，她就像一个等待宣判结果的囚犯如坐针毡。"穆文，你多久下班？"实在忍不住，夏朵朵还是拨通了林穆文的电话，在电话里她故作镇静。她想,或许苏锦棠还没给林穆文打电话,又或许林穆文已经决定要和自己结婚了。总之,乐天派的夏朵朵习惯了凡事总往好处想。"朵朵,刚才锦棠给我打电话了。"这是林穆文习惯的交流方式,他不喜欢玩猫捉老鼠的游戏。

(三)

夏朵朵没料到苏锦棠的电话会打得这么快。"啊?!她,她说什么?""你不知道吗?"林穆文的声音始终平静,没有起伏,倘若换做苏锦棠,甚至是孟清翟,她们都会从林穆文的声音中听出失望和不耐。唯独夏朵朵,她是懵懂的,也是天真的。

"她问我为什么不和你结婚……"这原本不是林穆文最想说的话,换作平时,他会找一个更为和缓的语句,可今天,他觉得很烦,烦到懒得去应付和塞责。"那你怎么回答的?"夏朵朵低声问。"我没有回答……""为什么呢?""不知道。"夏朵朵的小身体在微微发抖,她终于预感到了不好的结果,可她不想承认,也不打算接受。所以她突然笑着说:"我们晚上吃炸酱面吧,我一会去菜市场买黄瓜和水面。"林穆文有些诧异夏朵朵的表现,他沉默了几秒钟后说:"好。"

在一个好字之后,夏朵朵长舒了一口气,她庆幸自己的机智,更庆幸林穆文没有拒绝。管他的呢,就算现在结不了婚,可好歹这个男人还是愿意和自己生活的,凭着这一点,足以让夏朵朵心里踏实。这是退而求其次的平实,也是夏朵朵的处世哲学。

拾捌　人过三十，有人恨嫁有人逃婚

"朵朵，我刚才给林穆文打电话了……"正在菜市场买菜的夏朵朵接到了苏锦棠的电话。"穆文跟我说了。"夏朵朵声音轻快，这让苏锦棠有些意外。"他都告诉你啦？""是呀，我现在正在菜市场呢，他说他晚上想吃炸酱面，呵呵。""哦，那就好，那你慢慢买吧，拜拜。"挂了电话，苏锦棠撇撇嘴，她不知道林穆文究竟跟夏朵朵说了说什么，当然，这也不关自己的事儿，人家不正甜甜蜜蜜地相处着么。想到这儿，苏锦棠心里微微地一酸，这酸吓了她自己一跳。

端着一碗泡面的苏锦棠正蜷在沙发里看美剧《权力游戏》，门铃却响了起来。门外站着的正是林穆文。

"你怎么来了？！"苏锦棠有些错愕。把林穆文让进屋后，怔怔地看着他。"路过你家，就突然想来看看你。""路过？你从哪儿过来啊？""医院啊。""你们医院到我们家怎么可能是路过？你不是要去朵朵家么？完全是两个方向吧。"苏锦棠说这话时真的是无心，她习惯了在林穆文面前有什么说什么，可话一出口，她却看到林穆文脸上掠过的尴尬。"那就算是我专程来看看你吧……"苏锦棠耸耸肩，吃了一口面，不再言语。

林穆文看了一眼苏锦棠手里的泡面碗，有些责怪地说："你怎么又吃方便面？""哈，我哪儿有你好福气啊，想吃炸酱面就有人屁颠儿屁颠儿给你做。""你和朵朵联系了？""是啊，受人之托，忠人之事，总得扯个回销啊，怎么，你们和好了？""怎么算好怎么算不好？""好，就是双方达成一致，不好，就是各执一词各不相让呗。""那还真说不清楚是好还是不好。"林穆文笑着坐下。"你们要是没说好，那朵朵怎么那么高兴？还乐乐呵呵地去给你买黄瓜买面？""不知道，她不是一直都这么高高兴兴的吗？"苏锦棠将面放在桌上，认真地看着林穆文，她说："林穆文，我觉得你很有问题呀。"林穆文笑着说："我怎么啦？""你现在有一种玩世不恭的态度，你知道吗？这样很不好！""哎……锦棠，如果你觉得我这样是玩世不恭，我也不想解释，真的，现在，所有的事情，我都不想解释……"苏锦棠急了，"可你是个男人啊？你怎么能这么不负责任呢？""我怎么不负责任了？我也是在认认真真地和夏朵朵谈恋爱啊，难道一定要结婚才是负责任么？""当然啦！不然谈什么恋爱啊？你以为还是大学生啊……"此话一出苏锦棠觉得有些失言。"原来，在你看来，唯独只有大学生的爱情是可以没有结果的……""林穆文，你不要避重就轻，你知道我不是那个意思，我们现在说的是你和夏朵朵，你不能这样一直拖着她啊，你知道她那么想要结婚，可你为什么就是不成全她呢？"林穆文看着苏锦棠的双眼，他一字一句地说："那，谁，来，成，全，我？"

（四）

林穆文从苏锦棠家里出来，已经是9：00了。他刚刚在苏锦棠家的沙发上吃了一碗泡面，那是苏锦棠最喜欢的海鲜口味。他看着苏锦棠用日本骨瓷碗装面，她还特意煮了一颗白水蛋，并用开水焯了一些生菜，一并盛在碗里递给他。林穆文觉得那是他有生以来吃过的最好吃的方便面，他近乎贪婪地将汤汁喝光，菜叶吃完，脸上甚至都泛起了一层细密的汗水和油光，这样的饮食男女，让向来素净的林穆文也有了些许市井气，而这似乎正迎合了林穆文长久以来想要的：一个自己深爱的女人，一餐最平实不过的吃食……

其实，林穆文和夏朵朵是那么相似的一类人，他们安于波澜不惊的平淡小日子，热衷一颗葱头一块蒜瓣儿的柴米油盐，而苏锦棠却是和他们截然不同的类型。在苏锦棠看来，平淡即是平庸，而柴米油盐显然缺少了浪漫因子。所以，平凡人家的柴米油盐是上不得苏锦棠家的厅堂的，你看，哪怕是一碗泡面，苏锦棠必定会竭尽全力让其显得高级得有格调，这的确是一种虚荣，可很难说这就一定是肤浅，热衷精致也好，热衷市井也罢，没有谁比谁更真实更深刻。

可是，两种生活，就算势均力敌，却也有匹配不匹配一说。苏锦棠和林穆文就是这样两种生活的代名词，他们偶尔会互相欣赏，却时刻有着排斥反应，苏锦棠对此了然于心，可林穆文却未必知道。这或许，也正是多年以来林穆文放不下的原因吧。

还没有参透其中奥秘的林穆文，此刻是快乐的，他甚至有些雀跃，脚步也跟着轻快起来，就在这时，他的电话却不合时宜地响了起来。来电显示是夏朵朵，林穆文怔了一下，他突然想到自己和夏朵朵有约。"你在哪儿？"电话那头的夏朵朵声音出奇的静。"额，我还在医院，有点事儿耽搁了。"林穆文随便撒了一个谎。"哦，那你还回来吗？""今天就不过来了，你早点休息吧。"

夏朵朵的家里黑灯瞎火，她呆呆地坐在餐桌前，两碗炸酱面已经糊成了两碗面坨，细细切好的黄瓜丝在碗里打蔫儿，剥好的蒜瓣儿也显得有些不新鲜。夏朵朵就这么一直坐着，她忘了开灯，她觉得这样黑着也挺好，起码这些颓败的食物在黑暗中不会那么刺眼。

不知道过了多久，夏朵朵觉得有点饿。在黑暗中，她搅拌着面前的那碗炸酱面，将黄瓜丝全部倒入碗中，她开始大口地吃面，就着辛辣的蒜瓣儿，辣得她流出眼泪，酱汁沾在夏朵朵的嘴角，她顾不得擦拭，一个劲儿地吃，她觉得真饿啊，好像被掏空了一般。吃完了自己面前的那一碗面，夏朵朵又将桌子另一边的那一碗也端过来，稀里呼噜地送进嘴里，夏朵朵什么都没想，她全身的血液都急速涌向胃部。所以，她觉得大脑有点缺氧。当她把最后一根面条送进嘴里，夏朵朵突然站起来冲向卫生间，她蹲在马桶边大声呕吐，那些还未被嚼碎的面条统统从胃里涌了出来，空气中弥漫着一股酸臭味。

夏朵朵颓然地坐在地上，脸上满是泪水。她不知道这究竟是因为胃难受而产生的，还是因为心难受而产生的。如果是因为心伤，那她为什么不觉得难过呢？这是夏朵朵有别于一般女人的地方，她的情绪点总是异于常人，在大家都难过的时候，夏朵朵小姐反而平静了。她想，或许是时候去揭开谜底，寻找答案了。

想到这里，她站起身，对着镜子略微整理了一下，拎着包走出了家门，直奔林穆文家而去。

穿着睡衣的林穆文万万没想到夏朵朵会深夜造访。这个女人站在门边定定地望着自己，然后她说："我不进去了，我来就是问你一句话，你想不想和我结婚。""朵朵，你还是进来吧……"显然，林穆文并不擅长处理这样的紧急情况，他低垂着头，甚至不愿意看夏朵朵的双眼,可夏朵朵这一次并不打算顺水推舟,她很坚定地说:"不,穆文,今天你别想躲,你要告诉我你想不想和我结婚。"

有时候,沉默是具有强大杀伤力的,它甚至会摧毁一切看似美好的事物。当林穆文再度沉默时,夏朵朵突然扬起手,重重地给了他一耳光,"啪"的一声脆响,伴随着夏朵朵的一颗心碎成了渣。她失望地看着林穆文,甚至感觉不到自己的手掌因为用力过猛而带来的热辣疼痛,夏朵朵哭着说:"做个决定真的就这么难么?如果你早就想好了要拒绝,那就说吧!像个男人一样说呀!"

林穆文抬起头,他的左脸颊有些绯红,他的眼圈泛着泪光。他望向夏朵朵,望向这个也算是和自己朝夕相处的女人,她的脸上是化掉的眼线液和睫毛膏,黑色的泪水显得邋遢和狼狈,林穆文在心里反复地思量,眼前的这个女人真的是自己想要的吗?她和苏锦棠有着大大的不同……

"朵朵,请你让我冷静一下,我需要时间思考,如果你还愿意给我个时间的话……"半晌,林穆文这样对夏朵朵说。或许这已经是他最后的底线,又或许这是林穆文那不为人知、隐藏在内心深处的自私。

叹了一口气,夏朵朵依然还是那个软弱的、对一切都抱有希望的夏朵朵,她默默点了点头。"三天之后,请给我答复,再见。"说完,夏朵朵转身离开,这是她对自己最后的一点点怜悯。她始终还无法做到当机立断,她也始终相信,上帝会怜悯可怜之人,或许会有奇迹为她发生。

（五）

在夏朵朵向林穆文下达最后通牒时，孟清翟依然在和肖剑做着拉锯战。

夜里，两个人躺在沙发上看球赛，多日以来肖剑总是拿结婚的话题烦扰孟清翟。今天，是难得轻松。公司又谈成了一个大项目，两人都很高兴，之间的气氛也变得不那么剑拔弩张了。

肖剑喝了一口啤酒，貌似不经意地说："清翟，端午节我们出去一趟吧。""好啊，去哪儿？""我们开车回趟老家呗。""回老家？！"孟清翟坐起身来。"我好久没回过老家了，想回去看看。""你老家有什么可玩儿的？要回你自己回吧。""一起回去多有意思。""有什么意思啊？！你老家是有湖光山色还是有时尚卖场啊？我跟着你回去干什么？！你是不是疯掉啦？""跟着我回去看看父母啊！"肖剑有些不乐意了。"拜托！肖剑，你是不是又要开始啦？！"孟清翟当然知道肖剑又在打结婚的小算盘，她讨厌这样的对话，可偏偏这样的对话每天都在进行。"开始什么？！孟清翟，你老实说你到底想不想和我在一起？""想啊。""那你为什么不结婚？！""和你在一起跟和你结婚这完全是两码事好吧！你不要混淆视听。""不，这在我看来就是一码事！我们在一起是为了什么？不就是结婚么？！""错，我们在一起是因为我们相爱，我们觉得在一起很快乐，但并不表示这个终点就是结婚！你以为结了婚就一劳永逸了么？婚后感情出问题的太多，你我身边这样的例子还少伐？苏锦棠，那么聪明的一个女人，不照样在婚姻里惨败么？SO，我告诉你，我不要结婚！"

肖剑气得从沙发上弹起来，拿上外套便摔门而去。"切，长本事咧！离家出走啊？做给谁看？"孟清翟自言自语地说，说完还往嘴里塞了一块薯片，她笃定肖剑不过是出门找狐朋狗友去喝喝酒解解闷儿，等心情舒畅了自然会回来的。

没错，肖剑一出门便给老同学阿潘打了电话，"快点出来喝酒啦！"一声招呼，几个老同学又聚在了常去的苏荷酒吧。"你最近这么空闲啊？你们家女魔头不管你啊？"阿潘笑问。肖剑没好气地说："喝你的酒，还堵不上你这张臭嘴！""你的逼婚进行得怎么样啦？""少提这个，说多了都是泪。""你喜欢她什么啊？凶巴巴的。""你懂个屁！喝你的酒吧。"酒过N巡，几个人都有点歪歪倒倒，阿潘笑着对肖剑说："兄弟，这女人就该如衣服，你越是宠着她，她就越蹬鼻子上脸，你要是不信你晾她几天，到时候她肯定乖乖来求你……""她可不是一般女人，你不懂……""我有什么不懂的？你呀，还是一个纯情小男生……""谁纯情小男生啊？哥哥我出来混的时候，你还不知道在哪儿呢？""怎么着？那我们换个地方乐乐？""换就换。"

或许是因为怂恿，或许是因为需要发泄，又或许是肖剑心中隐约想要报复，总之，他半推半就地被阿潘带到了一家会所。刚一落座，妈妈桑便热情地招呼道："哎哟，潘总，好久没来啦。"说完，便开始介绍身后的10个姑娘。"怎么样？有没有皇上选妃的感觉？"阿潘笑眯眯地用胳膊杵了杵醉眼惺忪的肖剑。"愣着干吗？选一个啊。"说完，阿潘自己先挑了一个小姐。"随便随便……"肖剑醉了,他脑子里一团糨糊,根本没看清坐在自己身边的女孩长什么样子。"好好伺候着啊。"妈妈桑心满意足地带着剩下的女孩离开了包房,坐在肖剑身边的女孩笑了笑,扶起他,缓缓走进了另一个包间。

肖剑猛地醒来时已经是凌晨4:00了,他皱着眉头睁开眼,去发现自己躺在一个陌生的地方,窄小的房间,四面墙贴着粉色的碎花墙纸,他扭头一看,身边躺着一个陌生女子,自己和她都赤身裸体。肖剑的酒彻底醒了,他连忙坐起身穿上衣服,不等女孩说话,便推门离开了。

上班路上,肖剑哈欠连天,孟清翟瞟了他一眼说:"你昨天晚上几点回来的?""啊?记不清了。""喝了多少酒啊?""挺多的。""跟谁啊?""就是跟阿潘呗,还能有谁。""光喝酒啦?""是啊……"肖剑强装镇定地说。

(六)

"嘿,兄弟,你那天不仗义啊,怎么自己就先跑啦?!"正在上班,阿潘的电话却打了过来,肖剑假装去露台抽烟,压着嗓门儿说:"这事儿以后别提了啊!""怎么着?怕啦?""不是,反正别提了,也不是什么好事儿。""切,我就说你怕那个女魔头吧,你算是完咯。"挂了电话,肖剑一扭头看见了孟清翟,她透过办公室的落地窗正看着自己,肖剑心里一紧,连忙回到了自己的办公室。孟清翟在QQ上对肖剑说:"今天我们一起去小龙虾

拾捌 人过三十，有人恨嫁有人逃婚

店看看吧，我都好久没去店里了。""行。"

小龙虾店的生意依然很火爆，才刚刚 6:00，店外就已经排起了长龙。孟清翟笑眯眯地对肖剑说："可以啊，生意做得那么好！"正说着，突然发现门口的定位员和客人吵了起来。"怎么回事？！"孟清翟和肖剑走了过去。"肖总、孟总，是这样的，这一桌客人是四个人的，现在空出来的是两人座的，我就先安排了她们后面的那一桌客人先用餐，她们就……"孟清翟定睛看了看吵闹的四个人，都是年轻女孩，长得还算清秀，只是这热裤、渔网丝袜的打扮实在有些艳俗。她笑着说："几位不好意思啊，那个两人座确实坐不下你们四个，再等等，有位置了马上就会安排你们的。""你谁啊？！"领头的女孩白了孟清翟一眼，很不领情。"你们开门做生意懂不懂先来后到啊？欺负人是不是？！"跟着的几个女孩也不依不饶地说。"谁欺负你们啦？"孟清翟有些动气，她想不明白现在的这些女孩怎么这样嚣张跋扈。

"几位别生气，这是我们的老板。"定位员客气地对四个女孩说，并指了指孟清翟和肖剑，一个长发披肩穿黑色细吊带的女孩突然惊呼道："哎哟，帅哥！你是老板啊！"肖剑愣了一下，眼前的这个女孩的确面熟，他仔细回想了一下，突然心里一沉，这不就是那一夜睡在自己身边的女孩吗？！肖剑的脸红一阵白一阵。"你们认识？"孟清翟有些不解。"当然认识啦！是吧，帅哥！"说完，长发女孩还用肩膀撞了撞肖剑。

"清翟，你听我解释！"从小龙虾店里出来，孟清翟走得很快，肖剑一直跟在她屁股后面。"你给我闭嘴！"孟清翟努力想让自己的声音保持镇定，可那细微的颤抖出卖了她。"清翟！"

肖剑从后面拉住孟清翟的手，却被孟清翟狠狠甩开，她恨恨地说："放开，我嫌你脏！"

在这样的时候，孟清翟突然感觉自己无处可去，她不想回公司，因为那里还有加班的员工；她也不想回家，四壁的冷清极易刺激她敏感的神经；她也不想去买醉，酒精只会让她更难受……无处可去的孟清翟，唯一能想到的地方只有朋友的家。只是出人意料的，孟清翟没有选择去投奔苏锦棠，她下意识拨通了夏朵朵的电话。

夏朵朵在厨房里忙活了一小会，给孟清翟端出了一碗热汤面。"先吃点吧。"夏朵朵坐在孟清翟身边，体贴地将筷子递给她。"吃不下。""吃不下也得吃点。"一向柔弱的夏朵朵，此刻更像一个大姐姐，她看着一口一口吃面的孟清翟，轻轻地说："清翟，我们都是为了男人筋疲力尽的人。"孟清翟抬起头，悲伤地笑了笑，她说："是啊，再怎么坚强，再怎么不得了，终究要败在男人手上，所以，朵朵，我为什么要结婚？哼，我才不要结婚……"可夏朵朵摇了摇头，她很坚决地说："不，清翟，你错了，就是因为我们没结婚才会受到这么多伤害……"

孟清翟对夏朵朵的话很不明白，她问："那苏锦棠呢？她结婚了，可不是也离婚了吗？"夏朵朵笑了笑，她像是自言自语地说："如果当初锦棠没有和梁建东结婚，他们可能早就分手了，正是因为结了婚，好不好的也坚持了这么多年……""可是，朵朵，难道我们要的仅仅只是坚持个几年吗？""这谁都说不准，宇婷的婚姻不也很幸福么？这一切的基础都是婚姻，只有结婚才是长久的基础，否则一切长久都是空话。"孟清翟认真地看着夏朵朵，她觉得今天的夏朵朵更像一个参透世事的老者，这些话多少触动了孟清翟，关于长久的问题，她似乎还没有夏朵朵看得清晰，那些所谓的海誓山盟，恐怕唯有在婚姻的基础之上才能得以兑现吧。

夏朵朵在送孟清翟出门时这样对她说："清翟，如果你还爱他，那么，有时候不妨睁一只眼闭一只眼。"孟清翟没有点头也没有摇头，如在平时，这样失原则掉节操的话一定遭到孟清翟的鄙夷。可今天，她似乎明了一点什么，这个世界上从来就没有完全符合自己想象的爱情，这个世界上也一定没有完全符合自己愿景的婚姻。每一个人都在玩着一场名为拉锯战的游戏，一味退让或者一味强攻都将不能圆满。

拾玖

回忆是我们的药

（一）

当你走过三十岁，你会惊讶地发现，那些原来年轻时不会唱不爱听的老歌，现在听来是那么婉转动听，那些歌词是那么真诚朴实；那些年轻时爱过的人，往往显得更加长情，她们抑或是他们，更像是记忆中不可磨灭的痕迹，长久地占据我们心里最深的空地……

回忆是一种传染病，在悄无声息间感染每个从它身边经过的人，你会突然像被电击了，全身发麻，继而开始鼻子发酸，一切动作都变慢了，一切表情都变柔了，然后我们哭着笑了，然后我们笑着哭了，互相看着被泪水冲花了的眼线、睫毛膏，然后用力地拥抱，笑得声音好大，笑得声音发颤。然后，一边说着：你好傻哦……一边继续哭着笑，笑着哭。

这是一次站在 30 岁门里门外的集体怀旧，当有人唱着《红蜻蜓》，那是一个奇怪的咒语，把记忆的栅栏融化，于是，所有的回忆开始喷薄而出，瞬间把我们淹没，沉浸在回忆的海洋，没人伸手求援，我们似乎都心甘情愿沉溺其中，沉到海底，不再醒来。

关于那些回忆，是只属于三十岁的人，从第一盘磁带，到课堂上被没收的随身听；从第一首MJ，到年级里所有的男生都开始跳Danger；从第一张彩色带香味的信签纸，到每个女生都有的带锁的日记本；从第一次暗恋，到那一大玻璃瓶的幸运星……三十岁的人记忆如此相似，小学毕业一定是唱着小虎队的《再见》，高中告别耳边响起的是《一路顺风》……那些说过的话、做过的事、爱过的人，在这个瞬间统统变得鲜活，在这我们以为已经忘记的时候，变得无比真实……

还记得吗？留着难看的短发穿着难看的校服，没精打采地站在操场做广播体操；

还记得吗？那一张张小纸条，从最后一排直接传到第一排，中间该有多少个信使；

还记得吗？每个老师都有一个我们才懂的，恰如其分的绰号；

还记得吗？考试应该怎么作弊，硕大的课本是不是用腿顶在桌子下面，直到腿麻脚酸，一个劲发抖；

还记得吗？第一次收到情书，又期待又害怕地和隔壁班的男孩在食堂门口见面，悄悄牵手时脸红心跳。

还记得吗？那些记忆，那些时光……

当然，没人会忘记……

（二）

苏锦棠是林穆文的记忆。

林穆文从来未曾向苏锦棠袒露过，在自己的记忆中，曾有那么一段晦涩的片段，记录着他求而不得的爱情……

或许是在大学刚刚毕业的那一年吧。

"天空怎么就会下雨呢……"许久，苏锦棠轻轻地说了这么一句话。他们坐在她那辆红色的小车里，开着暖气，听着一首金海星的老歌，每当歌快要结束时，她就很焦急，赶忙重放，然后满脸轻松，把头搭在方向盘上，眼睛盯着窗上落满的那些雨。"如果什么都用科学来解释那就不是生活了。"她幽幽地像是自言自语。林穆文不知道为什么她要说这些，更加不知道应该如何和她对话。他们突然像是分隔在两个世界，又或者根本就是在两个世界。

始终，苏锦棠是绝对的主角，漂亮而有才情的女子，风情万种地盛开在城市湿润的角落。而林穆文总是习惯跟在她后面，习惯为她的美丽喝彩，为她的风情鼓掌。她曾经问他：如果有一天她一无所有，林穆文是否会养她。他说：我会。没有一点犹豫地想向她证明自己已经是个顶天立地的男子汉，可是她开始大笑，还记得她大笑的样子，从站着笑到蹲着，再从蹲着笑到坐着，他想她并不是因为快乐，他恨她那样没心没肺的笑。她的确是个没心没肺的人，他从未见她对谁温柔，每个愿意停留在她身边的男人都心甘情愿地被她耍来耍去，只是她从不隐瞒，开诚布公地告诉所有人她的恶劣，可是所有人就像吃错药似的死心塌地。

很多年过后，林穆文始终不曾确定，他和苏锦棠之间是否存在过一场爱情。当他们还是那样青涩，她在一个冬天约他到学校的操场，在那里她送了林穆文一条烟灰色的围巾，是最简单的编织却也已经千疮百孔，她用圣诞红的再生纸包好递给他，警告他必须每天戴着，直到春暖花开。他看见她冻得发红的鼻子，瘦瘦小小地一团，不断地搓手，跺脚，突然间他就想要拥抱她。

在学校时，苏锦棠不是个完全意义上的好学生，除了本专业她什么都不学，在大课上她常常被罚站，因为她总是睡觉或者看旁的书。每次她被驱逐到教室的最后或者干脆被赶出门时，她的脸上总是平静而干净的，没有惊慌、羞涩、愤怒，她的脸依然苍白如同只是给一个陌生人让路。她的冷漠终于激怒了老师，在一次大学数学课上，老师要她上台演练一道数学题，她站到讲台上，看着林穆文，他用唇语默默提醒，可是还是暴露，老师的脸上露出了一丝笑容，站到林穆文身边警告说："如果不想期末考试不及格，你就闭嘴。"林穆文默默的低下头，内心的巨大恐惧像潮水一样撞击着心脏，他知道苏锦棠正用无助的眼睛看着自己，可是他就那样轻易地退却了。"苏锦棠，我告诉你，不要再自以为是，现在你就该明白其实你什么都没有！"苏锦棠单薄的身影突兀地立在教室里，像是一张小纸片，他想在那一刻她是感觉孤单的。

不久，苏锦棠便开始了自己的实习生涯，她很少出现在学校，可她始终断断续续地给林穆文写信，很少告诉他自己的生活,总是大段大段地讲述她的精神,那些晦涩难懂的语句。林穆文已经开始不明白曾经认识的那个苏锦棠。

直到大学毕业,接到苏锦棠的电话时,林穆文正陪着一个名叫玉的女孩逛街,玉是林穆文当时的女朋友,在大四最后一年里开始交往,每次踢球玉总是来观战,并体贴地给林穆文送水擦汗,他从心底明白这样的女子世间已经不多,因为他的平凡更要努力抓住。他从未向玉提起苏锦棠,因了她突然的销声匿迹,也因了自己心里隐约的不舍,可是突然她就如同当初一般青涩而坚决地闯入林穆文的生活,"我是苏锦棠,我想见你。"玉告诉林穆文,他的脸色苍白。

林穆文紧紧地攥着电话,他说:"玉,我有点事,你自己先逛着,我处理完了给你打电话。"如果玉坚持问他,他或许会崩溃,可是她就是这样一个女子,默默地,用她的冷静和宽容作为武器。

在一辆红色轿车旁站着一个瘦削的女子,穿着黑色的紧身皮衣,乌黑浓密的头发已经垂到腰际,隔着一条马路,车流如潮,林穆文的眼睛突然涌满了泪,那样焦急地想到对岸,害怕在一个眨眼一个低头她就这样消失了。坐在车里,她开足了暖气,"这个城市真冷。"她微微地蜷缩着身体,神情困顿。"你冷吗?"她一边说着,一边用手背贴着林穆文的手,小心谨慎而彬彬有礼。"你很冷对吗?"林穆文用手轻轻捏了捏她苍白冰冷的手指,她顺从地让他握着,他的心里突然地就涌满了委屈。"你说天空为什么会下雨呢?"林穆文身边的苏锦棠像是一只迷路的小猫,"这是我最喜欢的一首歌……"音乐轻轻柔柔,结尾处却激烈忧郁，苏锦棠把头搭在方向盘上，轻轻地跟着唱："什么都可以困住你，但绝对不该是我的爱情，什么都可以不得以，但是你欠了我一个坚定，飞短流长的空气里，让你显得没有一点力气，躺在大海的深处里，是我那颗不肯认输的心……"

玉打来了电话告诉林穆文买了他喜欢的菜，让他早些回家。玉是聪明大气的女子，知道应该如何生活，始终带着温情。而年轻的苏锦棠天真执拗，美丽脆弱，永远带着伤口出现。林穆文的手在不知不觉中开始松懈，苏锦棠拿出自己的手，"你该回去了，我也该走了，能见到你就足够了，我就不送你了，还有别的事情要做。"下车发现雨已经很大了，林穆文在街角给自己买了一包烟，已经为玉戒了很久，今天却又突然想抽。苏锦棠的车在原地停留了很久，然后慢慢启动，离开，林穆文的胸腔在那个瞬间突然被击中，破裂成无数的碎片……

（三）

每个人都有自己不为人知的回忆，而这些支离破碎的片段，会在某些瞬间突然合体，并且清晰无误地出现在我们脑海之中，带着一股凛冽的刺痛感向我们袭来。

孟清翟曾说：自己是一个没有回忆的人。

她习惯于生活在当下，这样的状态让她感觉安全。可是，肖剑的一夜风流却深深刺痛了孟清翟，或许是因为疼痛的感觉，让孟清翟关于记忆的大门彻底打开，透过孟清翟的记忆，我们会知道，为什么她始终不愿意付出，为什么她对爱情始终怀疑……

那年孟清翟十八。她一个人住在一栋公寓楼的第五层，宽敞明亮的房间里几乎一应俱全，她总是光着脚，在地板上来来回回的踱步，看着地板上留下一个个模糊的小脚印。当她学会抽烟后，生活开始发生了一点小小的变化，在她无聊时她会夹着一根烟在地板上来来回回地踱步，地板上留下了一个个模糊的小脚印和一地细散的烟灰。在那时候，孟清翟当然还不是现在可以呼风唤雨的孟清翟，她也还没有认识苏锦棠、夏朵朵和张宇婷，那时候的孟清翟生活在自己的城市，她唯一的一个朋友叫——老拉。其实她不叫老拉，她说她叫劳拉，和一部美剧里的女主角叫一个名字，她常让孟清翟去看看那部和她有关的片子，但她一直都没去，所以她也就一直叫她老拉，而不是劳拉。

老拉和孟清翟同岁，十八岁那年，她已经考上了本地的一所大学，虽然名不见经传，但她仍认为自己是天之骄子。孟清翟喜欢老拉的自信，不管有没有本钱都无比的自信。

这所房子里除了老拉，常来的还有一个人，一个男人。他走路的声音很急促，上楼的脚步有些钝重，这和他已经四十出头有一定的关系，他每次来都不会给孟清翟打电话，他说想给她一个惊喜，而她明白他不过是想检验自己对他的忠诚。"清翟……"他从后面将孟清翟抱起来，她微笑着亲吻他已经沧桑的脸。他从大衣口袋掏出送给她的礼物，她笑着将它们统统放在床头的抽屉里，他将身体完全放松地靠着床，"我最近很少来看你，因为……"孟清翟冲他摇摇头，"我不想知道。""在那一夜遇见你，我就知道你不会是个给我带来麻烦的女人……""所以我才会被你占有如此之久。"她没有看他,但她可以感觉他的脸色在下沉,"我们是互相的,你给了我青春,而我也付出了与之相等的金钱,别让我认为你是在反抗,你长大了应该学得更加聪明。"

辰带着他的妻子和孩子出门度假了,空荡的房子显得更加冷清,老拉搬过来和孟清翟一起住,顺便带来了她的电脑。她很喜欢这样的生活,彼此没有太多语言,她可以安静地在沙发上看着老拉,听她发出的孩子般的笑声,伴随着键盘清脆的噼里啪啦,偶尔她会放好听的音乐不断地在地板上走动,原来她仍然喜欢一个人生活,只是将老拉看作一个有生命的摆设,让人感觉安全。

这个城市的夜有一种出奇的美丽,站在窗口,可以看见不远处闪耀的霓虹,街上游走的行人,表情冷漠的英俊男人,姿态婀娜的妖娆女人,红红绿绿的构成了这个世界的基调。孟清翟坐到老拉的电脑前,摆弄着那个小巧的光电鼠标,漆黑的房间里只有一点红和不断闪烁的蓝,这里似乎被这座城市遗弃,她像一条蜷缩着的昆虫在黑暗里自得其乐。这时QQ的小绿花不断闪动,"我来了,在街上行走时,感觉自己快要被这里的红男绿女淹没……"那个叫非的男人这样对老拉说话。孟清翟回话:"我是她的朋友,今天她不会来。"

"如果,你有时间是否可以和我说话?"孟清翟反复地看着这句话,就那样的感觉很难过,心突然收缩成一个小而坚硬的石块,压迫着胸口,沉重的情绪反而无法哭泣。她伸出手指轻轻抚摩屏幕上的每一个字,听见细微的静电交流声。

不知道为什么她向老拉隐瞒了和非聊天的事实,而他也没有向老拉询问自己的消息,他们都默契地隐瞒了这段历史。老拉依然执著地和他聊天,等待他的电话,终于他们约定要见上一面。

(四)

那天阳光明媚,她和老拉一起站在非公司的楼下,老拉穿着辰送给孟清翟的曼亚妮的黑色长裙,显得高挑,幽雅,而孟清翟为了不抢朋友的风头,只是随意穿着一条洗得发白的仔裤,和一件白色缀着蕾丝花边的棉布衫。远远地看见一个高大清瘦的男人,穿着白色的粗布衬衣,深灰色的灯芯绒裤子,在阳光下他举起手眯缝着眼睛,一片阴影投射在他的脸上,勾勒出一个英俊的轮廓。他走了过来,"劳拉。"他低沉而温柔地叫老拉,漆黑柔软有些蓬松的头发,翻飞着一种干净的芬芳,孟清翟从扶栏上跳下来,站在老拉身后,肆无忌惮地看着他,"你好。"他的目光迎着孟清翟,嘴角微微的上翘。

三人一起吃饭,他是搞销售的,从北方来到这里寻找机会,他说他终于找到了生活的质量,却丢掉了自己。孟清翟很少说话,只是静静地听,听他低沉婉转的普通话,看他眼中隐藏的寂寞和忧伤,他的左手始终扶着咖啡杯,手指微微的蜷曲,苍白修长,神经质的蜷曲。

第二次见到非没有老拉,在一个黄昏他将电话打到孟清翟的家,告诉她见面的地点匆匆挂断了电话。天空中漂浮着大朵大朵绯红的云,这是一条很僻静的街道,两旁种着高大的法国梧桐,黄昏的落日将余晖斜斜地散进梧桐宽大的枝叶间,把地面铺成了金色。孟清翟解开自己的长发，闻到淡淡的洗发水的清香，她坐在街沿上，看着偶尔经过的老人和孩子，对他们微笑。非出现在了街对面，依然习惯性地举起手挡在额前。非的家就在这条街上，是租来的公寓，只因为它足够的安静而不吝惜高昂的租金以及路途的遥远。公寓楼下是大片的栀子和白色的蔷薇，风中夹杂着香甜的气息，她摘下一朵蔷薇，插在自己的发间，仰着脸时，看见了他充满疼痛的眼睛，他的手指触到她的脸，冰冷干燥。

在黑暗中，他的嘴唇柔软地拂过孟清翟的眼角眉梢，停靠在她的唇上，如同一片湿润的花瓣，寂寞无助的停靠。他的手指深深陷进孟清翟的皮肤，"我爱你……"她记得他的眼泪很暖……

在以后的一个月，孟清翟没有离开非，她让自己尽量不去想对老拉的伤害，也不去想辰知道后的局面。每天非离开后她会先把房间打扫一遍，将他的杂志收好放到书柜，然后开始洗衣服，将衣服挂在竹竿上，伸到阳台外面，看见阳光在洁白的衬衣上留下一片金黄。她已经很少抽烟，开始多吃水果，放任自己可以像个孩子一般被他宠爱。等到他下班，在家做简单的晚餐，再一起出去散步，喜欢他将自己的手轻轻放进裤兜，仔细抚摸她的每一根手指，还是很少说话，只是安静地行走。当她看他时，他也正巧看着自己，于是他会俯下身在孟清翟的头发上轻轻地亲吻。过街时，他将她拉到自己的身后，用一只手护着，温暖体贴。

偶尔他们去附近的电玩城，看他玩最血腥的恐怖游戏，他沉着冷静的打掉一个又一个扑上来的魔鬼，每当他通过一关，便会像个孩子一般向孟清翟索要礼物，直到她在他脸上狠狠亲一口，他才满意地继续闯关。孟清翟突然发现原来自己也可以成为如此安静祥和的女子，终于可以停靠下来休息……

（五）

美好的日子总是短暂，辰还是找到了她，在一个清晨，她刚刚洗好非的棉布衬衣……"如果他知道你是怎样的一个女人，他还会要你吗？一个从十六岁被人包养的女人，他会要吗？！在这个世界上只有我才会要你，这个世界根本就没有爱情！"关上门的那一刻，她再看了看非的房间，蓝色的床单是昨天才买的，因为他说过他喜欢天空的颜色，沙发上摆着一个绒毛熊是他们打电玩时得到的奖励，阳台上挂着他的白色衬衣，正大口地吮吸着阳光，在风中飘舞着如同一只只展翅欲飞的鸟……她终于没有给非留下任何，终于没有。

孟清翟和辰回到了原来的家，他换掉了原来的电话，禁止了她和外界的一切联系。她始终很平静，"辰，你不必如此，既然我已经回来，便一定不会再和他联系，你这样做只会让我更加的恨你……""恨我？没有我不知你已经死了多少次，要恨你就该恨你自己！！"面对他的辱骂和殴打孟清翟一直微笑，他暴躁地撕开她的衣服，将她摁在床上，用力地咬她，手臂上留下一个个褐色的伤口，诡异的显示着沉沦，像一个个万劫不复的深渊，将她吞噬。辰的脸上带着冷冷地笑，他用力地扇她耳光，她突然感觉什么都听不到了，只看见辰不断地扬起手，看见他的口沫横飞，可是她什么都听不到。她轻轻闭上眼睛，在不远处她看见了非,穿着白色的粗布衬衣,眯缝着眼睛,举起他的左手挡在额前,"清翟……清翟……清翟……"低沉婉转的呼唤,眼泪就这样开始滑落。

冬天时,一切恢复了平静,已经没有人再提起那个叫非的男人,在某个瞬间孟清翟似乎也开始怀疑她是否真的认识这样的一个人,是否真的与他相爱……夜里,突然下起雨来,雨点钝重地敲打着玻璃,孟清翟裹着棉被,通宵地看着影碟,忽然很喜欢周星驰天真狡猾的笑声,其实他是个很忧郁的演员,有太多人生的沧桑反而麻木了,看着他的《喜剧之王》那个女主角问他:"你是不是要养我啊?"他说:"是啊……"突然,她就哭了出来……

一场大雨过后天空少有的干净,冬日的阳光总是温柔乖巧,她坐车又到了那条僻静的街,道路两旁的梧桐已经光秃秃的,地上堆积着大堆腐烂的树叶,公寓楼下的栀子和蔷薇已经枯萎发黄。她仿佛看见在一个夏日的黄昏,一个女孩摘下一朵粉白的蔷薇插在发间,一个男人用疼痛的眼神看着她,抚摩她冰冷的脸,突然,所有的栀子,蔷薇都盛开了,空气中充斥着香甜的气息……一阵冷风,吹落了所有的花瓣,它们因为开得太纵情,于是迅速的枯萎……"姑娘。"抬起头看见一楼的一扇窗户里探出一位老人,"你是不是找三楼的那个小伙子啊?""怎么了?""他已经走了,临走交给我一封信,他说你一定会来找他的……"

"清翟,我相信你会来找我,可惜我已经离开。我想我还是那样的爱你……非"

阳光照耀着街道，孟清翟仿佛看见那个高大清瘦的男人，穿着白色粗布衬衣，深灰色的灯芯绒裤子，他举起手挡在额前，眯缝着眼睛，一片阴影投射到脸上勾勒出英俊的轮廓，柔软蓬松的头发翻飞着芬芳，他伸出手指触摸她的脸，冰冷苍白。她静静地用打火机点着了他的那封信，割断了最后一件与他有关的东西，然后终于可以彼此遗忘……

（六）

记忆如同一种药，一边在治愈一边在蚕食。因为那些记忆让我们笃定一种生活一种信仰，让我们相信宿命。夏朵朵小姐便是这样的宿命论者，因为某个记忆让她愈发笃定命中自有安排。

2004年，猴年，夏朵朵认识了一个名叫阿飞的贼。

老人们都说本命年会触霉头，身上多要沾点红避避邪气。阿飞所认识的本命年的贼在扒活时也开始有些顾忌，太危险的地方不去，太偏僻的地方不去，女人太多的地方也不去，他想那是因为"红颜祸水"一说吧。

在阿飞的这个圈子里对贼的三六九等分得格外明确，在人堆里掏包的是最低等的，因为难度低上手快，钱却很少；第二等就是入室盗窃的，而阿飞是属于最高等的，他专门瞄准了单身贵族的电梯公寓，作业场所一般在10楼以上，从这家爬到那家不系保险带，也没有人寿保险，但只要成功了一家那就足够他挥霍半个月的。现在的单身贵族收入高，家里的银子细软都是上档次的，再说他们往往没有收拾，东西乱放，没有保险箱，抽屉不上锁，钞票随手放，还有一点他们往往会忘记关窗，这样就好像是对他敞开了他们的门户，再说在高空作业很少会被楼下的好事之徒看见，而这些单身贵族不到凌晨是不愿意回家的，记得有一次他爬进了14层的一家，那屋里的乱劲啊，他都恨不得给收拾收拾，当然他没有忘记自己的本分，挑选自己喜爱的东西在先，最后他不知道是否是良心发现，他居然真的帮他把房间简单地收拾了一下，临走时他对这个屋子表现出了难得的感情，似乎这已经是自己的家了。在电梯里他还一直琢磨屋子的主人以后会不会找不到那件黑色的西装，他把它挂在门背后了，会不会找不到洗衣粉，他把它放在脸盆里了……。

猴年已经过去了3个月，阿飞的朋友阿土在前不久因为入室盗窃被抓，他去探望过他一次，他不断地说"晦气，晦气"像是发了什么病，最后他给了阿飞一个玉牌，用一根红线拴着，玉牌的一角已经有些破损，他郑重地将其交给阿飞说："兄弟，避避邪气。"阿飞虽然并不相信本命年一说，但是看见阿土青灰色的眼神和滞重的语言，他的心里多少有些发毛，减少了高空作业的频率并天天挂着那个玉牌。

手头拮据的日子很难过，自从开始做贼阿飞一直过得很富足，忘记了从前在桥洞下面日晒雨淋的日子，渐渐以为自己是从小生活在这个大都市，养尊处优的少爷。阿飞长得还不错，1米78的身高，硬朗的线条，在歌厅里小姐都喜欢接他的客，因为出手大方并且英俊，最重要的是他还是单身。

这是一片新开发出来的高档住宅小区，单身贵族的小户型住

盛女时代

宅在整个小区的最里面，僻静得有些吓人，那天夜里阿飞在小区转悠了半天，跟着一对情侣一起进了单元门，在电梯里那个胖女人不停地拿眼睛瞄他，嘴角露出若隐若现的微笑，他微微低下头，抬眼看了看她，她的脸腾地红起来，阿飞冲她笑了笑，他们在6楼，而阿飞在10楼下了电梯。他先步行上到11楼，沿路看好了攀爬的路线，到了11楼先敲敲临着的两家门，都没有反应，于是他再下到10楼，从楼梯间的窗户攀到外面，顺着下水道管子轻松地站到了11楼。大户型的那家还正在装修，什么东西都没有。他从阳台看见了隔壁的那间小户型，窗户果然没有关，正对窗户的是一张席梦思床垫，床上摆着一个很大的狗熊玩具，这是个女人的家。他从隔壁的阳台翻出来站在空调的室外机上，顺着两家之间细长的横梁一直走到小户型的窗前，他敏捷地跃进了窗户，首先装进口袋的是一个红色的首饰盒，然后他开始翻箱倒柜找到将近1万块钱，临走时他看见了在墙角扔着的一张照片，照片上的女孩正是夏朵朵。夏朵朵小姐清纯的眼睛像子弹一样击中了阿飞，他从来没有见过如此明亮透彻的眼神，在那一刻阿飞居然感觉仓皇和悲伤。带着这张照片和1万块钱离开了这间屋子。在1楼电梯打开的一刻，他听见自己的心脏钝重地跳了两下，便不再跳动了。一个穿着棉布连身裙长发飘飘的女孩走了进来，她默默地看了他一眼，嘴角微微上翘，眼睛变成了两尾小鱼，阿飞失去了语言，在她身边仓皇而逃。

阿飞又很久没有事做了，每当他想去扒点活时就会看见那双眼睛，他想那或许是因为他还未完全泯灭的良心在向他预警，再或者他爱上了她？重新爬到了那间没有完工的大户型房间，她的屋子亮着灯，窗户关得严严的，她穿着白色的棉布睡衣，用一根木头做的簪子将头发随意地挽在脑后，水池里放着大把的白色玫瑰和紫色勿忘我，她的手穿梭在白色、紫色和绿色当中，安静得像是另一个世界，我看不见她的脸，但是我想那一定是安静祥和的颜色。

阿飞又去看望阿土，从他惊恐的眼神中阿飞明白自己的脸色有多么难看，"兄弟你怎么了？"应该怎么回答他呢？说自己爱上了一个被自己偷窃过的女人？这多么荒唐，"我想我不能再干下去了……"身后铁栅栏里的阿土深深叹了一口气，阿飞知道，自己已经不能回头。

今天她怎么那么晚还没有回来，他站在隔壁的阳台已经观望了很久，她又忘记了关窗户，他把上次从她家拿走的1万块钱和首饰一起揣在了身上，他想还给她。或者她今夜不会回来了，阿飞翻出了阳台站在空调的室外机上，从横梁走过站在她的窗外，他刚要跃身进入，屋里的灯刷的亮了，一个戴大盖帽的举着枪，她就站在警察的后面，第一次两人这样直接地相见了。"不许动！我们观察你好长时间了，今天可把你逮住了！"阿飞扶着窗台静静地看着她，他从她的眼睛里看见了惊慌和诧异，他从衣服兜里掏出钱、首饰，他们两人互相交换了个眼色，"我是来还钱的，我可以送你一样东西吗？"阿飞看着她，用最绝望的眼神，警察将她拉到墙角，"你想耍什么花招？！"她轻轻推开警察，慢慢向他走过来，他屏住呼吸默默地等待她，第一次她离他如此之近，他看见了她长而卷曲的睫毛，甚至看见她耳郭上细小金黄的绒毛，他慢慢拉起她的手，在她的手心塞进礼物时真想告诉她：我爱你。

然后，阿飞轻轻地转身，警察追到他身后。"你想干什么？！"可惜，阿飞早已纵身跃下，在风中他快要被自己的爱情窒息。"他给了你什么？"警察问夏朵朵，她摊开手心，是一块已经破损的玉牌……

（七）

记得有人说，当你开始经常回忆，就证明你已经老了，然而我们还是止不住去总结，去回忆，去体会，透过那些记忆碎片的不断拼凑，我们试图去吸取教训，总结经验。或许，在那些支离破碎的片段闪回中，曾有那么多不开心的记忆，曾有那么多伤心的故事。可当时过境迁，我们发现自己原来可以那么坚强，再度想起时，已然是云淡风轻的样子……原来，在时光流转中，它可以悄无声息地治愈一切。

或许，回忆是一生都无法治愈的传染病，即便到了耄耋之年依旧如此。那些难以忘却的、无法割舍的，映照出我们每个人熟悉的脸，迸发出我们对岁月的集体感怀。关于那些年的记忆，到底我们还是更相信美好，那盏悠悠飘去的许愿灯，去向了另一个时空里。在那里，写好了的一问一答成为誓言，永远在一起……

贰拾

八零后的二次创业

（一）

在三十岁女人的世界里，除了婚姻、孩子，排名第三的恐怕应该是事业。这倒不是说三十出头的女人们都是工作狂、女强人，而是因为她们更明白工作的重要性。或者说，因为长期的工作，让她们已经习惯了有工作的生活……

然而，就在大家都忙着工作时，张宇婷却选择了背道而驰。"亲爱的们，我辞职啦！"毫无疑问，张宇婷的这句话如同一枚深水炸弹在闺蜜下午茶会上激起汹涌波涛。夏朵朵瞪着她圆乎乎的眼睛问："为什么啊？你被炒鱿鱼啦？"此话一出瞬间遭到了张宇婷的白眼，"怎么可能？那个中年老男人差点跪下来求我留下。""那他跪了没有？"孟清翟问。张宇婷没好气地反唇相讥："这根本就不是重点好吗？"苏锦棠接着问："那重点是什么？""重点是，我终于可以不用看别人的脸色工作啦！""切……"三个女人异口同声。

对于张宇婷的离职，三个女人多少都有些被触动，一直将工作奉为人生第一要事的孟清翟认为张宇婷此举是社会的倒退，她说："你们想想，她辞职之后能做什么？还不是一门心思相夫教子，做全职家庭主妇，哎哟喂，这简直就是退化吗，我们争取了这么多年的女权咧，啧啧啧……"夏朵朵却说："我觉得还好吧，要是有个男人肯养我，我也愿意做全职家庭主妇，每天都可以睡到自然醒，天天都像在度假……那是怎样的人间天堂啊？"趁着热闹，苏锦棠也说："其实，我也打算辞职的……""什么？！"夏朵朵和孟清翟异口同声。"需要这么惊讶么？！张宇婷辞职也没见你们这么咋呼啊？"

无须串供，夏朵朵和孟清翟这一次站在了一条战线上，"锦棠，你要想好哦，这时候辞职划不来耶。""对啊锦棠，我觉得还是不辞职的好。"苏锦棠看着二人笑了笑，她当然明白，在夏朵朵和孟清翟眼中，自己是一个无依无靠的人，唯有工作才是生活中唯一强有力的基础和靠山，"你们是觉得张宇婷还有李航养着，我没人养是吧？""哎呀，不是啦，你怎么往那儿想……"明显，孟清翟舌头有点打结。"锦棠，我和清翟是觉得你现在这份工作那么好，辞了怪可惜的，而且你工作时间不是也挺宽松的吗？""就是啊，锦棠，你可别一时冲动，一定想想清楚哦……"孟清翟和夏朵朵对苏锦棠千叮咛万嘱咐，好像去辞职就如同是去送死一般。

（二）

走进这间再熟悉不过的办公室，苏锦棠心里有一种说不出来的感觉，她的办公桌上摆满了相框，那全是团队的合影，有运动会上的集体照，有火锅聚餐的搞怪片段，有拓展训练时的留念，有文艺汇演时的风采……苏锦棠细细地将这些照片看了一遍，然后把它们整齐地码在纸箱子的最底层，透过办公室的玻璃，苏锦棠能看到同事们错愕的表情，她只是笑笑。

几个男同事帮苏锦棠将几个纸箱子搬下楼。"锦棠姐，你以后好好的……"刚到杂志社不久的一个大男孩在送苏锦棠上车之后，这样对她说。苏锦棠点点头，她觉得鼻子发酸，匆匆与大家挥手道别之后，在出租车上苏锦棠终于泪流满面，她当然不是后悔自己的辞职，她只是在伤感自己流逝的青春以及那些与青春有关的日子……

下午3:00，苏锦棠和孟清翟坐在街角的咖啡店，苏锦棠捧着一大杯焦糖玛奇朵，喝了一口，满意地笑了笑说："从今以后，我每天都可以在任意时间跑出来喝咖啡咯。""你就为了这个辞职呀？"孟清翟没好气地问。"哎，你不要这么扫兴好不好？我只是要换一种生活而已。"看着面前不施脂粉的苏锦棠，孟清翟不解地问："锦棠，你到底有什么打算？"苏锦棠放下咖啡杯，她觉得有些黯然，"如果我说不知道你相信么？""不会吧？！不像你呀，这么没有计划性？"孟清翟忍不住提高了分贝。苏锦棠耸耸肩,她说:"我只是觉得累了,想做点自己想做的事情,比如开一间杂货铺。""哎!你脑袋秀逗了?!放着好好的杂志社主编不做,要去做小商小贩啊?!""那有什么不可以?"

与孟清翟的聚会不欢而散,苏锦棠晃晃悠悠地走在回家的路上,她突然就想来一场说走就走的旅行。记得陈绮贞唱过一首歌,名为《旅行的意义》,歌中唱尽男男女女的小爱情,却也悄无声息地揭示了行走于路上的意义,有爱便是自我救赎,无爱便是自我放逐。是去陌生的远方寻找世界上的另一个自己,还是逃离现实的尘嚣让一切归零?是一种对未来的觊望与躁动,还是一种在现实压力下的爆发与抗争?是为了离开,还是再开始?

苏锦棠有些迷茫,她在想,当我们顶着灰的、蓝的、粉的天空,走过不同的街道,爬过大大小小的山坡,我们在取景框里摆着各种各样的POSE,大多数的时候笑得很傻,偶尔在陌生的城市大笑大哭,有时候我们只是想看风景,有时只是为了和想要的人在一起……我们怀着五花八门的企图走在路上,任何一阵微风都有可能改变方向。而这一切,也许仅仅因为我们没有勇气离开,也没有勇气留下,我们对生活万分疲惫,于是周密地谋划着每一次出行,然后拖着更加疲惫的身体回到原来的生活。所以苏格拉底说,带我走,可是亲爱的,我要独自离开……

(三)

同样赋闲在家的还有张宇婷,只是,她向来不是一个具有浪漫因子的女人，此番辞职为的就是调养身体要二胎。

"你还准备生啊？！"无论是苏锦棠还是孟清翟都无法理解张宇婷渴望生产的冲动。"我的天哪，有了一个毛毛还不够啊？你看看你家里都被祸害成什么样子了？"孟清翟在沙发上随手拿起一件毛毛换下来的开裆裤很是不解地问。"你们没生过当然不知道，现在只有一个孩子多可怜啊，连个兄弟姐妹都没有。"张宇婷一边说一边将孟清翟手中的开裆裤扯了过来，顺手扔进了沙发旁边的洗衣篮。"现在政策放开了，我和李航都是独生子女，我们本来就可以要二胎的。""那李航愿意吗？"苏锦棠问。"当然啦，我们还想要给毛毛生个小妹妹呢。""可是，宇婷，你现在又辞职了，马上要二胎会不会很吃力啊？""这个我都想好了，我虽然从单位辞职了，可是我手里还有很多原来的老客户，你看，我在家里一样可以工作啊！"说完，张宇婷指了指电脑，电脑屏幕上是一款葡萄酒的设计图。"我收的价格比单位低得多，生意好得很咧。""你可以啊，生娃赚钱两不误啊。"孟清翟忍不住赞叹道。"那当然，我告诉你啊，早知道这样我早就辞职了，我现在赚得比原来上班还多呢。""看来还是有一门技术最重要啊，不像我，离开媒体我都不知道该干什么了……"苏锦棠幽幽地说。此话一出张宇婷和孟清翟都不言语了，她们对望了一眼，张宇婷忍不住说："锦棠，其实我们都挺奇怪你为啥一定要辞职……"苏锦棠无奈地笑了笑，在那一瞬间，她感觉自己的骄傲在一点一点土崩瓦解。"我想开个小店……""什么店啊？""就是一间茶艺工作室，兼搭着卖一些小艺术品，这是我长久以来的梦想……"苏锦棠笑着说。"可是……"孟清翟正想接话，却被苏锦棠粗暴地打断了,"你们都别说了,我想好了,反正也已经辞职了,就让我按照自己的想法试试吧。"

从张宇婷家里出来,苏锦棠便在街边买下了一张去往大理的机票。

大理阳光普照,有阵阵凉风扑面。身边的女人们争奇斗艳,艳丽的明黄、娇媚的桃红、水嫩的亮蓝……那些夺目的色彩被不管不顾地披挂于身上,好一个莺莺燕燕,惹花了人眼。微风吹来,当裙角柔软地扑打在小腿上时,女人们确信那就是一种幸福。

也许,幸福是会蔓延和传染的。在这样的时节这样的地点,人们开始贪恋一切可以满足自我的东西,一条裙子,一块画布,一个瓷瓶,一朵蔷薇,苏锦棠站在旅社的阳台,头发被风吹得肆无忌惮,旅社院坝里刚洗过的床单在轻轻的晃荡,弥漫着一股洗衣粉的清新味道,门前悬挂的铜铃音质依然很好,轻敲一下,声音会传得很远。

在洱海边上,苏锦棠空闲的时候喝茶、看书,阳光好时就坐在藤编的摇椅上晒太阳,直到背心出汗。她幻想着自己的未来的小店,她想买一个做旧的鸟笼,想买一盆开出绿色花朵的惠兰,想种上大盆的栀子和粉红色的蔷薇,如果有可能最好还有很多茉莉,这样夏天的傍晚就会芳香宜人。

当然,这所有的一切都来自于女人的一种"自以为是"。旁人或许觉得矫情甚至乏味,可是,幸福的感知原本就是一种自我的体现,是可以被创造和激活的。哪怕只是一花一叶,全可作为激活幸福感的细胞。记得海子曾说:"别人看见你,觉得你温暖、美丽，我则站在你痛苦质问的中心，你不能说我一无所有，你不能说我两手空空。"你说："一生，你将是我的梦想……"这些、那些，相信也好，忘掉也罢，可那瞬间的欢愉，不可否认地成为了苏锦棠幸福的凭证。

（四）

当苏锦棠日日与洱海为伴时，她认识了旅社的老板欧阳靳诚。靳诚与苏锦棠同岁，南方人，三年前关掉公司来到大理洱海边买下了这栋农家小院，取名"清欢"，过上了与世无争、闲云野鹤般的生活。

在接到苏锦棠的预定时，靳诚在电话里对苏锦棠说：我到时候来机场接你。在机场出口，靳诚一眼便认出了苏锦棠，他笑眯眯地冲苏锦棠挥手："嘿，这里！"苏锦棠有些诧异，她愣了愣，问道："你是清欢的老板？""没错，走吧，我帮你拿行李。"说完，靳诚接过了苏锦棠手中粉色的小行李箱。

坐在靳诚那辆白色 SUV 的副驾上，苏锦棠偷偷看了看这位自来熟的老板。中等身高，一脸络腮胡子，身穿灰色粗麻盘扣布褂，卡其色沙滩裤，外加一双人字拖，这样的长相外加这样的混搭多少让人感觉不太靠谱。苏锦棠心想：自己不会被这人劫持吧？想到这里，她有些紧张地问："你知道我叫什么名字吗？""你自己都不知道你叫什么？"靳诚的回答有些莫名其妙。苏锦棠有些不悦，她不喜欢这人的自来熟和调侃，于是正色道：

"请你回答问题。""哈哈，你叫苏锦棠，预定了一个月清欢的标准间，我是老板，我叫欧阳靳诚。"呼，苏锦棠轻轻吐了一口气，好歹算是答上来了，她略微将僵硬的身体放松了一些。"你以为我是坏人？""啊？没有……"苏锦棠觉得有些尴尬。"呵呵，放心吧，我不会把你拖去卖了的。""这可难说。"苏锦棠笑着和他打趣。

在清欢的日子，苏锦棠过得悠闲。自从辞职之后，她换掉了原来的电话，在新手机上，仅有家人和三个好友的联络方式，当她坐上飞机飞往大理的时候，她在微信群里向三个朋友告别，并说：我要给自己放一个不长不短的假，放心，我会照顾自己，不必电话，有事微信即可。这是苏锦棠一直以来渴望的生活方式，多少年了，自从进入媒体，苏锦棠便养成了手机不离手、24小时开机的习惯。可谁都不知道，她竟是一个不喜欢打电话、不喜欢接电话的人，那不可预知的电话铃声总会惊到她，将她从自己的世界拖回现实。而今，苏锦棠终于可以放心地将手机扔在桌上，再也不必担心有人找不到她了。

"苏小姐，请下楼用餐！"每天中午12:00，靳诚总会准时地冲着二楼叫唤。这是很多旅社的特色，房费中包含了与主人一起搭伙吃饭的费用。苏锦棠昨夜睡得不好，她揉着眼睛，在睡衣外披了一件外套，晕晕乎乎地下楼吃饭。"怎么不在屋子里吃？"苏锦棠看见院子桂花树下摆了一张饭桌，靳诚已经上桌了，他笑着回答："今天天气好，晒晒太阳呗。"苏锦棠眯缝着眼睛说："怪热的。""你该多晒晒太阳，看起来太苍白了。"靳诚说完主动给苏锦棠盛了一碗汤，说："先喝汤。""你这习惯倒是好，不长胖。"苏锦棠笑了笑，接过汤碗，细品了一口，"真鲜啊。""这是瑶柱葫芦汤,呵呵,清热的。""葫芦?!"苏锦棠差点将汤喷了出来,"你说的是那种黄色的葫芦?可以装酒的葫芦?!""是啊。""不可能!明明是绿色的。"苏锦棠舀起一块像冬瓜一样的东西放到靳诚眼前,"你别蒙我啊!"靳诚笑得东倒西歪地说:"我的大小姐,这真的是葫芦,不过是葫芦小的时候,所以是绿色的,你说的那是它成熟之后,你可真是五谷不分啊……"说完,靳诚还用筷子敲了敲苏锦棠的头,这一个细小的动作却突然让轻松的氛围变得有点怪异,苏锦棠突然就红了脸,靳诚也有些不好意思,两人都不再说话,只是埋头喝汤。苏锦棠吹了吹汤勺里清亮的瑶柱汤,悄悄抬眼瞄向旁边的这个男人,好巧不巧,靳诚也正看着她,这一下便更是尴尬了,两人都红了脸,靳诚额头开始出汗,他似是自言自语地说:"还真热……"苏锦棠在心里暗笑。

或许因为不是旺季,清欢的生意清淡,整栋小楼也只有苏锦棠一个客人。靳诚照例每日去菜场买菜、做饭、打扫庭院,那日午餐之后,他似是有些刻意要避开苏锦棠,每日吃饭也是单独给苏锦棠送,不再一桌吃饭了。苏锦棠当然全都看在眼里,只是到了她这样的年纪,将这些邂逅、暧昧早已看淡,不过是路人罢了。

(五)

苏锦棠的不辞而别,令闺蜜们的下午茶聚会暂告了一个段落。近来夏朵朵、张宇婷和孟清翟也鲜少见面。三个人各忙各的生活，偶尔只在微信上互通有无。

　　夏朵朵日日等着林穆文来向自己宣布最后通牒。显然，自从那日郑重其事地向林穆文宣布三日期限之后，林穆文没有露面。夏朵朵当然不知道在林穆文心中的那段往事，自然也就无法洞悉林穆文在感情上的纠结与迷茫，她只是安慰自己：好歹等下去吧。

　　那段往事，林穆文不曾向任何人提及，他也不明白为什么自己就突然想起了那一天，林穆文在心里反复琢磨，他以为自己始终是无法忘怀苏锦棠的。想到这里，他下意识地拨打苏锦棠的电话，可对方传来的却是：您所拨打的号码是空号……那冷冷的、客气的语音服务像是一根钉子，直愣愣地插进林穆文的心里。他又拨打了几次，依然如此，突然间，林穆文有些找不准方向，这么多年，这个号码比自己的电话号码还要熟悉，可怎么突然就消失了呢？似乎从来不曾存在一般。

　　林穆文翻了翻手机的通讯录，找到苏锦棠办公室的电话，拨了过去，"您好，找哪位？""哦，您好，我找苏锦棠。""她已经离职了。""离职？什么时候的事情啊？""快一个月了吧。""那你有她现在的联系方式么？""她好像换了电话号码了，我没有她新的联系方式，你可以打她家里的电话试试。""谢谢啊……"林穆文失魂落魄地挂了电话后又拨通了苏锦棠家里的电话，没人接。林穆文颓然地坐在办公室的椅子上，他觉得苏锦棠好像离开了这个世界一样，走得那样悄无声息。

　　想了很久，林穆文还是决定打电话问问孟清翟。接到林穆文的电话时，孟清翟正和夏朵朵一起逛街，她偷瞄了夏朵朵一眼说："朵朵，我去上个洗手间，你先逛着。"说完，孟清翟快步走向了角落,"喂,穆文。""哦,清翟你好。""有事儿吗?""额,锦棠……锦棠她辞职了?""是啊,她没告诉你啊?""没有,你有她的联系方式吗?""有,我一会发给你,你找她有事儿?""也没什么事儿,就是问候一下,你知道她在哪儿吗?""她去大理休假了。""什么时候回来呢?""这个就不清楚了,她没说。""哦……""穆文,你和朵朵……"孟清翟想了想转口道:"算了,我跟朵朵逛街呢,先挂了啊。""好,再见。"

夏朵朵懒心无常地扒拉着专柜的衣服,孟清翟也因为刚才那通电话没了逛街的兴致。"清翟,我们喝咖啡去吧。"夏朵朵拉着孟清翟的手走进星巴克,找了个角落里的位置一屁股坐了下去。"朵朵,好久都没听你说林穆文了。"孟清翟喝了一口咖啡,试探着问。夏朵朵并不抬眼,她搅和着面前的那杯卡布奇诺,半晌幽幽地说:"我估计我和他快分手了。""啊?!为什么呀?""我觉得他不爱我……"夏朵朵的话并不让孟清翟感觉意外,自始至终,孟清翟都觉得林穆文只是在找一个寄托。"我问他愿不愿意和我结婚,他答不上来,我给他三天的考虑时间,可日子早过了,他也没联系过我,可能就这么算了吧……"夏朵朵慢慢悠悠地将那日发生的事情悉数告诉孟清翟,话语间多少带着一丝失望,却也听不出太多难过。孟清翟想,无论是谁大约也会被这样的感情拖疲无感吧。"那你有什么打算?"孟清翟问道。夏朵朵笑了笑,她说:"我能有什么打算?感情的事情也不是我一个人说了算的,不过,我也想开了,没有男人好歹要有事业,你看宇婷现在不就挺好的吗?自己做个 soho 一族,赚得比原来还多。""你能这么想就好。"孟清翟悄悄呼出一口气。"清翟,我想自己做个插画工作室,你觉得我行吗?""当然行啦,我全力支持你啊!"两人笑着碰了碰杯。

(六)

夏朵朵是个一心不能二用的人,自从决定要创建自己的插画工作室后,她便开始忙着找办公场所,忙着联系出版社,竟很少想起感情的琐事,而林穆文自那日得到苏锦棠的新号码后,终于鼓起勇气拨通了苏锦棠的电话。

电话响了很久,正当林穆文准备挂线时,苏锦棠接起了电话。"锦棠……"不等苏锦棠开口,林穆文已经急不可耐地说话了。"穆文?你怎么有我新号码的?""你辞职了?"林穆文答非所问。"是啊,你怎么知道的?""你换了新号码也不告诉我……"林穆文的话里有着一丁点愤怒,更多的是失望。苏锦棠皱了皱眉头,她顺手拿起一件披肩,走到露台,点了一支烟,"有事儿吗?"显然,苏锦棠不愿意回答林穆文连珠炮似的问题,她甚至觉得,在这样的时刻,林穆文的这通电话是扫兴的。"没事儿就不能给你打电话吗?!"林穆文冲口说出这句话后有些后悔,这当然是他的心里话,可转念一想,自己又有什么资格这样说呢?电话那头是苏锦棠久久地沉默,林穆文准备一鼓作气,他说:"你在大理对吧?我来找你好不好?""不好!"苏锦棠的回答斩钉截铁。"为什么?!""不为什么!""锦棠,你不要小孩子脾气,你在哪家酒店?我马上订机票过来。""林穆文!"苏锦棠叼着烟的手指有些发抖，她讨厌林穆文这样不依不饶，她说："我不是小孩子了，我在度假，我不需要任何人来陪伴我。""锦棠，我不是要来陪伴你，我只是想来看看你……"林穆文的声音软了下来，多少有些乞求的味道。苏锦棠抽了一口烟，她觉得有些话还是应该说清楚了，"不需要，真的，穆文，难道你一直都不明白吗？""我不明白！我不明白你为什么要离婚，我不明白你为什么要辞职，我不明白你为什么要换电话号码，我不明白你为什么突然就消失了，我更不明白你把我到底当什么？！"林穆文一口气将心中所有的情绪宣泄了出来，一瞬间，他觉得畅快，也觉得无力。"穆文，这是我的生活，我不需要向任何人解释，对你，我唯一要说的是谢谢……"苏锦棠望向远方，洱海在夜色里显得深沉，夜风微凉，吹散了她脸上的红晕，苏锦棠觉得此刻的自己像是电影中的女主角，她的话也变得有些造作，有些文艺腔。"锦棠，你知道我要的不是一句谢谢而已啊……""我知道，可是穆文，我能给的也只是一句谢谢啊……"现在轮到林穆文沉默了，他不是没有预想过这样的局面，只是真的发生时，他才知道自己并没有做好十足的准备，否则怎么会感觉心里阵阵作痛？

"锦棠，你爱我吗？"半晌，林穆文终于还是问出了这句话。苏锦棠趴在阳台围栏上，靳诚从院外走了进来，手里拿着一束新摘的野花，他抬起头笑着冲苏锦棠挥挥手。那一刻，苏锦棠心里突然涌起了一股暖意，换做原来，苏锦棠或许会对林穆文继续说着一些暧昧不明、模棱两可的话，可此时此刻，苏锦棠脱口而出的却是："穆文，放过我们彼此吧，你知道，我早已不爱你了……"

（七）

时间的快慢总是因人而异。当苏锦棠不假思索地说出那句话后，林穆文的世界开始一片片坍塌。他强打精神每日上班、下班，可时间于他而言却过得那么缓慢、黏稠。很多个夜晚，林穆文都是睁着眼睛度过的，他数着时间，希望快一点天亮，可时间却像是和他在开玩笑，总是不温不火地慢慢推进，那缓慢的速度足以杀死林穆文所有的希望。

而夏朵朵却感觉时间过得很快，她在孟清翟的帮助下很快找好了一间 200 多平方米的办公地，简单装修之后，夏朵朵正式离职，转战自己的插画工作室。"清翟，我觉得最近我真是超顺的！"夏朵朵在自己的工作室款待孟清翟和张宇婷，"自从我搬到这里，业务就没断过呢，你看，出版社和我签合同了！"说完，夏朵朵乐呵呵地拿出合同给朋友们传看。"哎哟，你可以啊！要成艺术家啦！"张宇婷由衷地赞叹。"就是啊，朵朵，牛气耶！""我现在觉得特别充实，天天都忙着画画，我打算在出书的同时也做一点衍伸产品。""嗯，我觉得可以，你这些卡通画完全可以做成公仔吗。"孟清翟的话正中夏朵朵的心意。"就是就是，我已经联系了珠海那边一家工厂了，先做几个样板出来，宇婷，你要帮我做一个网络页面哦，我想先在网上销售一下。""没问题！"三个女人喝着咖啡，吃着曲奇饼，对夏朵朵的未来很是看好。

一日中午,夏朵朵正埋头画画,电话却不合时宜地响了起来,她看了看,是个陌生号码,心想一定是骚扰电话,懒得去接。可打电话的人却很执著,始终不停,夏朵朵没好气地接了起来,"哪位?""你好,请问是夏朵朵小姐么?""是呀?你哪位?""哦,我是林医生的同事。"此话一出,夏朵朵愣了愣,林医生,这三个字似乎已经很久没出现在夏朵朵的生活里了,她有些诧异,"怎么了?""林医生生病住院了!我看您是他紧急联络人,所以就给你打电话了……""什么?!严重吗?在哪个医院?"夏朵朵忽地站了起来,碰翻了颜料盘。"在第一人民医院,住院部407房。""我马上来!"夏朵朵扔下画笔便冲出了门。

病床上的林穆文闭着眼睛,清瘦憔悴,林穆文的同事悄声对夏朵朵说,林穆文在今天做手术时突然晕倒了。"林医生最近状态很不好,人也瘦了很多,今天正给一个病人动手术,他突然晕倒在手术台边上,吓死我们了。"夏朵朵着急地问:"怎么突然就晕倒了呢?医生怎么说?"同事连忙说:"别急,医生说是因为极度疲劳,没有休息导致的。""哦……"夏朵朵坐在病床边,定定地看着林穆文,苍白的脸,脸颊凹了进去,夏朵朵心疼地说:"怎么瘦成这样……"

清晨的阳光照进病房,林穆文睁开眼睛,光线令他睁不太开眼睛,他皱了皱眉头,待眼睛完全适应之后,却发现自己躺在一个陌生的地方,一扭头发现趴在身边睡着了的夏朵朵,林穆文这才想起自己好像是晕倒了。而此时,感觉自己的右手有些发麻,夏朵朵在睡梦中也拉着自己的手呢,林穆文轻轻想把手抽出来,夏朵朵突然醒了。"你醒啦?!好点了没?"还没等林穆文说话,夏朵朵便急着问。"没事儿了。""还说没事儿？你同事都说你晕倒了，你到底怎么了啊？！"林穆文苦笑一下，他怎么能说得出口呢？索性只是摇了摇头说："可能是神经衰弱没休息好吧，不碍事儿的……""幸好我原来非要让你把我设定为你的紧急联络人，你看派上用场了吧。""嗯，辛苦你了……"林穆文微笑着说，话里是满满的柔情。夏朵朵突然红了脸，娇羞地低下头，林穆文轻轻地捏了捏她的手指，这细小的举动像是一剂吗啡，让夏朵朵心神荡漾。"你饿了吧？""有点儿。""想吃什么？"夏朵朵瞪大眼睛望着林穆文，她喜欢这样的时刻，这个男人因为生病才显得那么需要自己。"面条吧。""那多没营养？你等着，我回家给你煲汤！"说完，夏朵朵拎着包就走了。林穆文望着夏朵朵飘走的背影，他心里突然觉得云淡风轻，多日以来的愁苦此刻也烟消云散了。林穆文在心里对自己说：何苦呢？是时候放手了。

贰拾壹

大　结　局

（一）

　　时间一个月一个月的流淌，生活便在这样的时间缝隙中慢慢滋长。苏锦棠的归期一拖再拖，从原先的一个月变成两个月，再到一个季度。她如此贪恋在外行走的日子，如此贪恋外面的美景，而更令她贪恋的还有一个欧阳靳诚。

　　在苏锦棠看来，欧阳靳诚是一个太过平凡的男人，没有梁建东的霸气，也不似林穆文一般柔情。他只是每日驱车带着苏锦棠去农贸市场，选买当日要吃的蔬菜瓜果，每每这时，苏锦棠都会在心里暗笑，曾经的自己是一个发誓赌咒绝对不进菜市场买菜的女人。而今，最快乐的事情，却莫过于和这个男人手牵手，一个菜摊儿一个菜摊儿的逛游，她喜欢听靳诚用那有浓重南方口音的普通话和小菜贩讨价还价，菜贩们都和靳诚很熟络，他们总会好心地告诉靳诚今天的菜新不新鲜，并适当地给他便宜个几毛钱。

买完菜，他们还会手牵手去逛逛水果摊儿，靳诚会问苏锦棠今天想吃什么水果大餐，苏锦棠会像一个小女孩一样兴高采烈地挑几个桃子，选几枚红李，老板笑嘻嘻地递给靳诚一枚深红色的苹果说："喏，拿给你老婆吃！"靳诚笑着接过来，用矿泉水洗了之后递给苏锦棠说："人家说给我老婆吃的。"苏锦棠笑着打他肩膀，接过苹果狠咬一口，嘴上却说："谁要做你老婆！"从菜场出来会路过花市，心情好时靳诚会买一束鲜花送给苏锦棠，可更多的时候，他更喜欢开车到山里去采来野花送她，他说山里的野花更像苏锦棠，那样具有生命力那样肆无忌惮，而苏锦棠便会将这些花草摆放在清欢的各个角落，她一边插花一边说："生活要有花才有滋味。"

苏锦棠是一个对感情有着预知能力的女人，在她第一次见到靳诚时，便隐隐觉得会和这个男人发生点什么，只是，她未曾料到，这一次的眷恋来得如此绵长。在清欢已经待了三个月了，苏锦棠觉得日子过得好似没有尽头一样，她和靳诚像是一对老夫老妻，而这个男人始终未曾问起自己的过往，这让苏锦棠觉得既安心又忐忑。

夜里，靳诚搂着苏锦棠的肩膀躺在床上，他想亲吻苏锦棠的脸颊，却遭到了苏锦棠的拒绝，她翻了个身，没有兴致的样子。"锦棠，你怎么了？""我在想，我已经在这里住了三个月了……""然后呢？""我可能该走了……"说出这句话，苏锦棠的心先疼了起来。毕竟家不在这里，这短暂的欢愉也只是逃课出来邂逅的美景，终归不是属于自己的生活。"你要走吗？"靳诚坐了起来，很认真地问。苏锦棠也坐了起来，她看着靳诚的脸，心里又疼了一下，伸出手摸了摸这个男人满是胡渣的下巴，她说："是呀，该走了。""为什么一定要走？""因为家不在这里啊。""我以为你把这里当家……"靳诚将脸扭到别处，声音里满是失落和悲伤。苏锦棠说："你都不知道我是什么人就要给我一个家？""我不在乎你原来是什么人，我认识的是现在的这个人。"靳诚有些激动，苏锦棠笑了笑，她起身拿了一根烟，靠在床头慢慢地向靳诚讲述自己的过往，从林穆文讲到梁建东，从夏朵朵讲到张宇婷，再从张宇婷讲到孟清翟，从自己的初恋讲到勇斗小三，又从失败的婚姻讲到自己的小说，再从冲动的离职讲到自己梦想开一家小店……苏锦棠悠悠地讲，靳诚认真地听，他不曾料想眼前的这个女人竟是有着这样复杂的过往，那过往中不乏风光，不乏精彩，却也不乏难熬的伤痛。靳诚轻轻拉起苏锦棠的手，握在自己的手心，他郑重地说："锦棠，我请求你和我一起生活下去……"

（二）

"各位亲爱的！我又怀上啦！"在微信群里，张宇婷的这句话像是一枚重磅炸弹。夏朵朵忍不住回应："你太牛啦！简直就是生育机器嘛！"孟清翟也说："就是啊，你这样还有工夫赚钱吗？""当然有啦？！我告诉你们哦，我已经让我们家李航去辞职啦，我现在手里客户太多，简直是忙不过来，我准备马上去注册一个公司，姐姐我要自己当老板啦！"苏锦棠也在微信里打趣儿道:"哎哟喂,张总!以后我们要跟着你吃饭啦!"张宇婷连忙说:"哎,锦棠,你快点从你的温柔乡回来啊!你都走了多久啦?""就是,我们还要见见你的新欢呢。"夏朵朵笑着说,"什么新欢,说得那么难听,人家有名有姓好不好?!""晓得啦,不就是欧阳靳诚吗?那么复杂的名字!"孟清翟也跟着附和,苏锦棠一边聊着微信一边将内容拿给靳诚看,"你敢不敢跟我回去啊?这帮女人可是要吃肉的哦!"靳诚笑言:"我才不怕呢!"

看着苏锦棠找到新归宿,孟清翟心里觉得高兴,可转念想到自己的感情生活,却忍不住皱起了眉头。肖剑的一夜风流似乎并没有在他和孟清翟的生活里引起太大的变故。孟清翟虽然吵吵闹闹,却也不是一个喜欢翻旧账的人,这让肖剑觉得踏实却也忍不住愧疚。所以,结婚的事情肖剑不再提起,一是不敢二来也是没脸。而孟清翟却并不知道肖剑的想法,她原先是顶排斥结婚,可现在却又有些不同。当肖剑不再提及,孟清翟的心里反而开始七上八下,她怀揣着自己曾经那不堪入目的过往,准备找肖剑摊牌。

到了下班时间,孟清翟在QQ上对肖剑说:"晚上回家吃饭,我有话跟你说。"肖剑心里惴惴不安地回了一个好字。一路上两人都不说话,孟清翟实在心里暗打草稿,肖剑却是一头雾水。到了家,两人匆匆刨了两口饭,都没心思继续吃了。肖剑率先发话:"清翟,你有什么话就说吧。""你不再吃点?""哎呀,吃不下了,你先说吧。"孟清翟清了清嗓子,喝了一口茶,说:"你为什么不提结婚的事情了?""啊?你就是要说这个啊?"肖剑吐出一口气,全身都放松了下来。"你是不是不想结婚了?""怎么可能？！我天天做梦都想结婚呢，是你一直都不想结婚啊。""我原来是不想结婚，可你还不是整天死缠烂打变着法儿地提结婚，现在怎么不提了？""那不是因为那什么嘛！"肖剑有些说不出口。"什么呀？不要支支吾吾的。"孟清翟厉声道。"啧，哎呀，就是因为我犯的那个错误，我就不好意思再提了。""脑袋秀逗！"孟清翟狠狠在肖剑的脑门儿上打了一下，肖剑被打得美滋滋的，他笑嘻嘻地拉着孟清翟的手说："那咱们结婚吧？"孟清翟抽出自己的手，她定定地看着肖剑，正色道："我还有事要告诉你，你听完了再说要不要和我结婚。"肖剑被孟清翟表情吓住了，"什么事儿啊？整的怪吓人的。"孟清翟苦笑了一下，她扭过头不看肖剑的眼睛，像是自言自语般地说着自己的往事。

时间嘀嘀嗒嗒地溜走，孟清翟说了好久好久，期间肖剑始终一言不发，只是他的呼吸有些沉重，在静谧的空间里显得格外突兀。当天空开始泛起鱼肚白时，孟清翟的故事终于说完了，她毫无保留地将那些晦涩的记忆一股脑地倒了出来，心里敞亮的同时也有那么一点慌张，自信的孟清翟此时此刻也不免害怕，这些回忆是否会吓退了肖剑。孟清翟在心里叹了一口气，她心想，如果肖剑决定离开也是情理之中，没什么大不了的。

喝了一口水，孟清翟觉得嗓子舒服了一些，她笑着问肖剑："现在你还想和我结婚吗？"说出去的话像是一枚石子扔进了海里，扑通一声便没有回应。孟清翟笑了，她站起身故作轻松地说："算了，我累了，先去睡了。"转身时，眼泪还是忍不住落了下来，可她怪不得别人啊。突然，一双手用力地从后面搂住了自己，孟清翟强装的镇定彻底崩瓦解，她扭过身张开双臂拥抱住肖剑，在他宽厚的肩膀上终于哭出了声音。"别哭，都过去了。"肖剑轻轻拍着孟清翟的后背，在她耳边温柔地说："我想和你结婚，请你嫁给我……"

（三）

眼看着夏朵朵又要过生日了，最近她明显有些焦躁不安，陪着张宇婷去做产检时，夏朵朵忍不住对张宇婷说："宇婷，我想向林穆文求婚！""什么？！"张宇婷吃惊地叫了出来，引得周围的孕妇直往她们这边看。"你小声点儿，拜托，请有个孕妇的样子好不好。"夏朵朵揪了张宇婷一下，张宇婷拍打着夏朵朵的胳膊龇牙咧嘴地说："疼死我了！你能不能矜持一点啊？哪儿有女的向男的求婚的啊？"夏朵朵着急地说："我有什么办法？那个林穆文就是个木头疙瘩，他老不开口，我马上都快35了！再不嫁出去我都要到更年期了！"夏朵朵的声音足够大，周围已经有人捂着嘴巴偷笑了。"哎哟，哎哟，你可别气我了。"张宇婷笑得直不起腰，可夏朵朵却像是打定了主意，她说："反正我是要放手一搏了！"

自打夏朵朵有了求婚的打算，她便开始认真地筹划起来。"你们都不许有反对意见，我说什么你们就做什么！"在夏朵朵的工作室，孟清翟和张宇婷乖乖地听夏朵朵安排。"我求婚的时候你们都得到现场陪着我！李航和肖剑就负责拉横幅！听到没有！"孟清翟忍着笑说："还要拉横幅啊？天哪，以后我们可怎么见人啊。""不许废话！是朋友就帮忙！"张宇婷也说："那你横幅上要写什么啊？""哼，到时候你们就知道了！"

　　终于到了夏朵朵小姐求婚的大日子，孟清翟开车去接夏朵朵，肖剑和李航、张宇婷则先到林穆文的医院门口守候。夏朵朵手拿鲜花，夹肢窝里还夹着横幅，穿着一条白色欧根纱蓬蓬裙，踩着银色高跟鞋蹦蹦跳跳地上了孟清翟的车。"朵朵，我是说万一啊，万一林穆文不答应呢？"孟清翟一边开车一边偷瞄浓妆艳抹的夏朵朵。"快点呸呸呸！"夏朵朵一脸怒色。"呸呸呸，我是说如果嘛！"孟清翟嘟囔着嘴。"就不可能有如果，他要是敢不答应我就满地打滚！""不会吧？！"孟清翟一脚刹车，差点让夏朵朵的鼻子撞到挡风玻璃上。"哎！我是去求婚的，你不要让我死在路上好不好？！开你的车吧！"夏朵朵没好气地边说边补妆。孟清翟撇撇嘴，无奈地接受现实。

　　到了医院门口，其他人早已到位，夏朵朵跳下车，将横幅交到肖剑和李航的手里。"朵朵，你够前卫的。"李航笑着说。"那当然了，你们俩把横幅拉直了啊！"肖剑和李航笑着打开横幅，只见上面写着：林穆文，快点娶我回家！

　　孟清翟和张宇婷本想站得远远的，却被夏朵朵吼了过来，"不许站那么远，你们要支持我！"说完，夏朵朵拨通了林穆文的电话，"穆文，你忙不忙？""不忙，怎么了？""那你出来一下，到大门口来。""啊？哦，好吧，你等等。"夏朵朵挂断电话，连忙冲着汽车后视镜补了补妆，双手捧着鲜花，挺直腰板儿等着林穆文。

　　此时，周围已经围满了医院的员工。林穆文还没走到大门口便有同事笑着对他说:"恭喜林医生啊。""恭喜?恭喜什么?"林穆文一头雾水。来人却笑着说:"你快出去看看就知道了。"林穆文有些犹豫,他不知道究竟外面发生了什么,却只见大门外人头攒动,走到大门口,林穆文率先看到的是鲜红的横幅,那一句:"林穆文,快点娶我回家!"着实吓了他一跳。在横幅前直直地站着夏朵朵,白色的连衣裙像是婚纱,脸上的妆也浓得像是舞台上的,林穆文刷地红了脸,全身都燥热起来,他还没做出反应,门口的同事和病人就已经鼓起掌来。"恭喜林医生啊!"众人不由分说地就将林穆文推到了夏朵朵面前。

"林穆文,请你娶我!"夏朵朵面不改色大声地将鲜花递到林穆文眼前。林穆文轻轻叹了一口气,看着郑重其事的夏朵朵,他轻轻地说:"朵朵,你……你这是干什么啊……""求婚啊!""可是……"林穆文显然并不适应这样的众目睽睽,他有些不知所措,孟清翟和张宇婷将这些统统看入眼里,两人紧张地互相握着手。"清翟,我怎么那么紧张啊。"张宇婷有点哆嗦。"我也是啊,要是他不同意怎么办啊?"孟清翟也忍不住低声说,"朵朵,咱们,咱们能不能回家再说?"林穆文低声说。"不行!"夏朵朵急了,她提高分贝说:"我今天就是来求婚的,你答应不答应都要给我一个答复!我不想再等了,穆文,真的,我快要35岁了,我真的想和你结婚,不是和别人,就是想和你结婚!"说着说着夏朵朵的眼泪流了下来,冲散了她浓重的眼线,脸颊上流下两行黑色的泪迹,孟清翟看不下去了,她想上前拉回夏朵朵,可张宇婷将孟清翟拉了回来,"让她说吧。""穆文,我们也算是经历了很多事情了,也分分合合了那么多次,可我还是爱你，还是想和你结婚，我不在乎你爱我多不多，我原来以为我很在乎，可我现在知道了，我不在乎谁爱谁更多。因为，我就是特别爱你，就是特别想和你在一起……"此刻，夏朵朵的心再慢慢往下坠，她的话说得越来越没有底气，她感觉自己像是在乞求林穆文的爱，她觉得此时此刻自己真的可怜极了。

夏朵朵的话说完了，林穆文怔怔地看着她始终不曾开口。夏朵朵听见自己的心啪地摔到了地上，刚才还举着的花现在也有气无力地垂了下来。她耷拉着脑袋，心想，完了，自己以后绝对不能出现在这条街上，说不定还有人拍下来发到网上去呢，怎么办，自己以后大概只能移民了……想到这儿，夏朵朵终于觉得害怕了，她猛地转过身，像是要逃离犯罪现场一下快速往孟清翟的车里钻。可能是因为太着急，手里的花也掉了到地上，那粉嫩的花瓣碎了一地，显得邋遢好笑。夏朵朵匆忙地拉开车门，正要往里钻时，一只手却拉住了车门。

夏朵朵根本反应不过来，顺势将车门关上，林穆文低吼了一声，他的右手被夹在了车门中间。"哎呀！"夏朵朵吓得连忙打开车门，"你没事儿吧？"这句关心是下意识的，是忽略了刚才的尴尬和难堪的，林穆文心里疼了一下，这个女人，哪怕是在如此情境之下，依然是最关心自己的。林穆文用左手搂住夏朵朵，他单膝跪在地上，捡起那束已经七零八落的花，递到夏朵朵眼前，他说："朵朵，请你嫁给我！"一切变换得太快了，夏朵朵破涕为笑，她接过花，一边擦着眼泪鼻涕一边大声说："好，我愿意，我愿意嫁给你！"人群中爆发出掌声和欢呼声，孟清翟牵着张宇婷的手，两人一边哭一边笑，她们觉得这出戏实在太过精彩。

（四）

大理洱海边，白色的帷幔勾勒出一幅幸福浪漫的光景，紫色的鸢尾花、白色的蜡烛装点着清欢，那株桂花树上也挂满了风铃。

欧阳靳诚、肖剑、林穆文、李航这四个男人有说有笑地站在院子门口，他们穿着笔挺的西装，胸前都插着一枚小小的紫色花朵。"听说你们准备把清欢开到城市里去啦？"肖剑笑着问靳诚。"嗯，这是锦棠的意思，她舍不得她的那群闺蜜，所以我们准备开连锁店，在她的城市开一家精品客栈。"肖剑点点头说："清翟还说要入股呢。""对啊，我们家宇婷也说要入股啊。"李航拍着靳诚的肩膀说。"没问题啊，我们俩本来就打算把清欢这个品牌做下去，说不定还会在其他城市开呢。""到时候室内设计就留给我们朵朵做吧，她现在可是有名的插画设计师了。"林穆文笑着说。"那是一定的。"靳诚点头称是。

正当四个男人聊得热闹时，四个女人出现在了客栈二楼的阳台，张宇婷梳着利落的短发，鬓角别着一朵白色的山茶花，因为怀孕，特意穿了一条白色丝绸的罗马裙，显得丰腴性感；夏朵朵的长发松散地编成了一条麻花辫，辫子上缠绕着小朵粉紫色蔷薇，一条白色抹胸蛋糕婚纱，映衬得她娇俏可爱；而孟清翟那一头酒红色的大波浪早已变成了浓黑色，她将其随性地披散在肩头，鬓角插着一朵紫色鸢尾花，身着丝绸鱼尾婚纱，风情万种地趴在围栏上；最后出现的是苏锦棠，她将头发随意地挽在脑后，发髻边上别了一圈新鲜的茉莉花，白色蕾丝抹胸婚纱在风中肆意飘扬……

　　四个男人看傻了眼，张宇婷忍不住用胳膊杵了杵夏朵朵，她笑着说："你们看那四个傻老爷们儿！""宇婷，你太破坏气氛了！"夏朵朵扭过头冲着张宇婷说。宇婷不服气地回嘴："你们三个都是结婚，我只是凑凑热闹好不好。"孟清翟拉着苏锦棠的手说："锦棠，你说这是真的吗？"苏锦棠笑着大声地冲着楼下说："当然是真的，我们结婚了！"楼下四个男人肩搭着肩笑着大声对自己的爱人说："老婆，我爱你！"